DANIELLE STEEL

VITE COMPLICATE

Traduzione di Berta Maria Pia Smiths-Jacob

Sperling & Kupfer

www.sperling.it

Vite complicate
di Danielle Steel
Titolo originale dell'opera: *Complications*

ISBN 978-88-5544-214-5

I edizione Paperback Original luglio 2023

Anno 2023-2024-2025 - Edizione 1 2 3 4 5 6 7 8 9 10

Ai miei amati figli,
Beatrix, Trevor, Todd, Nick,
Samantha, Victoria, Vanessa,
Maxx e Zara.

Che ogni momento della vostra vita
sia prezioso
e che possiate risolvere sempre felicemente
le complicazioni che potreste incontrare.

Con infinito amore,
Mamma/DS

1

L'HOTEL parigino *Louis XVI*, a poca distanza da rue du Faubourg Saint-Honoré, era rimasto chiuso per ristrutturazione per quattro anni. Sorgeva in rue Boissy d'Anglas, una zona riservata al traffico pedonale e controllata da un poliziotto che permetteva l'accesso solo alle auto di personaggi importanti o agli esclusivi ospiti dell'albergo. Più piccolo degli altri palazzi di lusso, il cinque stelle era il preferito dal jet set e dalle teste coronate per la sua impronta chic e cosmopolita. Vantava una fedele clientela elitaria e internazionale e proponeva camere eleganti e ampie suite tutte arredate con mobili antichi, raffinate tappezzerie di seta e raso , splendide pavimentazioni che richiamavano la reggia di Versailles e un'impareggiabile collezione d'arte. Né troppo grande né troppo piccolo, offriva un'atmosfera intima che nulla aveva da invidiare alle splendide abitazioni private degli ospiti. Per trentotto anni era stato gestito in maniera impeccabile e con il pugno di ferro dall'affascinante direttore monsieur Louis

Lavalle che, formatosi al *Ritz*, era conosciuto dagli ospiti di tutto il mondo ed era l'invidia dei concorrenti. Dotato di una discrezione fuori dal comune, Lavalle conosceva anche i più piccoli segreti della clientela, delle tante star del cinema e di tutti quelli che avrebbero avuto molto da perdere se fosse venuto meno alla sua proverbiale riservatezza. Non era mai accaduto e mai avrebbe permesso che un cliente incontrasse dei problemi, indipendentemente da quanto imprevedibili potessero essere le circostanze. Quando l'albergo aveva chiuso per i lavori, quattro anni prima, Lavalle era già ben oltre l'età pensionabile, ma nonostante le settantaquattro primavere, era ben lontano dal desiderare di abbandonare la nave. Il destino però aveva deciso diversamente colpendolo, a metà degli interventi di rinnovamento, con una malattia che non gli aveva lasciato scampo. Si era spento undici mesi prima della riapertura, gestendo fino all'ultimo e impeccabilmente i lavori all'albergo, a dispetto delle sue condizioni. Il giorno della riapertura, al taglio del nastro, era stato inaugurato anche un suo ritratto in quell'abbigliamento formale che i clienti abituali ammirarono con commosso affetto al momento del check-in. Ad alcuni erano venuti persino i lucciconi. Non però al personale, che, seppur rispettandolo, aveva spesso sofferto per la sua rigida solerzia. Riservava la migliore accoglienza ai frequentatori che riteneva all'altezza degli alti standard della struttura, ma a tutti gli altri era negato persino il tavolo al ristorante, per non parlare poi delle favolose suite. La privacy degli stimati clienti era trattata con la massima considerazione e protetta da monsieur Lavalle dall'occhio indiscreto della stampa e dei paparazzi. I comportamenti sopra le righe, tuttavia, non erano mai stati tollerati.

Le rockstar non erano gradite nella lobby, dove erano accolte freddamente e sempre controllate a vista. L'ambiente escludeva la clientela famosa ma senza educazione, mentre a quella fedele si perdonava tutto, il modo migliore per creare un legame indissolubile e duraturo con l'albergo. I nuovi ricchi, che non sapevano come comportarsi o che non rispettavano la struttura, non erano i benvenuti. L'hotel era già quasi al completo per i prossimi due anni ancor prima della riapertura. Il fatto che fosse stato proprio monsieur Lavalle a registrare le prime prenotazioni non faceva che intristire ancora di più la mesta atmosfera della tanto attesa inaugurazione. I suoi erano standard incredibilmente elevati, ma era un uomo leale e avrebbe dato la vita per proteggere gli ospiti più affezionati.

Poco prima della riapertura, era pervenuta qualche cancellazione di prenotazione per lutto, malattie, circostanze impreviste, come per esempio un divorzio o l'arrivo di un bebè, lasciando libero il posto a qualche faccia nuova. Olivier Bateau, il manager che aveva sostituito il mitico Lavalle, sarebbe stato una novità per tutti. Il vicedirettore era andato in pensione dopo la morte del superiore, incapace anche solo di pensare di lavorare per una persona meno straordinaria di lui, e si era trasferito in Spagna. Con i lauti proventi del suo lavoro, Louis Lavalle aveva acquistato una casa nel Sud della Francia dove era solito trascorrere le vacanze estive. Aveva un figlio, Albert, di cui pochi conoscevano l'esistenza per via della proverbiale riservatezza del direttore sulla sua vita personale. Aveva uno studio medico a Tahiti, era sposato con una donna del posto e aveva tre figli. Ma di ciò era al corrente solo la capocameriera, Ghislaine, sua discreta compagna per vent'anni, e a Lavalle c'erano voluti una decina d'anni per dirglielo. Il figlio non veniva mai a Parigi ed era lui a raggiungerlo, sporadicamente. Il loro non era un rapporto particolarmente stretto, considerato che Albert era stato cresciuto dal nonno materno in Bretagna dopo il divorzio dei genitori, quando lui era poco più di un neonato. Proprio in considerazione della poca confidenza, Albert era rimasto sorpreso nell'apprendere di essere l'erede non soltanto della casa in Francia, ma anche della piccola fortuna accumulata negli anni di attività presso il lussuoso albergo e che avrebbe permesso a lui e alla famiglia di condurre una vita serena. Suo padre gli aveva dato più da morto che da vivo, ma almeno gli sarebbe rimasto impresso nella memoria con un certo affetto e anche un pizzico di stupore. Alla compagna di una vita, Ghislaine, Lavalle aveva lasciato una somma generosa che le aveva permesso di ritirarsi in un piccolo e grazioso appartamento a Cannes poco dopo la sua scomparsa. Grazie a Louis, non era più costretta a lavorare e si stava felicemente godendo la pensione sulla Riviera.

La terza generazione dei proprietari dell'albergo era particolarmente discreta e non si faceva mai vedere all'hotel, rimanendo così una specie di misteriosa leggenda. Viveva a Londra e considerava la struttura una vera e propria miniera d'oro. Lavalle aveva impiegato quasi un decennio per convincere gli eredi della ristrutturazione, ben più necessaria di quanto gli ospiti non si rendessero conto. Bisognava dotare l'albergo delle più avanzate risorse tecnologiche, essenziali ormai per non perdere la clientela più giovane che rappresentava il futuro dell'hotel. Purtroppo l'adeguamento hi-tech, alla riapertura, creava ancora qualche difficoltà. I tecnici lavoravano incessantemente per cercare di risolvere i problemi ma senza ancora riuscire a venirne completamente a capo.

L'albergo era dotato di un sistema telefonico degno di una stazione spaziale ed era ben al di sopra delle capacità del povero Olivier Bateau, che si scervellava per tentare di apprenderne l'utilizzo. Ogni sera, a letto, studiava i registri altamente confidenziali dell'hotel che riguardavano gli ospiti più in vista, consapevole di aver molto da imparare. Lavalle aveva una memoria prodigiosa sulla clientela e molti documenti al riguardo erano tenuti al sicuro nella cassaforte dell'albergo.

Come Lavalle, anche Olivier Bateau, quarantun anni, aveva divorziato dopo un breve matrimonio. Senza figli, vantava esperienze professionali presso l'*Hôtel du Cap-Eden-Roc*, dove era stato alla reception per due anni, e al *Ritz*, presso il quale si era distinto senza però eccellere. Nell'ambiente era considerato un outsider, però era piaciuto subito ai proprietari del *Louis XVI* quando lo avevano incontrato a Londra, desiderosi com'erano di sostituire adeguatamente il predecessore. Bateau non aveva mai occupato una carica di tale responsabilità in passato, ma gli eredi del *Louis XVI* erano convinti che in poco tempo si sarebbe dimostrato all'altezza della situazione. Era intelligente, ansioso di compiacerli e li aveva convinti di essere l'uomo giusto al posto giusto.

Anche la sua vicedirettrice, Yvonne Philippe, era una figura nuova, ed era stata scelta da lui personalmente. Trentaduenne, le loro strade si erano incrociate al *Ritz*, dove lei aveva lavorato per più di un anno. Si era occupata della reception e sembrava una donna capace. Diplomata presso l'École Hôtelière di Losanna, dopo gli studi Yvonne era stata dapprima assunta per tre anni al *Baur au Lac* di Zurigo, poi al *Claridge's* di Londra e al *Four Seasons* di Milano. Parlava fluentemente inglese, tedesco, spagnolo, italiano e, naturalmente, francese. Era una donna dotata di grande fiducia in se stessa, una qualità molto apprezzata da Bateau che si sentiva rassicurato dalla sua presenza. Tendente all'ansia e alla preoccupazione per natura, aveva bisogno di qualcuno che controbilanciasse la sua emotività, come Yvonne aveva già capito, avendolo più volte visto in preda al panico per la riapertura. Lei, al contrario, aveva grande capacità di autocontrollo, un asso nella manica in una struttura dove, da un momento all'altro, potevano verificarsi problemi di qualsiasi genere. Non era insolito, infatti, con una clientela esigente e particolarmente viziata, ritrovarsi a dover soddisfare ogni più strano desiderio o risolvere situazioni imbarazzanti. Yvonne era particolarmente dotata nella risoluzione delle problematiche più svariate. Anche la carriera di Olivier aveva registrato qualche imprevisto, come quando al

Ritz due importanti star del cinema americano erano decedute una a causa di un'overdose di eroina e l'altra, a cinquantasette anni, per un attacco cardiaco. Per non parlare poi dei furti di gioielli, delle minacce di attentati, di piccoli incidenti diplomatici, tutti eventi da trattare con estrema discrezione. Aveva svolto un buon lavoro, ma, nella maggior parte dei casi, aveva avuto bisogno dell'assistenza di un superiore più esperto per sistemare le cose. Adesso quel compito sarebbe toccato a lui. Sarebbe stato lui a doversi dimostrare capace di dare sostegno alla propria vicedirettrice. Yvonne, oltre a essere piena di risorse, aveva anche il vantaggio di conoscere alcuni dei clienti più assidui del *Louis XVI* per averli già accolti negli alberghi dove lavorava in precedenza. Le persone che frequentavano regolarmente il cinque stelle francese rappresentavano *la crème de la crème*, ma avevano anche non poche idiosincrasie ed erano abituate a essere accontentate in qualunque richiesta, e Olivier era intenzionato a continuare a farlo con l'aiuto di Yvonne. In cuor suo, Bateau cullava il sogno segreto di diventare una leggenda persino superiore a Lavalle. Un obiettivo ambizioso, visto che a differenza di Olivier, Louis possedeva nervi d'acciaio e non esternava in alcun modo le proprie emozioni.

Tutto sembrava essere andato a gonfie vele nella prima settimana della riapertura, a eccezione di Internet e del sistema telefonico che continuava a guastarsi in alcune aree dell'albergo senza spiegazioni ragionevoli. Le linee cadevano e ritornavano qualche ora dopo, come se un fantasma si divertisse ad attivarle e disattivarle. Forse era lo spirito di Lavalle, come aveva suggerito

Yvonne con una battuta che Louis aveva trovato infelice. Perché Lavalle avrebbe voluto torturarlo? Per ricordargli che era lui a tenere i fili dello spettacolo, anche dall'altro mondo? Meglio evitare ogni genere di boutade al riguardo... Su questa terra tutto era possibile. Come lo stesso Olivier aveva fatto notare a Yvonne, gli alberghi avevano una vita e un'anima proprie, e circolavano già fin troppe superstizioni sull'argomento. Non era escluso che lo spirito di Louis Lavalle interferisse col sistema telefonico, solo per seguitare ad aleggiare in quegli ambienti e manifestare la sua presenza. Si era sempre comportato come se l'albergo gli appartenesse. Era però riuscito, con la discrezione che lo caratterizzava, a distinguersi anche dal punto di vista innovativo, suggerendo quel remake tecnologicamente avanzato che agli occhi di Olivier appariva fin troppo complicato ed eccessivo.

La lobby del *Louis XVI* ospitava tre boutique di lusso: quella di un famoso gioielliere con un'esposizione di grande valore, una più piccola di Loro Piana e una di pelletteria di vari brand con uno stand di borse vintage di coccodrillo Hermès vendute a prezzi con sei cifre. Oltre ai negozi, vi erano anche diverse vetrinette di marchi di lusso che esponevano un piccolo campionario di ciò che poteva essere comprato in rue du Faubourg Saint-Honoré. Capitava talvolta che gli acquisti, specie quelli di alta gioielleria, fossero fatti direttamente da lì. La gente che si recava al rinomatissimo bar dell'albergo per un drink o nel ristorante a tre stelle, adorava fermarsi ad ammirare la merce esposta. L'hotel era dotato anche di un elaborato sistema di allarme e di una nutrita security a salvaguardia della merce esposta.

I prezzi delle camere, conformi agli standard della struttura arredata con gusto raffinato e della clientela, erano stati aumentati per la riapertura. Nessuno che non avesse larghi mezzi poteva permettersi di alloggiare in quell'albergo frequentato da milionari provenienti dall'Europa, dall'Asia, dal Medio Oriente e in qualche caso dagli Stati Uniti, sebbene quelli in genere sembrassero preferire alberghi più grandi come il *Ritz* o il *Four Seasons*. Gli ospiti più esigenti frequentavano il *Louis XVI* da anni e avevano letteralmente supplicato per tornarci. Tutto esaurito sin da prima dell'inaugurazione, il personale aveva già stilato una lista d'attesa per i quattro mesi seguenti, senza neanche un posto libero prima di quel periodo, a parte un ristretto numero di camere e suite nel caso di una richiesta di altissimo livello dell'ultimo momento, ma anche quelle erano davvero poche. Circa a metà della prima settimana, Olivier controllò la lista dei clienti in ingresso per quel giorno e, nel loro meeting mattutino, diede a Yvonne i nominativi di quelli che avrebbe dovuto accompagnare personalmente nelle loro stanze e di quelli di cui si sarebbe occupato lui. Agli altri avrebbero pensato i vari receptionist.

Yvonne fu colpita che Olivier avesse inserito Gabrielle Gates nella sua lista. Era una cliente abituale e l'aveva vista una volta al *Claridge's*, sebbene non le fosse stato permesso di avvicinarla, era ancora alle prime armi per un'ospite così importante. E adesso, da vicedirettrice, e a dispetto della giovane età, avrebbe avuto l'onore scortare una persona così in vista. Gabrielle Gates, di nazionalità americana, era una famosa consulente d'arte che aveva appreso i segreti del mestiere dal defunto padre, Theodore Weston, proprietario di una rinomata galleria d'arte, ed era stata sposata con Arthur Gates, uno dei più famosi venture capitalist americani, di venticinque anni più vecchio di lei. Gabrielle doveva avere all'incirca quarantacinque anni, ricordò vagamente Yvonne, e aveva due figlie sui venti o poco più. Era una donna molto attraente, elegante, circondata da un'aura di potere per nascita e per matrimonio. Nata in una famiglia privilegiata, la defunta madre era stata una tanto splendida quanto famosa debuttante. Figlia unica e adorata, Gabrielle possedeva un carattere caparbio ed era stata la pupilla degli occhi del padre. Un paio di anni prima, ricordò Yvonne, il suo nome era apparso sulle cronache quando il marito l'aveva lasciata per un'altra molto più giovane, appena tre anni in più della figlia maggiore. La stampa aveva parlato molto della separazione, del patrimonio di Arthur Gates, della giovane età della sua nuova sposa. Come tutti i pettegolezzi e gli scandali, quella storia aveva tenuto banco per un po', condita da numerosi servizi fotografici su entrambe le parti in causa, ma dopo sei mesi il polverone si era dissolto.

Gabrielle Gates amava la privacy e la discrezione e si era sempre astenuta dal rilasciare qualsiasi commento quando la stampa le dava la caccia, prima di perdere interesse per lei e la sua storia. L'ex marito, di contro, seguitava a suscitare l'attenzione, lui sessantottenne con la moglie di ventiquattro, una ragazza russa incontrata sulle nevi di St. Moritz.

Yvonne conosceva bene le tipe come quella. Gli alberghi nei quali aveva lavorato erano pieni di giovani che si accompagnavano a uomini facoltosi molto più anziani. Per qualche ragione, questi ultimi rimanevano lusingati dalle loro attenzioni e le viziavano oltre ogni limite, molto spesso liquidando le mogli con splendide case, chalet di montagna, imbarcazioni di lusso, gioielli, jet privati e collezioni d'arte. Per delle ragazze poco più che ventenni era come vincere alla lotteria e approfittavano di tutti i vantaggi della relazione per poi, quando il legame si esauriva, trovare un sostituto altrettanto anziano ma più potente e danaroso del precedente. Sulle prime, Yvonne le aveva guardate con invidia, ma presto aveva cambiato idea. Non avrebbe mai sposato uno di quei ricconi né sarebbe andata all'altare per i soldi. Le sarebbe piaciuto molto incontrare il principe azzurro, ma non se lo figurava come un settantenne con un grosso conto in banca. Tutto troppo venale per lei. Senza contare poi che alcuni erano davvero orrendi. Non aveva mai avuto modo di vedere Arthur Gates di persona ma, nelle foto che circolavano, dimostrava tutta la sua età. Sebbene dall'aspetto distinto, non doveva essere una brava persona, pensava Yvonne, visto che aveva abbandonato la consorte per correre dietro a una giovanissima arrampicatrice sociale.

Consultando la lista delle prenotazioni, Yvonne lesse che Gabrielle aveva preso la solita suite. Viaggiava da sola e il personale dell'albergo si era dato molto da fare per accontentarla. C'erano numerose stelle che seguivano il suo nome nei vecchi registri di Lavalle a indicare che la cliente andava assecondata nella richiesta della sistemazione preferita a costo di smuovere mari e monti. Spesso a Parigi per lavoro e per visite ad amici, le note riportavano che era sempre accompagnata dal marito. Non questa volta, per ovvie ragioni. Tra le varie informazioni, monsieur Lavalle aggiungeva il possesso di un aereo personale, ma non era dato sapere a chi fosse andato il jet dopo il divorzio. Era stata prenotata però un'auto con conducente per andare a prenderla all'aeroporto Charles de Gaulle, e non al Le Bourget, chiaro segno che l'ospite viaggiava su un volo commerciale.

Due anni dopo la sua ultima visita a Parigi, Gabrielle atterrò a Roissy. Durante i lavori di ristrutturazione del *Louis XVI*, prima della separazione con Arthur, aveva alloggiato al *Ritz* e al *Four Seasons*, alberghi diversi da quello più piccolo e più esclusivo che lei e il marito amavano tanto. Gabrielle aveva frequentato il *Ritz* da bambina, quando veniva in Europa con i genitori, ma dal momento in cui lei e Arthur avevano scoperto il *Louis XVI*, lo aveva preferito per la sua atmosfera intima, le incomparabili suite e per la vicinanza a rue du Faubourg Saint-Honoré, la lussuosa via dello shopping.

Gabrielle era venuta a conoscenza della tresca del marito con Sasha un anno dopo la chiusura per ristrutturazione dell'hotel. La loro storia non era rimasta un segreto a lungo. Arthur si era gettato a capofitto e senza alcun ritegno in quell'amore, che non aveva tardato a diventare uno scandalo di dominio pubblico.

Una volta che gli altarini erano stati scoperti dalla stampa, non era più stato possibile tenere in piedi il matrimonio, del quale peraltro all'uomo non sembrava importare granché. Le figlie si erano infuriate con lui e, due anni e mezzo dopo, non lo avevano ancora perdonato. Nonostante avessero accettato la situazione e continuato a frequentarlo per evitare di perderlo del tutto, ritenevano sempre imbarazzante e ridicola la presenza di Sasha.

Per Gabrielle era stato uno shock scoprire, a quarantatré anni, di essere tradita dopo ventidue di matrimonio. Era chiaro che Arthur avesse una predilezione per le donne giovani e lei non lo era più. Sasha era riuscita a far colpo su di lui, a manovrarlo e a indurlo a spendere una fortuna in alta moda, gioielli, e ogni altro ben di Dio che, un giorno, avrebbe potuto trasformare in denaro liquido. Nel loro ambiente, le arrampicatrici sociali abbondavano, ma quella volta Gabrielle aveva sperimentato la cosa di persona. Sei mesi dopo aver scoperto la relazione, aveva chiesto il divorzio, che si era concluso un anno prima del viaggio a Parigi, e le cui trattative erano state quanto più possibile discrete. Dignitosa per natura, Gabrielle si era trattenuta dal malignare sul marito con le figlie, sebbene fosse molto amareggiata. Anzi, molto più che amareggiata, era devastata. Aveva creduto che il loro fosse amore vero, che sarebbe durato per sempre e che la grande differenza di età avrebbe placato la voglia di Arthur di una compagna più giovane. Così purtroppo non era stato e Sasha era riuscita a irretirlo. Come capitava spesso in tali occasioni, era rimasta incinta subito dopo le nozze, se non poco prima. Adesso, con un maschietto di tre mesi tra le braccia, si era assicurata il futuro. Un futuro che, per la prima volta in ventiquattro anni, a Gabrielle sembrava essere diventato incerto. Si era costruita una solida carriera e aveva continuato a lavorare telefonicamente durante il caotico periodo del divorzio, tentando di farsi vedere in giro il meno possibile. La figlia maggiore si era da poco trasferita a Los Angeles, dopo la conclusione degli studi, e quella più giovane frequentava la Georgetown University di Washington. Nessuna delle due aveva preso bene la nascita del fratellastro. Lei stessa non si era ancora ripresa, seppur non fosse sorpresa, considerato che Sasha era una vera professionista, nel suo genere. Sentiva ancora la cocente umiliazione scorrerle nelle vene.

Non le importava che Arthur si rendesse ridicolo di fronte agli altri, ma la infastidiva che i coetanei della sua stessa cerchia lo invidiassero, uomini che, Gabrielle se ne rendeva conto soltanto adesso, non erano mai stati veri amici e che, dopo il divorzio, avevano smesso di frequentarla. Era lieta che i suoi genitori non fossero più in vita per assistere a un simile scempio. L'avevano ricoperta d'amore, lei, la loro unica figlia, nata quando ormai, in età avanzata, non l'aspettavano più. Il divorzio da Arthur avrebbe spezzato loro il cuore, quasi quanto aveva infranto il suo e quello delle figlie. La confortava un poco sapere che il padre sarebbe stato furibondo nei confronti dell'ex genero. Adesso si sentiva indesiderata, vecchia, vulnerabile. Mascherava bene il suo stato d'animo, mostrandosi sempre calma, professionale e distaccata con i clienti, ma dentro era a pezzi. Neanche le figlie sapevano quanto quel divorzio l'avesse segnata. Per mesi, quando era da sola, aveva pianto lacrime amare. Si era sentita confusa, senza speranze per il futuro, si era vista sfiorita e priva del desiderio di ricominciare a vivere. Le ci erano voluti più di due anni per rimettersi in piedi, anni trascorsi in solitudine, evitando ogni evento sociale. Aveva smesso di viaggiare, tranne che per partecipare alle fiere più importanti e, solo quando non poteva farne a meno, per incontrare qualche cliente. Fin dal giorno del divorzio, non aveva mai più accennato né all'ex marito né alla sua nuova moglie o al bambino e nessuno avrebbe mai osato abbordare l'argomento con lei.

Le sedute da un bravo psicologo, il ricorso ai farmaci per qualche mese, il tempo, l'amore per le figlie e per il lavoro erano riusciti alla fine a tirarla fuori dal baratro. Grazie al natura signorile ereditata dalla madre e alla passione per l'arte ricevuta in dono dal padre, era riuscita a sopravvivere. Il viaggio settembrino a Parigi era stata una decisione dell'ultimo momento per partecipare alla Biennale d'arte e mobili antichi e a un'importante asta di Sotheby's, eventi che avevano coinciso alla perfezione con la riapertura di quello che era stato l'albergo preferito da lei e dall'ex marito. Sebbene un po' preoccupata dai ricordi che avrebbero aleggiato tra quelle stanze, non aveva resistito alla curiosità e aveva chiesto la suite di sempre nella speranza di non aver commesso un errore. Il suo unico desiderio era che Arthur e Sasha non partecipassero a loro volta alla Biennale, sebbene ne dubitasse. I gusti della giovane erano meno sofisticati e indirizzati più all'arte contemporanea. Arthur aveva speso una cifra folle per accontentarla con l'acquisto di un'opera di un avanguardista.

Avendo Arthur tenuto per sé l'aereo privato, quella era la prima volta da anni che Gabrielle viaggiava su un volo di linea. Era vestita con semplicità quando scese dall'aereo: jeans neri, mocassini, un sobrio pullover nero, una giacca di pelliccia e la consueta capiente Birkin di Hermès che usava quando si spostava da un posto all'altro. Delicata nei tratti del viso, nel quale erano incastonati occhi verde smeraldo messi in risalto dall'incarnato chiaro e dai capelli scuri raccolti dietro la nuca, Gabrielle era alta e snella. Bisognava tuttavia osservarla con attenzione per ammirarne la bellezza e il garbo perché possedeva la capacità di mimetizzarsi nella folla e di non essere notata nonostante il suo aspetto splendido. Solo quando lo sguardo si posava direttamente su di lei si notava il portamento aristocratico, la grazia tranquilla, la sua naturale eleganza. Non amava essere al centro dell'attenzione, e men che meno ora che non era più sposata con Arthur che, soprattutto agli inizi del matrimonio, l'aveva sfoggiata come una splendida bambolina, un atteggiamento che l'aveva sempre messa a disagio e che con gli anni era riuscita a sostituire con il suo charme pacato. Ora il marito aveva la bambola che aveva sempre desiderato, che poteva ricoprire di abiti appariscenti, ignaro della volgarità che suscitava, soddisfatto di poter esibire la sua gioventù, mentre lei faceva man bassa del patrimonio. Non era stato così per Gabrielle. Lei, ricca di suo, l'aveva sposato per amore, non gli era mai andata dietro per la posizione. Aveva grazia e dignità, a differenza di Sasha, più ordinaria e scaltra, anche se, doveva ammetterlo, molto sexy.

Allo sbarco dal volo, una hostess di terra dell'Air France si fece trovare a disposizione, l'aiutò a recuperare i bagagli e l'accompagnò all'auto, una Mercedes nera, inviata per lei dall'albergo. Arthur aveva comprato una Bentley color argento per Sasha, mentre lui amava guidare una Lamborghini, abituato da sempre al lusso e desideroso di circondare la nuova moglie dei suoi stessi agi. A Gabrielle non era mai importato nulla di sfoggiare la propria ricchezza, e aveva prenotato un volo in prima classe soltanto per avere la possibilità di isolarsi e godere della sua privacy. Aveva trascorso la maggior parte del volo dormendo e aveva addirittura saltato la cena. Sebbene fosse sempre stata snella, il suo peso era calato sensibilmente negli ultimi due anni e mezzo di tribolazioni. Non vedeva l'ora di arrivare nel suo albergo preferito, come se, una volta a destinazione, tutto sarebbe andato bene, come se avesse potuto riportare indietro le lancette dell'orologio. Non era così, lo sapeva, e seguitava a ripetersi che, alla fine, non tutti i mali venivano per nuocere e che forse era meglio stare da sola che con un uomo come Arthur. L'aveva delusa profondamente, ma non desiderava essere compatita da nessuno e per questo aveva evitato di frequentare le conoscenze strette durante il matrimonio. Non voleva né spettegolare sull'uomo che aveva amato, né lamentarsi di lui né autocommiserarsi.

Avrebbe vissuto bene anche da sola, seguitava a ripetersi. Intelligente e ragionevole, sapeva che tutto si sarebbe sistemato, prima o poi, anche se talvolta il dolore riaffiorava. Quel viaggio era il primo passo della sua nuova vita, una dimostrazione del coraggio che aveva nel tornare in luoghi a lei familiari senza Arthur. Aveva azzardato troppo? Non avrebbe saputo dirlo, non ancora, ma poteva sempre andar via, tornare a casa o continuare il soggiorno al *Ritz*.

Durante il tragitto dall'aeroporto all'albergo, Gabrielle non provò alcuna incertezza. Si sentiva coraggiosa, felice di aver deciso di partire. Adorava Parigi e non ci avrebbe rinunciato per l'ex marito. La città non apparteneva né a lui né a Sasha. Ormai poteva contare solo su se stessa e questo le bastava.

Giunta all'hotel, il portiere la riconobbe subito e la salutò con calore alzando il cappello e facendosi carico del bagaglio mentre Gabrielle, con un sorriso, oltrepassava la porta girevole e si avviava al banco della reception.

Notò subito qualche piccolo cambiamento, anche se gli oggetti d'antiquariato e il mobilio sembravano gli stessi e disposti come in precedenza. La moquette era stata sostituita con una identica alla vecchia, ma qua e là si notavano marmi nuovi e scintillanti e vetrinette per gioielli di foggia più moderna.

Anche le uniformi rosse dei fattorini erano le stesse di sempre, seppur indossate da ragazzi nuovi, alcuni addirittura imberbi e poco più che adolescenti. Alla reception non riconobbe nessuno. Aveva sperato di incontrare un paio di persone della vecchia guardia, sebbene sapesse della morte di Lavalle e del pensionamento della capocameriera e del vicedirettore. Il suo sguardo si posò invece su un agitato uomo sulla quarantina con un principio di calvizie. Gabrielle si presentò, e lui fece lo stesso qualificandosi come nuovo direttore e dandole un benvenuto gentile ma distaccato, poco colpito dall'abbigliamento sobrio dell'ospite. Abituato a una maggiore ostentazione e a clienti meno discreti, Olivier Bateau l'affidò alle cure della sua vice annunciando che sarebbe stata lei, Yvonne Philippe, ad accompagnarla in camera. Questo sì che era un cambiamento. Fino ad allora Gabrielle era sempre stata scortata nella suite da monsieur Lavalle in persona, ma si chiese se forse le usanze erano cambiate perché aveva divorziato da Arthur.

Stanca del viaggio, seguì la pacata e rispettosa Yvonne negli ambienti a lei così familiari, dove erano state fatte solo poche modifiche minori. In generale, si era cercato di preservare l'atmosfera di prima e mantenere la versione originale e tanto amata dell'hotel. L'ascensore, tutto marmo e specchi ora, aveva perso il suo fascino da Vecchio Continente ma acquistato in modernità ed efficienza, sebbene fosse ancora manovrato da un lift. Mentre salivano al piano, Yvonne spiegò le novità tecnologiche introdotte negli alloggi, ammettendo tuttavia con discrezione che si stava ancora lavorando al perfezionamento di «alcuni dettagli» sulla linea telefonica e su Internet, ma che fra qualche giorno tutto sarebbe stato sistemato. Gabrielle prevedeva di restare per una settimana.

Trattenne il fiato quando Yvonne aprì la porta della suite con la chiave elettronica. A prima vista, tutto sembrava lo stesso. La tappezzeria era nuova, ma i mobili e la cromaticità dell'ambiente erano rimasti invariati, avvolti in un alone di morbido azzurro cielo. Ovunque vi erano rasi e broccati, le tende nuove erano magnifiche, migliori delle precedenti. Il tappeto Aubusson era stato sostituito con un altro, ma l'effetto era fantastico come in passato. A un'analisi più attenta, Gabrielle scorse qualche arredo nuovo, seppur antico, e un minibar con le ante a specchio. Il camino di marmo bianco scolpito era identico a quello che lei e Arthur avevano sempre ammirato. I bagni, due completi di tutto più uno di servizio, erano moderni e lussuosi, ma con un tocco di antico. Dopo averle fatto fare il giro completo della suite, Yvonne le spiegò la parte tecnologica mostrandole il funzionamento tramite l'iPad, che comandava persino le tende.

Era il miglior ringiovanimento che Gabrielle avesse mai visto, un po' come il suo. Infatti, aveva preso in considerazione la possibilità di un lifting al viso, dopo essere stata lasciata da Arthur, ma per fortuna il chirurgo plastico al quale si era rivolta l'aveva dissuasa, suggerendole invece alcune iniezioni di filler, qualche cambiamento minimo, e un trattamento di elettrostimolazione per «risvegliare» il volto. I risultati erano stati più che soddisfacenti e non le avevano stravolto i tratti né lasciato i segni di un intervento. Il viso appariva più riposato, in salute, i lineamenti più evidenziati. Sembrava tornata indietro di una decina d'anni, esattamente come l'albergo, pensò sorridendo tra sé e sé e ringraziando il cielo di non essersi sottoposta a trattamenti troppo invasivi o distruttivi. Le figlie non avevano addirittura notato nulla! Ma con la nuova moglie di Arthur più giovane di lei di diciannove anni, si era sentita così vecchia da ritenere di aver bisogno di un piccolo sostegno e adesso era soddisfatta dei risultati. Dedicarsi un po' alla propria estetica era stato il primo passo di un nuovo capitolo e Parigi il secondo.

Gabrielle ringraziò Yvonne con una lauta mancia e non appena la vicedirettrice uscì arrivò il fattorino con i bagagli. Yvonne si era accorta della sorpresa dell'ospite quando Olivier non l'aveva accompagnata: un errore, a suo parere. La donna però si era dimostrata cortese e troppo educata per obiettare di essere stata trattata al di sotto delle sue aspettative dal nuovo direttore.

Qualche minuto dopo, Gabrielle si ritrovò da sola nella suite con una piramide di macaron preparati dallo chef, un vassoio di fragole, un cesto di frutta, una grande scatola dei migliori cioccolatini sul mercato, uno splendido bouquet di rose rosa e una bottiglia messa in fresco di Dom Pérignon, marca che lei e il marito preferivano al Cristal, l'offerta standard dell'albergo per la clientela VIP americana.

Sedette su una poltrona e si guardò intorno. Le modifiche non erano evidenti, ma quanto era avvenuto nella sua vita, sì. Arthur l'aveva lasciata, si era gettato tra le braccia della nuova moglie. Gabrielle aveva vissuto gli ultimi due anni quasi come una reclusa, sebbene avesse promesso allo psicologo di sforzarsi di uscire di più. Il viaggio a Parigi era una testimonianza della volontà di riappropriarsi della propria esistenza. Era incredibile pensare a come la sua vita fosse cambiata in quattro anni, il tempo della ristrutturazione dell'hotel. Le figlie erano cresciute, una aveva lasciato per sempre il nido e l'altra frequentava l'università. E lei era rimasta sola. Niente sarebbe più stato come prima. Essere lì, in quella suite parigina, dove lei e il marito erano stati così felici per tanti anni, sembrava sottolineare la sua nuova condizione. Sentendo gli occhi farsi umidi, Gabrielle si alzò per andare alla finestra e ammirare i tetti di rue du Faubourg Saint-Honoré. I doppi vetri isolavano la suite dai rumori esterni mentre un sistema di condizionamento dell'aria, gestibile da iPad, assicurava la giusta temperatura all'ambiente. Era arrivato il momento di guardare avanti. Lasciarsi travolgere dalla tristezza era inutile, non avrebbe cambiato nulla, avrebbe soltanto spianato la strada a una depressione che invece era determinata a combattere.

Guardò l'orologio e decise per un salto alla Biennale per cominciare a farsi un'idea delle gallerie rappresentate, dare un'occhiata in incognito agli stand e ammirare con tutta calma la mostra del Grand Palais. Alcuni espositori investivano milioni di dollari per quell'evento e lei non voleva perdersene neppure un istante. Prese la bottiglia di champagne, si riempì un bicchiere, colse un macaron dal vassoio d'argento e tentò di non pensare ad Arthur. Non faceva più parte della sua vita, non lo meritava. Era a Parigi, nel suo albergo preferito, e sia l'hotel sia lei erano cambiati. In meglio. Era questo su cui doveva concentrarsi, si ripeté mentre si sciacquava il viso e spazzolava i lunghi capelli neri. Aveva una vita davanti e l'avrebbe sfruttata al meglio, a qualsiasi costo. Una decina di minuti dopo, attraversò di nuovo la lobby dirigendosi, sorridente, alla Biennale, felice di essere a Parigi.

2

Mentre Gabrielle saliva con grazia sulla Mercedes con autista che l'hotel le aveva messo a disposizione per l'intera durata del soggiorno, scorse un signore alto, con i capelli grigi, il volto serio e l'abito scuro. Era sceso da un taxi portando con sé una ventiquattrore e un piccolo trolley. Il portiere, all'ingresso, lo accolse con tutti i riguardi senza che però l'altro sorridesse neanche una volta. Tutto suggeriva che doveva trattarsi di un personaggio importante, dall'aria preoccupata e scontenta, che si affrettò a entrare nello stabile. Anche lo chauffeur di Gabrielle lo aveva notato.

«Chi era?» gli chiese, incuriosita. Aveva richiesto un conducente che parlasse inglese. Conosceva poco il francese, a eccezione di qualche frase o parola imparate durante i soggiorni in Francia per affari. Neppure Arthur era capace di esprimersi in quella lingua. «Un personaggio importante? Il portiere sembrava colpito dal suo arrivo.»

«Sì, è una persona nota», confermò l'autista guardandola dallo specchietto retrovisore. All'incirca coetaneo di Gabrielle, indossava un completo nero, camicia bianca, cravatta nera. Il suo inglese era impeccabile. «Patrick Martin, il nostro ministro dell'Interno e candidato alla presidenza alle prossime elezioni di primavera.» Doveva essere sulla cinquantina e, adesso che l'autista gliene aveva parlato, Gabrielle pensò che fosse davvero circondato da un'aura di potere.

«Pensa che vincerà?» Quell'uomo la incuriosiva. Non sembrava un tipo divertente, ma posato e rispettabile.

«È possibile. Magari non al primo turno, ma al ballottaggio potrebbe farcela. Le nostre elezioni presidenziali si dividono in due fasi. È molto rispettato, sebbene non particolarmente caloroso. Forse, però, è preferibile un presidente serio a uno affabile. Alcuni dei più spigliati hanno fatto un pessimo lavoro. Senza contare che quasi sempre il potere dà alla testa ed ecco che, dopo un po', si portano le amiche, le amanti all'Eliseo, suscitano scandali di ogni tipo. Patrick Martin è una persona tutta d'un pezzo. È molto... rigido, si dice così, vero? Integerrimo.»

«Ne ha tutto l'aspetto, infatti», replicò Gabrielle, compiaciuta dalla descrizione dell'autista.

«Abbiamo molti partiti in Francia e il signor Martin correrà contro due donne: una comunista e l'altra dell'estrema destra. Lui sarà la scelta migliore. Ma ce ne sono anche altri.»

«Al giorno d'oggi, è facile confondersi con la politica», rispose Gabrielle prima di perdersi nella lettura del dépliant della Biennale e scordarsi completamente del ministro dell'Interno. Perché alloggiava nel suo stesso albergo? Forse aveva un incontro galante con una signora, a giudicare dal passo affrettato con cui era entrato nella hall.

Al banco della reception, Patrick Martin chiese di Olivier Bateau che aveva preso personalmente la prenotazione e che, non appena lo vide, si affrettò a riceverlo.

«La sua presenza ci onora, ministro», lo salutò pomposamente. Martin sembrava a disagio. Al telefono aveva specificato di desiderare discrezione. I direttori d'albergo erano abituati a simili richieste e ne indovinavano immediatamente la ragione.

«La mia camera è pronta?» replicò Martin. Ne aveva chiesta una semplice, senza sfarzo, più che adatta per un meeting, aveva detto. Bateau non credeva che fosse quello il motivo, ma molto più probabilmente un convegno amoroso con una signora. Martin era un bell'uomo.

«Certo. La accompagno.» Bateau fece il giro del banco, una chiave elettronica stretta in mano. Nell'ultima settimana aveva trascorso più tempo alla reception che in ufficio. Voleva essere presente per salutare gli ospiti più importanti, e non si era ancora reso conto che con Gabrielle Gates aveva mancato un'occasione. Yvonne, al contrario, l'aveva riconosciuta subito per averla già veduta in precedenza. Era stato fatto un passo falso al suo arrivo, ma Gabrielle, di natura garbata, non se ne era lamentata.

Patrick Martin e il direttore entrarono in ascensore e salirono fino al terzo piano, uno di quelli riservati ai

VIP e con le suite più lussuose. Precedette l'ospite lungo il corridoio, aprì la porta dell'alloggio e fece cenno al ministro di entrare. Dopo aver sgranato gli occhi per la sorpresa, Martin gli scoccò un'occhiata irritata.

«Avevo chiesto una stanza semplice. Questa è una suite enorme e lussuosissima.» Tutto pareva tranne che soddisfatto.

«Sissignore. Le abbiamo offerto una categoria superiore senza costi extra. È un piacere per il nostro albergo ospitarla in uno degli appartamenti più raffinati.» Il direttore era entusiasta della propria iniziativa, al contrario del cliente.

«Sarebbe possibile sistemarmi in una stanza normale e non in una suite?»

«Temo di no», rispose Bateau, sbalordito e deluso. «Siamo al completo per le prossime settimane e molti clienti hanno richiesto in maniera specifica le loro vecchie sistemazioni. Spero che si troverà bene, signore.» Si era aspettato entusiasmo dal ministro, che invece pareva agitato. Le labbra, sottili per natura, tagliavano di netto il viso come una riga diritta.

«E sia. Tanto è solo per una notte. Non depone bene per un ministro indulgere nel lusso, anche se sto pagando di tasca mia.» All'arrivo aveva presentato la sua carta di credito personale e non quella del governo. «Mi aspetto discrezione», ribadì poi, rivolgendosi al direttore.

«Certo, signore. Beninteso.» In genere l'albergo sapeva se la stanza sarebbe stata occupata anche da un'altra persona, ma mai e poi mai il direttore avrebbe osato porre una simile domanda al ministro dell'Interno, responsabile anche dei servizi segreti, omologhi dell'FBI o della CIA americane. Era un uomo di potere, eppure, si guardava intorno come se fosse a disagio, chiaramente desideroso che il direttore si congedasse, come Bateau si affrettò a fare. Martin sprofondò su una poltrona d'antiquariato in stile Luigi XVI e sospirò. Stare lì lo metteva in ansia. Aprì la ventiquattrore, ne esaminò il contenuto e fece lo stesso con il trolley. Aveva tutto il necessario.

Nervoso e incapace di rilassarsi, si alzò, si diresse verso il minibar, si servì uno scotch liscio, lo bevve, riempì di nuovo il bicchiere e andò a sedersi in attesa che bussassero alla porta.

Quando Olivier Bateau tornò alla reception, notò entrare un uomo alto, distinto e robusto. Il volto era serio, ma gli occhi calorosi e amichevoli. Quasi sulla cinquantina, parlava fluentemente francese con accento britannico. Si presentò come Alaistair Whyte-Jones, aggiungendo di aver prenotato una junior suite, ovvero una camera con angolo salotto. La ristrutturazione dell'hotel era servita anche a crearne di nuove aumentandone il numero. L'uomo disse anche che non aveva mai alloggiato in quella struttura, come già era stato annotato accanto al suo nome sul computer.

Avendo un appuntamento in città, aveva deciso di concedersi il lusso di una breve vacanza che non prendeva da molto tempo. Parigi era la sua città preferita ed esserci finalmente tornato lo entusiasmava. Mentre una degli addetti al ricevimento lo accompagnava nella sua stanza, Alaistair si guardava intorno.

Non c'era nulla nel suo file che lo indicasse come un VIP né si comportava come tale. Era un normalissimo cliente, brillante, dall'aspetto di un uomo d'affari, con buone maniere, uno per il quale qualche giorno in un albergo come quello doveva essere un evento speciale. Probabilmente non sarebbe tornato più. Pareva incarnare perfettamente lo stile british: giacca di tweed di buon taglio, pantaloni grigi, scarpe scamosciate marrone scuro. Assomigliava a un gentiluomo di campagna, ma non era un lord, o qualcuno fuori dall'ordinario tanto da meritarsi un trattamento speciale dal direttore. Sembrava soddisfatto di essere accompagnato in camera dalla giovane receptionist. Gli articoli letti sul *Louis XVI* lo avevano incuriosito al punto da desiderare di vederlo di persona. Il suo unico rammarico era di non avere nessuno con cui condividere l'esperienza. Era però grato di essere lì e determinato ad assaporare ogni istante del soggiorno.

Subito dopo Alaistair Whyte-Jones, fece il check-in una coppia americana dall'aria euforica, radiosa. Parevano in luna di miele, ma Yvonne, naturalmente, non chiese nulla. I cognomi sui passaporti erano diversi, ma probabilmente non avevano avuto ancora il tempo di cambiarli. Oggigiorno, poi, molte donne mantenevano il proprio. Sembravano festeggiare comunque qualcosa, mentre un fattorino nella sua nuova uniforme con il tradizionale berretto rosso e la giacca dello stesso colore li accompagnava in camera. Avevano un atteggiamento complice, ma soprattutto erano al settimo cielo. Yvonne sorrise guardandoli sparire nell'ascensore e scambiarsi un bacio. Non certo dei ragazzini, come aveva visto dai documenti: lui aveva trentotto anni e lei uno di più. Di certo, sapevano cosa stavano facendo, di qualunque cosa si trattasse. Chissà, magari la loro storia era degna di un romanzo o di una fiction televisiva!

Richard Sheffield aveva conosciuto Judythe due anni prima, al matrimonio della donna. Amico dei tempi dell'università dello sposo, neanche particolarmente intimo, era stato invitato alle nozze in onore dei vecchi tempi. All'University of New Hampshire, all'ultimo anno di corso, i due erano stati compagni di stanza. Judythe lavorava nell'ufficio pubblicità di una rivista di New York e aveva aspettato fino a trentasette anni per sposarsi. Vedendo tardare l'arrivo dell'uomo giusto, alla fine si era convinta di non dover per forza trovare l'anima gemella per andare all'altare. Lo sposo era un analista finanziario di Wall Street, aveva un buon lavoro, sembravano ben assortiti, stavano bene insieme e amavano gli stessi sport. Così, alla fine, Judythe aveva deciso di buttarsi prima di perdere definitivamente il treno. Si erano lasciati un paio di volte, quando lei aveva sentito la necessità di incontrare qualcuno di più eccitante. Quello che stava per sposare non era un tipo particolarmente divertente, ma aveva il vantaggio di essere una persona solida e con la testa sulle spalle. Al momento del loro incontro, Richard era sposato da tre anni con un'infermiera, non aveva figli e scriveva per una rivista di viaggi.

Il colpo di fulmine era arrivato al ricevimento di nozze, mentre chiacchieravano, ed era stato reciproco. Nessuno aveva osato dire niente all'altro e Judythe aveva tentato di convincersi che era stato solo per effetto dell'alcol. Quando però avevano ballato, erano stati attraversati da una scossa elettrica. Judythe non si era mai sentita così attratta da un uomo in tutta la sua vita, men che meno da quello che aveva appena sposato. Avevano cercato di fare del loro meglio per ignorare il sentimento che provavano e poi gli sposi erano partiti per la luna di miele nel Wyoming. Al rientro, però, Judythe non era più riuscita a togliersi Richard dalla testa. Così, quando lui l'aveva invitata a pranzo, avevano fatto faville, e quella volta, senza aver bevuto una goccia d'alcol o aver ballato.

Tre pranzi e due mesi dopo le nozze, Judythe era finita in una stanza d'albergo con Richard. Sebbene in preda ai rimorsi per ciò che stavano facendo, non erano riusciti a smettere. Sposarsi per lei era stato un errore, e Richard era arrivato alle stesse conclusioni riguardo al suo matrimonio. La moglie si lamentava di continuo, non riteneva sufficientemente buono il suo lavoro, mentre per lui lei mancava di fantasia, detestava viaggiare e trascorreva tutto il suo tempo libero nel New Jersey con le sorelle. Gli ci erano voluti meno di sei mesi per capire che non l'amava. Una consapevolezza che si era manifestata in maniera definitiva quando aveva incontrato Judythe alle sue nozze, quella Judythe che si sentiva una bugiarda e una traditrice.

Era sposata da cinque mesi quando aveva ammesso il proprio errore dichiarando al marito che lui meritava di meglio. Seppur avesse cercato di non far parola di Richard, la faccenda era venuta a galla lo stesso. Steve

Oakes si era comportato come il gentiluomo che era. Nonostante il profondo dolore, avevano concordato entrambi che la faccenda doveva essere affrontata subito. Qualche settimana dopo, Judythe aveva aperto la pratica per il divorzio, che era arrivato nel giro di un anno.

Per Richard la questione era stata più lunga. La moglie gli si era rivoltata contro come una gatta selvatica quando le aveva detto di volerla lasciare, che non si vedeva con dei figli insieme a lei, che avevano commesso entrambi un grosso errore. La donna, però, aveva deciso di trasformare l'errore in una fonte di guadagno costringendolo a un accordo economico che la ripagasse per «il dolore e la sofferenza» subiti. Il divorzio era arrivato soltanto il mese prima.

Dopo aver letto della riapertura del *Louis XVI* nella capitale parigina, Richard aveva mosso tutte le leve possibili per ottenere uno sconto come giornalista specializzato nel settore viaggi e aveva prenotato la camera meno cara. Meno cara ma sempre superiore al loro budget. Dopo quello che lui e Judythe avevano passato, però, valeva la pena festeggiare a dovere. La coppia programmava anche un futuro matrimonio, ma non aveva ancora progetti ben definiti al riguardo. I rispettivi divorzi erano costati a entrambi molte energie e a lui anche parecchio denaro. Avrebbero trascorso a Parigi quattro giorni per poi passare un weekend in un albergo romano con un pacchetto all inclusive. Nessuno dei due era mai stato più felice di come si sentiva in quel momento. Dopo averne passate di tutti i colori, con coraggio e onestà, i loro sogni si erano finalmente avverati. E quale posto migliore per festeggiare se non Parigi? Judythe non era mai stata in un albergo come quello. Qualunque cosa fosse arrivata dopo, sarebbe stata la ciliegina sulla torta. A moltiplicare la loro felicità, era giunta la notizia di una grossa promozione di Richard sul lavoro e un conseguente aumento di stipendio. Volevano buttarsi a capofitto in qualche viaggio insieme e non vedevano l'ora di metter su famiglia.

Quel pomeriggio, Gabrielle Gates visitò la Biennale e prese appunti sulle varie gallerie che le interessavano di più alla mostra del Grand Palais. Al rientro, ordinò del tè in camera e si rilassò nel salottino della splendida suite. Dopo l'iniziale nostalgia provata nell'entrare in quell'ambiente a lei così familiare, l'appartamento cominciava a sembrarle più suo, e non il sancta sanctorum che lei e il marito avevano condiviso. Arthur aveva violato tutti quei ricordi senza mostrare alcun riguardo, perché dunque lei avrebbe dovuto considerare quell'hotel un luogo quasi sacro? Perché essere triste? Era venuta per cominciare una nuova vita. Adesso era lì, voleva trarre il meglio da tutto e non sprecare un solo istante. Era arrivato il suo momento. Se lo era guadagnato dopo che il marito le aveva spezzato il cuore.

Alaistair Whyte-Jones aprì una finestra, accese un sigaro e si servì del brandy. Aveva deciso di rilassarsi in camera e godersela prima di uscire. La junior suite era più elegante di quanto si fosse aspettato e il suo unico rimpianto continuava essere quello di non aver avuto nessuno da invitare per condividere tutto questo. Fece una chiamata al numero che lesse su un biglietto da visita preso dal portafogli e confermò l'appuntamento per il giorno seguente. Non conosceva la persona che avrebbe incontrato, ma era stato un amico comune a metterli in contatto.

Richard e Judythe avevano progettato di visitare Parigi per prima cosa, ma erano finiti a letto con la bottiglia di champagne fatta trovare nella stanza dalla direzione. Fecero l'amore prima di decidersi a uscire, sottobraccio. Dopo aver esplorato rue du Faubourg Saint-Honoré, raggiunsero il Giardino delle Tuileries dove sedettero su una panchina a baciarsi. Stentavano a credere di avere un'intera vita davanti da passare insieme. Nulla adesso li avrebbe potuti fermare. Si erano lasciati alle spalle le cose più brutte e i problemi legali. Avevano rimediato ai loro errori, pagato i debiti. Da quel momento in poi, ogni cosa sarebbe andata liscia come l'olio.

Cenarono in un piccolo bistrot prima di tornare in albergo e fare di nuovo l'amore. Mai la vita era sembrata loro più perfetta. E quale posto migliore per celebrare quel momento se non Parigi? Avevano risolto le complicazioni della loro esistenza e adesso si godevano il meritato premio. Questa volta, dopo il matrimonio, non ci sarebbero stati errori, da parte di nessuno dei due.

* * *

Seduto nel suo ufficio alle spalle del banco della reception, Olivier Bateau si godeva una breve pausa di relax. Respirò sollevato quando Yvonne entrò per comunicargli che tutto stava andando a gonfie vele, a parte la linea telefonica che di tanto in tanto cadeva ma della quale si stava occupando una squadra di operai specializzati che presto, almeno così era stato promesso, avrebbero risolto il problema.

«A parte i telefoni, dunque, la pace regna sovrana», concluse sorridendogli.

Olivier scrollò la testa. «Per il momento», aggiunse. «La situazione potrebbe cambiare in ogni istante. Gli alberghi sono come delle creature viventi, esseri che respirano, che hanno un cervello e una vita propria. Sono complicati.» Yvonne aveva già notato la natura ansiosa e pessimista del direttore, il suo aspettarsi sempre di veder qualcosa di brutto sbucare da dietro l'angolo.

«Personalmente, credo che per essere la prima settimana, le cose stiano andando bene», rispose lei. Olivier esitò prima di annuire. Ripensò al ministro al quale era stata assegnata senza alcun carico extra una splendida suite. Chi doveva incontrare? Di sicuro una donna con la quale tradiva la moglie. Di chiunque si trattasse, tuttavia, era felice di averlo passato a una categoria superiore. Quando Martin sarebbe stato eletto presidente – e di questo era certo – se ne sarebbe ricordato.

3

Più volte, per ingannare l'attesa dell'ospite, Patrick Martin fece avanti e indietro per la suite, avvicinandosi alla finestra ma con l'accortezza di restare dietro le tende sottili per non essere visto. Quando sentì bussare alla porta, aveva finito il secondo scotch. Il suo ospite era stato avvisato tramite un SMS con il numero della camera e la raccomandazione di prendere direttamente l'ascensore senza fare domande alla reception. La risposta era stata un semplice «okay». Gli impiegati al banco sarebbero stati troppo impegnati per notare uno sconosciuto che camminava con passo sicuro e non lo avrebbero fermato.

Patrick si affrettò ad aprire e lasciò entrare un giovane dalla bellezza mozzafiato e dai movimenti aggraziati. Russo, da poco superata la ventina, il ragazzo aveva studiato danza all'Accademia di Stato di Mosca. Trasferitosi a Parigi, tre anni prima, aveva abbandonato il balletto per la carriera di modello, per sfruttare la sua avvenenza sottolineata da meravigliosi capelli lisci e biondi che gli sfioravano le spalle, e il fisico tonico e prestante. Nel guardarlo, Patrick percepì, come sempre, un'impetuosa e travolgente attrazione, accompagnata però anche da un moto di rabbia mista a repulsione. Le sensazioni che provava per Sergej Karpov lo facevano sentire prigioniero. Mentre lo osservava muoversi con la leggerezza di un gatto o di un sinuoso leopardo, Sergej gli sorrise, stappò la bottiglia di champagne in freddo nel secchiello del ghiaccio, riempì due bicchieri e gliene porse uno.

«Bella stanza», disse poi con un sorriso malizioso. Patrick rifiutò le bollicine.

«Preferisco lo scotch.» Noncurante, Sergej si strinse nelle spalle. «Mi hanno dato una sistemazione di categoria superiore.»

«Sei un uomo importante», disse il giovane continuando a muoversi in giro, esplorando, aprendo ogni cosa sotto lo sguardo vigile di Patrick seduto su una poltrona. «E lo sei ancora di più ora che hai deciso di correre per la presidenza, l'anno prossimo.»

«Non è sicuro. Venire qua è stata una follia. È un posto troppo in vista, troppo pubblico. Ci saremmo dovuti incontrare altrove. Credevo che fossero troppo impegnati con la riapertura per notarci.» Invece, lo spostamento nella suite più prestigiosa aveva dimostrato il contrario.

«Gli alberghi squallidi mi deprimono. È questo il trattamento che merito. Come lo meriti tu.» Patrick non commentò. Sergej sembrava a proprio agio mentre si accomodava su una poltrona Luigi XVI, le gambe lunghe e aggraziate stese di fronte a sé. Prese il telefono e, prima che Patrick potesse fermarlo, chiamò il room service per ordinare foie gras, caviale e vodka. Riagganciò con un sorriso. «Sto morendo di fame», disse prima di lanciarsi in avanti, afferrare Patrick con violenza e baciarlo. Lo stuzzicò in ogni modo, un'arte nella quale eccelleva, mentre spogliava il compagno e se stesso. Sergej era un maestro del piacere. Patrick ormai lo sapeva fin troppo bene.

Un minuto dopo, nudi, finirono a letto, trasportati dalla passione in un amplesso brutale, animalesco e accompagnato da un sottofondo di gemiti gutturali. Poi, Sergej ruggì come un leone. Il rapporto era stato rapido e violento. Avevano appena finito, quando il room service suonò alla porta. Patrick spinse con forza il compagno nella sala da bagno, vi gettò dentro gli abiti e afferrò un accappatoio dell'albergo. Aprì con espressione seria ma i capelli ancora arruffati, lasciò che il cameriere portasse il carrello con le ordinazioni e firmò svelto la ricevuta del conto sperando che Sergej non sbucasse all'improvviso. Era una persona imprevedibile, selvaggia, ingestibile e proprio per quello non sapeva resistergli. Ma il russo attese di sentire la porta chiudersi, prima di tornare in salotto. Nudo, il fisico spettacolare esposto allo sguardo del compagno, si servì del foie gras, del caviale e si versò un bicchiere di vodka ghiacciata offrendone uno anche a Patrick che rifiutò con un cenno del capo. Non era per nulla contento del suo modo di fare, al contrario dell'altro che sapeva di avere il totale potere su di lui ormai da ben due anni. La loro era una tormentosa relazione di sesso, odio e bramosia.

«Lo hai portato?» chiese Sergej, fissandolo. Scoraggiato, Patrick annuì dalla poltrona. «Dov'è?» L'altro indicò la valigetta. «Prendila», gli ordinò il giovane con voce mielosa. Patrick esitò, poi rassegnato, fece come gli era stato detto.

Sergej sorrise, soddisfatto della sua remissività e al pensiero di ciò che gli aveva portato. Aprì la ventiquattrore, ne estrasse delle mazzette di euro, le posò sul tavolo e, splendido nella sua nudità, iniziò a contarle. Ogni suo gesto aveva una carica erotica talmente evidente che Patrick si eccitò subito, come sempre accadeva da quando si conoscevano.

«C'è tutto», disse Patrick con voce torbida.

«Sì e no. Stavo pensando... In realtà ci siamo accordati per questa cifra *prima* che decidessi di candidarti alla corsa per la presidenza. Vali di più, adesso sei diventato molto, molto importante. Voglio altri quattrini.» Patrick sbiancò di fronte al sorriso maligno di Sergej.

«Non posso! Ho detto un sacco di frottole e chiesto favori per ottenere tutto questo contante. Tra la banca e mia moglie, non so dove prendere altro denaro. Non posso fare di più», disse con voce ed espressione disperate. La relazione con il giovane russo si era trasformata in un pozzo senza fondo.

«E pensa a quanto varrai per il sottoscritto quando sarai presidente!» Sergej rise.

«Per l'amor del cielo!» esplose l'altro. «Per quanto credi che io possa andare avanti così?»

«Per tutto il tempo che sarà necessario. Non abbiamo finito, anche perché ogni volta che mi vedi, mi vuoi e lo facciamo di nuovo.» Patrick ascoltava con le lacrime agli occhi. Era nelle grinfie di quel giovane ricattatore perfido e amorale, e vittima del desiderio che nutriva per lui. «E se non vorrai darmi di più, credo che i media e tua moglie sarebbero interessatissimi a questa storia, o mi sbaglio?»

Patrick scattò, furioso, verso di lui, ma Sergej lo scansò senza sforzo, ridendogli in faccia. Non temeva la sua rabbia. Era più veloce, aveva la metà dei suoi anni e lo batteva in furbizia. All'improvviso, Patrick sentì di non poterne più della pressione costante, delle minacce, delle richieste sempre più esose di denaro alle quali a stento riusciva a far fronte. Per pagarlo, aveva spremuto le sue risorse come si spreme un limone, fino all'ultima goccia, perché se non lo avesse fatto, avrebbe potuto essere svergognato, avrebbe rischiato di perdere ogni cosa. Aveva messo in pericolo tutto quello che aveva. Era sposato, aveva due figli, puntava alla candidatura alla carica più importante della Repubblica, e se le sue scappatelle omosessuali fossero venute a galla, non soltanto sarebbe uscito con le ossa rotte con la famiglia ma avrebbe anche visto distrutta la carriera. Sergej lo sapeva e si stava approfittando della sua vulnerabilità. Lo aveva fatto sin dalla prima volta che, due anni prima, avevano fatto sesso in un oscuro bagno di un locale gay in un quartiere malfamato.

Sergej provocò Patrick, arretrando da lui a passo di danza, quasi librandosi nell'aria. Fuori di sé dalla rabbia, il ministro si lanciò di nuovo nella sua direzione, senza un piano preciso, forse per dargli uno spintone nel tentativo di intimidirlo, di certo non con la volontà di nuocergli. Non era un violento, ma tremava dalla frustrazione. Sergej aveva oltrepassato i limiti. Il ragazzo sgranò gli occhi, all'improvviso. Inciampò su uno sgabello finito fuori posto poco prima quando Patrick si era avventato contro di lui. Cadde all'indietro con grazia, quasi fluttuando, inarcò la schiena al contatto del pavimento e terminò il volo supino, con le braccia spalancate.

Dopo le grida di un istante prima, nella stanza calò il silenzio.

Mentre Patrick fissava il russo, notò un rivolo rosso colargli dal naso e dalla bocca. Gli occhi parevano iniettati di sangue. Poi, una pozza purpurea iniziò ad allargarsi intorno alla testa del giovane, sotto lo sguardo di terrore misto a repulsione dell'altro. Era morto, non c'erano dubbi. Lo testimoniavano quegli occhi rossi e spalancati sul vuoto. Il pavimento di marmo sul quale era scivolato gli era stato fatale. Accanto a lui, giaceva lo sgabello ribaltato. Anche da cadavere, Sergej non aveva perduto la sua grazia. Mentre il sangue si allargava per terra, Patrick afferrò le mazzette di soldi e le gettò nella valigetta. Non toccò né tentò di muovere o coprire il corpo. E adesso? Non aveva idea di cosa fare. Non era stata sua intenzione fargli del male né tantomeno ammazzarlo! Avrebbe voluto solo scappare, ma prima era imperativo riflettere. Accese la scritta rossa NON DISTURBARE sul lato della porta che dava sul corridoio. Era in preda al panico. Gli pareva di essere in bilico sull'orlo della rovina. Aveva accidentalmente ucciso l'uomo con il quale faceva sesso e che lo ricattava. Si vestì in fretta per poi guardare di nuovo Sergej, in lacrime, mentre intorno a lui la macchia rossa si allargava sempre di più.

Nella sua suite, Gabrielle stava dando un'occhiata al menu del room service per decidere cosa ordinare. Tentò di chiamare, ma il telefono era muto. Accidenti! Non avendo particolare appetito, si accontentò di un frutto dal cesto di benvenuto appoggiato su un tavolo, chiedendosi quando la linea avrebbe ripreso a funzionare.

In camera sua, Alaistair si stava godendo in santa pace un bicchiere di brandy e un sigaro.

Richard e Judythe erano nella vasca da bagno, circondati da candele accese, e chiacchieravano dei progetti futuri e su cosa fare durante il weekend romano. Si sentivano in paradiso. Usciti dal bagno, fecero di nuovo l'amore. A un tratto, mentre erano a letto e lei stava dicendo qualcosa, Richard si portò le mani al torace, emise uno strano gemito e buttò gli occhi all'indietro.

«Richard!» chiamò lei in preda al panico. «Parla! Che succede?» Il compagno perse i sensi. Judythe, dopo averlo scrollato per qualche istante, afferrò il telefono in cerca di aiuto. Niente linea. Di corsa, indossò un accappatoio, tirò con quanta più delicatezza possibile l'amato giù dal letto e, trascinandolo sul pavimento, lo avvicinò alla porta da dove gridò di nuovo, nella speranza che qualcuno la sentisse.

Stava mettendo in pratica le nozioni imparate durante un paio di lezioni di primo soccorso. Aprì la porta e ricontrollò Richard. Non respirava. Il cuore non batteva. Il corridoio era deserto. Judythe urlò ancora una volta a pieni polmoni, con tutta la sua disperazione, e iniziò il massaggio cardiaco, supplicando Richard di non abbandonarla, di restare vivo. Ancora nessuno! Gridò di nuovo, senza smettere di rianimarlo, e pregò il cielo che qualcuno udisse le sue invocazioni strazianti. Seppur tra le lacrime, continuò a comprimergli il torace senza mai perdere il ritmo.

Nella sua stanza, Alaistair ebbe l'impressione di sentire delle urla femminili. No. Non poteva essere. Non in un albergo come quello. Di sicuro era stata la tv. Di nuovo. Un grido disperato di aiuto, in inglese. Una donna. Spalancò la porta proprio di fronte alla stanza di Richard e Judythe e quando vide quest'ultima intenta nella rianimazione, corse al telefono per chiamare la reception. La cornetta era muta! Si precipitò in corridoio, staccò il defibrillatore attaccato a una parete e si avvicinò alla coppia per prestare soccorso.

«Sono un medico!» disse. Aprì la custodia del defibrillatore e passò il suo cellulare a Judythe dicendole di chiamare il SAMU, il servizio di pronto soccorso medico francese, e riferire l'accaduto. Rispose un operatore che parlava un inglese discreto. Alla prima scossa, il cuore di Richard ripartì per fermarsi subito dopo. Alaistair riprese il massaggio, sotto lo sguardo sconvolto di Judythe. Attratta dalle grida della poveretta, Gabrielle si affacciò alla porta della sua suite per vedere cosa stava accadendo. Le voci nel corridoio si facevano sempre più concitate, mentre

Judythe supplicava freneticamente Richard di non lasciarla e Alaistair seguitava a tentare di rianimarlo, o almeno di tenerlo in vita fino all'arrivo dei soccorsi.

Quando si rese conto di cosa stava succedendo, Gabrielle corse verso di loro. «Che cosa posso fare?» chiese al dottore. Questi, calmo, la guardò dritta negli occhi. La situazione era grave.

«Vada alla reception, riferisca e porti qui lo staff dell'ambulanza non appena arriverà.» Gabrielle si precipitò giù per le scale e, arrivata al banco del ricevimento, scorse Olivier che stava cercando in tutti i modi di calmare gli ospiti che si lamentavano a gran voce del malfunzionamento della linea telefonica e che erano scesi per protestare. Il direttore stava giusto spiegando che presto il problema sarebbe stato risolto, quando Gabrielle lo interruppe.

«Al terzo piano un uomo ha avuto un attacco cardiaco. Sta arrivando l'ambulanza. Abbiamo bisogno di aiuto.»

«C'è un defibrillatore in corridoio», rispose Olivier, uscendo da dietro il banco e lasciando la gestione degli ospiti infuriati a Yvonne, che era ancora lì nonostante avesse finito il turno. Adesso, con un parziale blackout delle linee telefoniche e un infarto al terzo piano, si sarebbe dovuta trattenere ulteriormente e accompagnare i soccorsi al loro arrivo.

«C'è un dottore con lui», spiegò Gabrielle in ascensore, mentre salivano al terzo piano. «Il defibrillatore non ha dato risultati per ora.»

«Allora è morto», disse Olivier senza girarci intorno.

«No! Quando l'ho lasciato, il dottore gli stava praticando il massaggio cardiaco, non era morto.» Arrivati a destinazione, la scena era come Gabrielle l'aveva descritta. Alaistair stava eseguendo le compressioni toraciche e Judythe gli stava riferendo che Richard aveva trentotto anni e non aveva mai avuto problemi di cuore.

«Di cosa potrebbe trattarsi?» gli chiese. Lui scrollò la testa.

«Difficile a dirsi, per ora. È diabetico?»

«No.» L'infarto di Richard poteva essere stato causato da diversi fattori impossibili da scoprire in quel momento. Dalle informazioni della compagna, non si era neanche strozzato con qualcosa, prima di perdere i sensi.

Mentre Olivier osservava sconsolato, Gabrielle si sentiva impotente. Judythe era inginocchiata accanto a Richard, scossa dai singhiozzi, quando dal corridoio sbucò Yvonne seguita da una squadra di una decina di soccorritori carichi di ogni genere di attrezzature. Dopo aver parlato con Alaistair e valutato la situazione, applicarono le piastre del loro defibrillatore e iniziarono ad armeggiare intorno a Richard nudo come un verme, davanti alla porta spalancata della sua stanza. Uno dei paramedici lo coprì in parte con un lenzuolo. Nel frattempo, dalle varie camere cominciavano a sciamare gli ospiti, attirati dai rumori dei soccorritori e allarmati dalla scena che videro. Gli addetti al soccorso sistemarono un paravento per garantire la privacy del paziente mentre Olivier tentava di rassicurare i presenti invitandoli a rientrare. Molti opposero resistenza preferendo restare per vedere gli sviluppi. Yvonne, nel frattempo, era ritornata alla reception.

«Perché non lo spostano in camera e chiudono la porta?» chiese Gabrielle ad Alaistair, mentre lui si allontanava per lasciare libertà di manovra ai medici francesi.

«È il protocollo», le spiegò. «Si interviene sul paziente là dove si trova, senza muoverlo, fino a quando non si è stabilizzato. So che in America si portano subito in ospedale, ma in Francia si usa fare così. Non lo si sposta per non perdere tempo e per non rischiare di peggiorare la situazione.»

«Crede che si riprenderà?» domandò Gabrielle a fior di labbra. Lui la guardò, gli occhi inespressivi.

«È possibile. Non saprei dirle. Ho visto casi peggiori in cui il paziente è sopravvissuto, e altri in cui purtroppo non è stato così», rispose Alaistair a bassa voce. «Probabilmente si tratta di un problema cardiaco mai diagnosticato in precedenza.»

«Credo che siano in luna di miele. Li ho visti arrivare. Sono dolcissimi.» Da dietro il paravento, si sentivano i pianti di Judythe e i rapidi scambi di battute dell'équipe medica. Gabrielle non voleva intromettersi, ma non se la sentiva neanche di chiudere la porta, così semplicemente, e abbandonare i due. Il dottore britannico era stato di grande aiuto. «Ha detto di essere un medico. Di che genere?» volle sapere, mentre i soccorritori, a poca distanza, continuavano il loro lavoro, occupando gran parte del corridoio e bloccando l'accesso agli ascensori. Nessuno poteva passare o interromperli, mentre tentavano di salvare Richard. Il cuore del paziente aveva ripreso a battere diverse volte, per poi fermarsi di nuovo.

«Sono un semplice internista», disse lui con modestia.

Solo a guardarlo, però, si capiva che era una persona in gamba. E al momento sembrava molto preoccupato. Era stato gentilissimo con Judythe, aveva subito preso in mano la situazione, chiedendole di chiamare l'ambulanza e domandando a lei, Gabrielle, di informare la reception. «La giovane età dovrebbe essere un punto a suo favore», aggiunse poi, nonostante sapessero entrambi che non sempre era così. «Potrebbe trattarsi di un'anomalia congenita non diagnosticata con la quale ha convissuto fino a ora e che infine si è manifestata all'improvviso. Accade, sa.» E spesso gli esiti erano fatali.

«Spero che si riprenda», sussurrò Gabrielle, rimanendo insieme con lui davanti alla porta della sua camera. Come Alaistair, non se la sentiva di andarsene. La sua suite era a qualche metro di distanza, oltre il punto in cui i soccorritori stavano tentando di rianimare Richard. «Sono una coppia giovane. Meritano di essere felici», aggiunse con tristezza.

«Lo meritiamo tutti», rispose lui con un sorriso triste.

Ma quanti di noi possono dire di esserlo davvero? si chiese Gabrielle. Anche lei, un tempo che adesso le pareva lontano, lo era stata con Arthur. Certe situazioni cominciavano bene e poi si complicavano.

Era passata un'ora e mezzo da quando Richard, per terra, tra la porta della sua camera e il corridoio, era nelle mani dell'équipe medica che seguitava a somministrargli endovenose, scosse con il defibrillatore, compressioni cardiache, iniezioni. Tenerlo in vita era un processo complicato. Non era ancora morto. Dopo qualche minuto dall'intervento, era arrivato anche un cardiologo che aveva iniziato a impartire ordini a tutti.

Olivier era ancora in corridoio e cercava di convincere Gabrielle e Alaistair a tornare nei rispettivi alloggi. I soccorritori avevano chiesto che rimanessero fino a quando non avessero avuto il quadro completo della situazione, o nel caso in cui Judythe avesse bisogno, considerato che non parlava francese. Alaistair le aveva fatto più volte da interprete con l'équipe medica e si era dichiarato disponibile per qualunque necessità. Ora però, potevano allontanarsi dalla scena, in attesa di conoscere l'esito finale. Richard non aveva ancora ripreso i sensi, ma i medici non avevano gettato la spugna. Fermi davanti alla porta della stanza, i due osservavano senza disturbare la scena, con lui che di tanto in tanto le spiegava cosa stava accadendo e quali procedure avrebbero probabilmente messo in atto i soccorritori. Qualche minuto dopo, Yvonne si affacciò dalle scale per avvisare Olivier che il malfunzionamento dei telefoni era stato sistemato; un dettaglio di poca importanza, considerato il momento. Il direttore era terrorizzato dal fatto che un ospite potesse morire, e proprio nella prima settimana di riapertura. I proprietari non avrebbero fatto salti di gioia e, se fosse deceduto nella propria stanza, avrebbero dovuto chiuderla per la quarantena, complicando la situazione. Grazie al cielo, sussurrò Olivier in un orecchio alla collega, non era una delle suite più grandi. Lei lo guardò in tralice. Il direttore era sudato, nervoso, e a rendere tutto più difficile c'erano anche gli altri ospiti che, a intervalli regolari, facevano capolino dalle loro stanze per vedere se la situazione fosse stata risolta.

Patrick aveva sentito le voci urlanti dalla sua suite sin da quando si era scatenato il viavai di gente. Incuriosito, si era affacciato aprendo leggermente la porta e, nel vedere tutta quella gente in corridoio e le attrezzature mediche, aveva riaccostato. Avrebbe dovuto aspettare che la situazione si calmasse. Il sangue che colava dalla testa di Sergej sul marmo aveva raggiunto l'orlo di uno dei tappeti. In quel frangente, la nudità del morto aveva un che di osceno. Ogni volta che posava lo sguardo su di lui, Patrick riprendeva a piangere, non per la morte di una persona così malvagia, ma per quello che avrebbe significato per lui. Il danno sarebbe stato immenso.

Aveva pensato a una dozzina di versioni diverse della storia che avrebbe raccontato, ma, innanzitutto, doveva uscire dall'hotel e allontanarsene prima della scoperta del cadavere di Sergej. L'incidente era stato frutto del caso, sebbene non potesse non ammettere che la sua morte lo avrebbe liberato dal ricatto e persino dall'attrazione tossica che quel ragazzo esercitava su di lui. Sergej non era il primo che incontrava in una stanza d'albergo, ma non gli era mai capitato di portare avanti una relazione per così tanto tempo né di essere attratto da un partner sessuale tanto profondamente da ritrovarsi alla sua mercé. Mai nessuno lo aveva ricattato, mai nessuno era morto, seppur in maniera accidentale. Perché di questo si era trattato, di un incidente! Chi lo avrebbe creduto, però, se si fosse scoperto che oltre all'attrazione sessuale c'era di mezzo anche il ricatto? E se la polizia avesse pensato che Sergej era stato spinto violentemente proprio per causarne la morte?

Nel frattempo, Patrick si era vestito e aveva fatto attenzione a non camminare nelle zone macchiate di sangue, per non lasciare impronte. Quando la morte di Sergej sarebbe stata scoperta, e la polizia avrebbe bussato alla sua porta di casa per interrogarlo, avrebbe dichiarato che il fatto doveva essere accaduto dopo che lui aveva lasciato la stanza. Magari avrebbe potuto raccontare che gli stava facendo da guida a Parigi, sebbene l'ipotesi sembrasse improbabile persino a lui. Non aveva idea di ciò che avrebbe dichiarato, di certo non la verità. Né avrebbe potuto ammettere come e da quanto lo conoscesse, né tantomeno che lo stava ricattando, perché sarebbe balzato in cima alla lista dei sospettati.

All'incirca un'ora e mezzo più tardi, le voci nel corridoio sembrarono scemare. Quando si riaffacciò con cautela, vide l'équipe medica dirigersi verso l'ascensore con Richard su una barella, lontano rispetto alla sua stanza. L'occasione era perfetta. La distrazione sarebbe stata generale e nessuno avrebbe fatto caso a lui. Nel frattempo, aveva radunato i suoi effetti personali e controllato di aver preso tutto. Come all'arrivo, anche quando uscì portava con sé due valigette, di cui una piena di denaro. Lasciò acceso il segnale luminoso NON DISTURBARE, anche se, presto o tardi, il corpo di Sergej sarebbe stato rinvenuto.

Silenziosamente, Patrick imboccò le scale di servizio e scese fino alla hall. Nessuno sembrò notarlo né parve riconoscerlo mentre usciva. A passi svelti, percorse un pezzo di strada fino a una fermata di taxi. Montato sul primo della fila, comunicò l'indirizzo di casa e si chiuse nel silenzio. Il conducente di origine africana non lo riconobbe. Patrick pagò la corsa e si affrettò a rientrare. Nessuno lo vide tornare: la moglie, Alice, era fuori, la figlia, Marina, frequentava l'università a Lille, e il figlio, Damien, aveva traslocato da poco in un appartamento tutto suo. Trasferì il denaro dalla valigetta in un cassetto della scrivania che chiuse a chiave e sedette nello studio immerso nel buio, il volto rigato di lacrime, terrorizzato da quello che molto presto sarebbe accaduto. Aveva tutto da perdere, se la polizia avesse scoperto la verità. Solo le bugie potevano salvarlo. Non gli importava che quel ballerino russo fosse morto. Nella sua mente era lui, Patrick, la vittima, non Sergej, un delinquente opportunista che lo aveva sfruttato. Non nutriva più alcun sentimento verso quell'uomo.

Richard fu caricato in ambulanza accompagnato da Judythe. Il cuore era ripartito, ma lui era ancora privo di sensi e non aveva mai ripreso conoscenza. Un'équipe di cardiologi lo stava attendendo alla Pitié Salpêtrière, uno degli ospedali più grandi ed efficienti della capitale. Prima di salire in ambulanza, Judythe, pallida e agitata, aveva promesso a Gabrielle e ad Alaistair di informarli della situazione. I medici le avevano assicurato che in ospedale avrebbe trovato qualcuno che parlava inglese e né Gabrielle né Alaistair volevano in alcun modo intromettersi negli affari di due perfetti sconosciuti, sebbene provassero molto dispiacere per la tragedia che li aveva colpiti.

Spariti i soccorritori, gli ospiti furono liberi di uscire dalle stanze. Alaistair e Gabrielle sembravano particolarmente scossi dall'accaduto, del quale erano stati testimoni fino all'ultimo secondo.

«Le andrebbe di scendere al bar per un drink?» propose lui con gentilezza.

«Se dovessi muovermi da qui, rischierei di svenire da un momento all'altro. Le va di venire da me?» domandò lei. Entrambi non se la sentivano di restare soli dopo una scena così cruenta e confinante quasi con la morte.

Dopo averla seguita nell'immensa suite, che non mancò di ammirare, Alaistair si accomodò e, su suggerimento di Gabrielle, che ordinò un tè al room service, si versò un drink. Parlarono ancora dell'accaduto, poi lei gli raccontò di trovarsi a Parigi per partecipare alla Biennale, di essere una consulente artistica con il compito di consigliare i clienti nell'acquisto di ciò che desideravano per allargare le loro collezioni.

«Questo era il mio albergo preferito», aggiunse. «Ne ho sentito molto la mancanza e così, quando ho saputo che lo riaprivano, ho deciso di tornarci.»

«Per il sottoscritto invece è la prima volta», rispose lui sorridendo. «A parte l'incidente di questa notte, è un posto incredibilmente bello e confortevole. Peccato solo per le linee telefoniche che devono ancora essere sistemate a dovere. Credo che mi concederò un bonus fermandomi ancora dopo il mio appuntamento di domani.»

Arrivato il tè, seguitarono a intrattenersi piacevolmente per circa un'ora, calmandosi pian piano. Poi, Alaistair disse che avrebbe fatto un salto all'ospedale per vedere come stava Judythe e se aveva bisogno di aiuto per comunicare con i dottori, un gesto che a Gabrielle parve molto cortese.

Era andato via solo da qualche minuto, quando il silenzio del corridoio fu squarciato da un grido agghiacciante. Il *Louis XVI* non era più il posto tranquillo di un tempo! Gabrielle aveva già i nervi scossi dalla drammatica scena di prima. Le sembrava più il set di un film horror, che il pacifico albergo di un tempo. Non poté fare a meno di chiedersi se il vecchio direttore avrebbe gestito la situazione in maniera diversa. Quello nuovo le era parso sopraffatto dagli eventi.

Nel suo ufficio, Olivier era pallido come se avesse visto un fantasma dopo aver ricevuto dalla capocameriera una notizia scioccante. La domestica del turno di notte era entrata nella suite di Patrick Martin per pulire e vedere se fossero necessari degli asciugamani extra, senza accorgersi dell'avviso di non disturbare, e aveva trovato il cadavere di un uomo nudo in una pozza di sangue. La polizia era stata avvisata e stava per arrivare. Nell'attesa, Olivier vedeva già la carriera andare a scatafascio. Non aveva idea di chi fosse il defunto, né di come fosse avvenuto il fatto, e neanche se il morto era Patrick Martin, un'ipotesi che sarebbe stata rovinosa per la reputazione dell'hotel. Ma stava per scoprirlo. Le autorità gli avevano ordinato di non entrare nella suite e di non toccare nulla, perché adesso, quella era la scena di un crimine.

Affacciata alla finestra, Gabrielle vide la polizia arrivare davanti all'hotel, un'orda di macchine, e, poco dopo, ne sentì le voci. Nel giro di qualche istante il corridoio si riempì di agenti dell'anticrimine. Alcuni, come poté notare dopo aver socchiuso la porta, non sapendo cosa avrebbero potuto trovare, tenevano le armi spianate davanti a loro. Che altro poteva essere successo? Una cosa era certa: considerato lo spiegamento di forze, non poteva essere nulla di poco conto. Possibile che si trattasse di una specie di attacco terroristico in atto? Svelta, Gabrielle serrò la porta a doppia mandata e pregò per la sua sicurezza.

Intanto i telefoni avevano ripreso a funzionare, permettendo a Yvonne Philippe di avvisare tutti gli ospiti del terzo piano di un «piccolo problema». Le forze dell'ordine erano giunte sulla scena e nessuno era in pericolo. Si chiedeva però ai gentili ospiti di restare nelle loro camere fino a nuovo ordine delle autorità.

La vicedirettrice aggiunse che, per scusarsi degli inconvenienti causati dal pronto intervento medico prima e dall'incidente di adesso, l'hotel avrebbe offerto loro il pernottamento. L'idea di riparare al disturbo in quella maniera era stata sua e Olivier l'aveva accolta con gratitudine. Nel frattempo, altri poliziotti avevano cominciato a salire rapidamente le scale fino al terzo piano, sotto lo sguardo sorpreso degli ospiti. Uno spettacolo poco familiare e allarmante, soprattutto in un hotel di lusso come quello! Nessuno aveva idea di cosa fosse accaduto o stesse per succedere. La riapertura dell'albergo aveva avuto un esordio parecchio movimentato.

4

Alaistair aveva lasciato l'albergo alcuni minuti prima che nel corridoio del terzo piano riecheggiasse l'urlo assordante della cameriera ed era a bordo del taxi diretto all'ospedale dove era stato ricoverato Richard. Voleva andare a trovarlo per accertarsi delle sue condizioni e offrire il suo aiuto a Judythe che si trovava lontana da casa, non parlava francese ed era spaventatissima quando era salita in ambulanza col compagno incosciente ma ancora in vita. Alaistair non voleva intromettersi, ma solo darle una mano, vista la sua professione.

Raggiunta la Pitié Salpêtrière chiese notizie di Richard al banco del ricevimento. Un'équipe specializzata in cardiologia si stava occupando di lui, lo informò un impiegato, dandogli indicazioni per trovare la moglie del paziente. Quando la trovò, dopo aver attraversato corridoi labirintici, era seduta in una sala d'attesa, pallida e terrorizzata. Nel vederlo, lo sguardo di Judythe si accese di gratitudine. Alaistair, alto, giovanile, con i capelli brizzolati e i cordiali occhi azzurri, sedette in silenzio accanto a lei che si sforzò di sorridergli nonostante il volto rigato di lacrime.

«Novità?» chiese Alaistair dolcemente. Lei fece di no con la testa.

«Grazie di averlo salvato», disse poi con voce soffocata.

«Anche lei ha fatto la sua parte», le ricordò. «Se la sarebbe cavata perfettamente anche senza di me. Il servizio di emergenza è stato ottimo e questo è un ospedale d'eccellenza, seppure impersonale come la maggior parte di quelli francesi.» Judythe aveva avuto la stessa impressione. L'atmosfera era priva di quel tocco di calore che rendeva più accoglienti le strutture mediche americane. «Il personale è all'avanguardia e questo è il miglior ospedale di Parigi, se non addirittura d'Europa. È in buone mani», la rassicurò Alaistair. Parve esitare un istante. «Avevo pensato di chiedere informazioni, sfruttando la mia qualifica. Desidera che rimanga o la considererebbe un'imposizione?» aggiunse, rispettoso e cortese. Judythe gli sfiorò un braccio con la mano tremante.

«La prego di restare. Il dottore che lo ha in cura parla inglese, ma sono troppo spaventata e capisco metà di quello che mi dicono. So che vogliono fare un sacco di esami ed ecografie. Dicono che con le nostre manovre abbiamo mantenuto sufficientemente alto il livello d'ossigeno nel sangue, mentre era incosciente, ma non hanno ancora capito le cause del malore. L'ultimo anno è stato molto stressante. Abbiamo divorziato entrambi e il suo iter è stato particolarmente sgradevole.»

«La signora Gates, ospite del nostro stesso albergo, e

io abbiamo pensato che foste in luna di miele. Sembrate giovani.» Alaistair fece attenzione a parlare al presente. Lei annuì e sorrise.

«Non siamo in luna di miele. Non ancora. Richard ha ottenuto il divorzio poche settimane fa. È finita. Vogliamo sposarci presto o almeno... lo volevamo...» Judythe singhiozzò e lo guardò con aria afflitta. «Ci siamo incontrati al mio matrimonio, due anni fa. Il mio ex lo aveva invitato perché era il suo compagno di stanza all'università. Ci siamo innamorati. Sulle prime, abbiamo tentato di resistere, ma invano. Così, abbiamo chiesto il divorzio e adesso siamo liberi. E ora questa mazzata...» Chiuse gli occhi e le lacrime le rotolarono sulle guance. Alaistair le accarezzò la mano.

«Cose del genere succedono. La vita può essere complicata. Vedrete che quando troveranno la causa del problema, e molto probabilmente lo risolveranno, ripartirete da dove avete lasciato e vivrete felici. Oggi lei gli ha salvato la vita.» L'ironia tragica della situazione era che Richard sarebbe potuto morire da un momento all'altro, proprio a un passo dalla loro nuova esistenza. Ne erano consapevoli entrambi.

«Forse è la punizione per aver distrutto due matrimoni, per aver ferito i nostri partner.»

«Non credo in questo genere di cose. E i vostri matrimoni non dovevano essere poi così tanto solidi se vi siete innamorati e avete deciso di lottare per un futuro insieme.»

«Non ci saremmo dovuti sposare per niente. Io però avevo trentasette anni, e temendo di non trovare la persona giusta, ho sposato quella sbagliata per avere dei bambini. Quanto a Richard, ha sempre saputo di aver commesso un errore. Se sulla carta la sua era una moglie perfetta, nella realtà era il contrario.»

«Be', la cosa consolante è che non ci sono figli coinvolti in questa storia e che potrete ripartire.» Alaistair evitò di aggiungere «se ce la farà», ma il sottinteso era chiaro.

In attesa di notizie, portò a Judythe un bicchierino di caffè della macchinetta. Ci vollero altre due ore piene prima che il dottore che aveva preso in carico Richard li raggiungesse. Il paziente era ancora privo di conoscenza, ma erano stati eseguiti tutti i test necessari, riferì in un inglese fluente e facilmente comprensibile nonostante il marcato accento francese.

«Dovremo operare suo marito», comunicò a Judythe che si era presentata come la moglie. «Abbiamo individuato il problema, ma dobbiamo vedere da vicino la portata del danno. Crediamo che si tratti di un'anomalia congenita che avrebbe potuto manifestarsi in qualunque momento della sua vita. È insolito però che ci metta così tanto a insorgere. Nella maggior parte dei casi, se la nostra valutazione è esatta, si tratta dello stesso disturbo che può colpire mortalmente un ventenne che pratica sport o un venticinquenne sotto la doccia. È stato fortunato a sopravvivere, e lo deve a voi due, se ho ben capito il vostro ruolo prima dell'arrivo dell'ambulanza.»

«È un intervento molto rischioso?» chiese Judythe. Le era stato detto che l'uomo era un luminare della cardiochirurgia.

«L'operazione va eseguita, non abbiamo possibilità di

scelta. Le condizioni nelle quali si trovava erano molto gravi, come quelle attuali. Senza chirurgia non ce la farà. Crediamo che si tratti di una valvola che non lavora in maniera sufficiente e che, nel suo caso, ha tenuto più a lungo del normale. Se sarà possibile, la sostituiremo, sperando così di evitargli qualunque problema futuro. Dobbiamo anche valutare quali danni ha causato quest'episodio al muscolo cardiaco e non possiamo farlo se non operandolo. Saremo tre chirurghi in sala operatoria, supportati da un'intera squadra. L'intervento è delicato e impegnativo. Ma se avremo successo, quello che gli è accaduto si trasformerà in una benedizione. La valvola avrebbe potuto cedere in qualunque momento, in qualunque posto dove non poteva essere salvato. Se si dovrà procedere alla sostituzione di una valvola, questa è la circostanza ottimale.» Judythe annuì. «Sarà una procedura a cuore aperto. Il paziente potrebbe perdere molto sangue, ma siamo preparati all'evenienza. Non è la prima volta che eseguiamo operazioni del genere, mi creda. Suo marito è ancora giovane, forte e in ottima salute, da un punto di vista generale. Sono convinto che le possibilità di successo siano alte. Se vogliamo che si riprenda completamente, dobbiamo sostituire la valvola danneggiata in tempi brevissimi. In caso non fosse possibile, siamo pronti a considerare strategie alternative. Speriamo però che i danni al muscolo cardiaco siano minimi e che non abbiano conseguenze sul futuro del paziente.»

«Quando lo farete?» Judythe stava tentando di metabolizzare ogni parola del discorso del dottore.

«Tra un'ora, signora Sheffield, se ci darà il consenso. Sto aspettando un mio collega. Lo abbiamo già consultato ed è d'accordo con la nostra valutazione clinica. L'altro chirurgo è già qui. Abbiamo esaminato insieme suo marito.» Judythe rifletté sul fatto che non aveva il diritto di firmare per l'operazione. Richard però non aveva genitori in vita, non aveva fratelli. Era lei la persona più vicina. La responsabilità era enorme ma non c'era altra scelta se non rischiare un intervento, come sottolineò di nuovo il chirurgo vedendola esitare: «Se non proviamo a sostituire la valvola difettosa, non ce la farà».

«Avete il mio permesso», disse con un filo di voce appena udibile. Il dottore ringraziò. Tra non molto, aggiunse, un'infermiera le avrebbe portato i documenti da firmare. Era distaccato, professionale, tutto in lui ispirava fiducia. «È d'accordo?» volle sapere, ansiosa, Judythe da Alaistair quando il chirurgo si fu allontanato.

«Sì.» Sedettero di nuovo. «Come le ho detto, sono un internista, non un chirurgo cardiovascolare, dunque il collega è certamente più ferrato di me in materia. Da quello che ho capito, però, Richard ha buone possibilità di sopravvivenza con l'operazione, e nessuna senza. Non credo che le restasse molta scelta, Judythe. Il peggio è già accaduto. L'intervento non è una possibilità, ma l'unico modo per salvargli la vita e dargli un futuro.» Proprio come aveva capito anche lei.

Qualche minuto dopo, arrivò un'infermiera con i documenti necessari per il consenso all'operazione, che Judythe firmò con mano tremante col proprio cognome, Oakes, senza che nessuno sollevasse questioni. Le pareva quasi, con quella firma, di abbandonare il compagno! Domandò se poteva vederlo un istante prima che fosse portato in sala operatoria. L'inglese dell'infermiera non era buono come quello del chirurgo e quando Alaistair tradusse la richiesta, la donna rispose che, sebbene lo stessero già preparando, le era concesso qualche minuto. Era attaccato a un respiratore, aggiunse, era in coma farmacologico e lo sarebbe rimasto anche dopo l'operazione.

Dopo una breve assenza l'infermiera tornò per condurre Judythe in una serie di corridoi fino alla sala preoperatoria, dove i colleghi stavano monitorando le apparecchiature alle quali era collegato Richard. Nel vederlo in quel modo, Judythe si sentì mancare il fiato. Gli accarezzò dolcemente una mano. Richard era attaccato a diverse flebo. In sottofondo si udiva il ronzio e i bip delle strumentazioni. L'anestesista entrò e le fece un cenno col capo. Dopo aver lanciato a Richard un'ultima occhiata, Judythe fu accompagnata fuori. Ricordò la passeggiata di qualche ora prima al Giardino delle Tuileries, tra risate e chiacchiere sul loro futuro, e provò una stretta al petto. Che felicità, quanta ebbrezza quando avevano fatto l'amore prima che il suo cuore desse forfait! Era forse stato quello il motivo? si domandò sentendosi in colpa.

Ritornò in sala d'attesa. Alaistair l'osservò avvicinarsi, bella, bionda, alta, con quell'aspetto sano e vigoroso caratteristico di tante americane. Lei e Richard formavano una coppia splendida. Judythe indossava ancora gli abiti che si era infilata frettolosamente prima di salire in ambulanza. Si lasciò cadere pesantemente sul sedile accanto all'uomo. Richard non sembrava più lui, attaccato a quel monitor, mentre una macchina respirava al posto suo. Avere accanto Alaistair le era di conforto, sebbene in fondo fossero due estranei. Affrontare da sola quell'orrore, le avrebbe fatto ancora più paura.

Il chirurgo le aveva riferito che la durata dell'intervento sarebbe potuta andare dalle cinque alle sette ore. Alaistair si offrì di portarla a mangiare un boccone. Erano quasi le dieci di sera e lei non aveva ancora toccato cibo.

«No, la ringrazio. Dovrebbe rientrare in albergo. Io me la caverò.» Un'infermiera le aveva portato un cuscino e una coperta. Sarebbe rimasta per essere vicina a Richard nel caso fosse accaduto qualcosa. La sola idea di attendere in albergo la faceva impazzire. Era qui che doveva stare, vicina al compagno. «Non è necessario che rimanga», aggiunse per rassicurare Alaistair e grata del tempo che le aveva dedicato. Nonostante fossero due perfetti sconosciuti, era stato di una gentilezza straordinaria. E sembrava stanco almeno tanto quanto lei.

«Domani mattina ho un impegno importante, altrimenti mi sarei offerto di farle compagnia.» Nulla era più triste che stare da soli in un ospedale in terra straniera, con l'amato in bilico tra la vita e la morte, con la paura che quella notte il loro futuro si sarebbe potuto concludere dopo aver lottato duramente per conquistarlo. La vita era crudele, talvolta. Le probabilità di riuscita dell'intervento, secondo il chirurgo, erano del trenta per cento, un dato incoraggiante ma anche spaventoso, a seconda del punto di vista. La battaglia non era ancora vinta e Judythe lo sapeva bene. Ringraziò di nuovo Alaistair che, prima di andarsene, le propose di scambiarsi i numeri di cellulare, per ogni eventualità, e promise di richiamarla il giorno seguente, dopo il suo appuntamento. Le disse che avrebbe potuto contattarlo a qualunque ora, in caso di necessità, sebbene non potesse fare molto.

Uscito dall'ospedale, Alaistair fece quattro passi, ripensando ai due, alla loro lotta per la libertà, al viaggio a Parigi per festeggiare il loro futuro insieme, un futuro che si sarebbe potuto concludere tragicamente quella notte stessa. Le loro vite avevano preso un cammino inaspettato, deviato brutalmente dal proprio corso. Adesso entrambi si stavano muovendo verso una destinazione oscura.

Sul taxi, di ritorno in albergo, inviò un messaggio a Gabrielle informandola dell'intervento di Richard. Era ancora vivo e con discrete possibilità di farcela. A quell'ora, se l'ambulanza non fosse arrivata in tempo, poteva essere spacciato.

Si stupì, davanti all'hotel, del numero di volanti e furgoncini della polizia. Una squadra anticrimine, con tanto di armi automatiche, sembrava pronta a intervenire. Nella hall la situazione non era diversa. Cos'era accaduto in sua assenza? C'era forse stata una minaccia terroristica o un attacco di qualche genere? Nessuno gli chiese nulla o lo fermò mentre attraversava la lobby e saliva in ascensore. Al terzo piano, trovò il corridoio affollato di agenti. Silenzioso, Alaistair entrò nella sua stanza e si sdraiò sul letto. La tragedia di Richard lo aveva sfinito. Era stata una notte impegnativa e il progetto di concedersi una buona cena era andato a pallino. La preoccupazione maggiore, però, era per l'appuntamento del giorno dopo. Sapeva già come sarebbe andato a finire. Le speranze erano poche, ma ci avrebbe provato lo stesso. In fin dei conti, era stata una buona scusa per venire a Parigi, sebbene finora il viaggio non fosse stato come si era aspettato. Nessuno meglio di lui sapeva come andava la vita e che, nel giro di un istante, tutto poteva cambiare.

La serata era stata incredibilmente stressante per Olivier Bateau. La sua vice, Yvonne, gli era stata di grande aiuto, occupandosi della polizia e degli ospiti, ma il peso della responsabilità gravava tutto sulle sue spalle. Un macabro assassinio in una delle suite, e per di più con il coinvolgimento di una personalità di spicco, era l'incubo peggiore di ogni direttore d'albergo. Gli abiti e soprattutto i documenti del morto, ritrovati nella stanza, avevano aiutato la polizia a raccogliere maggiori informazioni sulla vittima, un ventisettenne russo venuto in Francia con una troupe di ballerini classici e che si guadagnava la vita posando come modello, seppur non con particolare successo. Nel portafogli erano stati ritrovati 140 euro. Al polso portava un orologio costoso, chiaro segno che lo scopo dell'aggressione non era stato il furto. Causa della morte: impatto traumatico del cranio contro il pavimento di marmo. Nella stanza non c'erano altri segni di violenza, nessun mobile rovesciato, nessun livido o altro sul corpo, nessuna ferita da arma da taglio o da fuoco. Impossibile stabilire se fosse deceduto perché era scivolato o era stato spinto.

Lo sgabello accanto al corpo non era ribaltato. Il giovane era nudo, gli abiti lasciati sul pavimento della stanza da bagno, un accappatoio dell'albergo era stato usato e abbandonato, e nel letto c'erano prove evidenti di un rapporto sessuale. Del ministro dell'Interno, ospite della suite, non c'era traccia e nulla, a parte la prenotazione a suo nome, che potesse collegarlo alla vittima. Nessun membro del personale li aveva notati insieme e l'unica ad aver visto Sergej era la cameriera che, non accortasi dell'indicazione NON DISTURBARE, era entrata e aveva rinvenuto il corpo. Al room service era stato ordinato del foie gras, caviale e vodka.

Accanto alla bottiglia di liquore russo, c'era un unico bicchiere mentre un altro con dei resti di scotch era appoggiato sul tavolino da caffè. Né le impronte né il DNA erano stati ancora controllati. L'addetto al servizio in camera che aveva ricevuto l'ordinazione non riusciva a ricordare se la persona sentita al telefono avesse un accento russo. Di nazionalità italiana, non conosceva sufficientemente bene il francese per determinare un'eventuale differenza di intonazione tra le due lingue. Il cameriere che aveva portato il carrello aveva visto un uomo con addosso l'accappatoio dell'albergo. Era stato lui a firmare la ricevuta, ma non sapeva chi fosse e non c'era alcuna prova che potesse indicare che l'ordinazione fosse per una o due persone. Secondo il cameriere, al momento della consegna nella stanza non c'era nessun altro. Gli era stata mostrata una fotografia di Patrick Martin presa da un giornale, e l'uomo aveva affermato di non riconoscerlo, seppure non fosse del tutto sicuro.

Gli aveva lanciato solo un'occhiata distratta alla firma della ricevuta.

La polizia non riusciva a capire se si fosse trattato di un incidente letale da caduta o, peggio, di un omicidio. Il luogo, l'età e l'aspetto della vittima, le prove evidenti di un amplesso, suggerivano che, con tutta probabilità, si era trattato di un incontro a scopo sessuale, ma nulla indicava che Patrick Martin fosse coinvolto in prima persona, o se il russo si fosse incontrato con un terzo individuo dopo l'uscita di scena del ministro.

Il letto era stato disfatto e le lenzuola portate via dalle autorità per eseguire i test sul DNA. Nessuno dello staff aveva notato qualcosa di particolare. Gli altri ospiti non erano ancora stati interrogati, una procedura che si sarebbe avviata probabilmente molto presto, sebbene il direttore dell'albergo avesse supplicato la polizia di evitarlo. A complicare la situazione, i problemi tecnici che funestavano l'hotel avevano causato un black-out di tre ore del servizio di videosorveglianza dei primi cinque piani dello stabile. Verso mezzanotte, era ormai chiaro che la figura principale da interrogare fosse lo stesso ministro dell'Interno a nome del quale era riservata la suite. Jacques Forrestier, l'ispettore capo incaricato dell'investigazione, fece un commento sull'opulenza della sistemazione, ma il direttore precisò che il ministro aveva chiesto una stanza standard e che era stato lui a metterlo in categoria superiore. Olivier riferì anche che Patrick Martin aveva prenotato una stanza per un appuntamento, che non si era dimostrato entusiasta della suite e che aveva chiesto di esaudire la sua prenotazione originaria, cosa che lui non aveva potuto fare per mancanza di camere standard. Aggiunse che la direzione non gli aveva fatto pagare alcun sovrapprezzo.

L'ispettore capo pensò che ci potesse essere una spiegazione ragionevole per il coinvolgimento del ministro e sperò che non fosse di natura sessuale, perché in quel caso sarebbe inevitabilmente scoppiato uno scandalo. Esistevano altre possibilità meno dannose che avrebbero potuto coinvolgere una terza persona della quale non sapevano nulla né loro né Patrick Martin. Il momento non era dei migliori, ma non si era ancora verificato un disastro politico. Non gli restava che sperare di continuare sulla stessa strada. Martin era un uomo responsabile, dalla reputazione immacolata e con famiglia e l'ultima cosa che il detective desiderava, e della quale il governo aveva bisogno, era uno scandalo con il nome di un ministro accostato a un omicidio. Il suo assistente, l'ispettore Michel Plante, si era dimostrato sin da subito meno ottimista del superiore.

«Lo sai benissimo anche tu che c'è puzza di bruciato, e da quello che vedo, probabilmente si tratta di roba sporca. Una situazione potenzialmente schifosa come questa, di solito non si conclude con un bel profumino di rose!»

«Martin ha cinquantaquattro anni e non è mai stato coinvolto in uno scandalo», gli ricordò l'ispettore capo. «Non credo che sia quel genere di persona. È tutto casa e famiglia, ha sempre criticato i nostri presidenti che hanno avuto amanti o figli illegittimi, per non parlare dei politici gay.» Sebbene non fossero trascorse molte ore dal fattaccio, gli erano bastate per sapere che la vittima non era un angioletto e che era stato arrestato per atti osceni omosessuali in luogo pubblico e adescamento. L'agenzia di moda per la quale lavorava lo aveva definito un arrampicatore sociale, uno che sperava di trovare un mecenate ricco che potesse mantenerlo, probabilmente il motivo principale che lo aveva spinto a trasferirsi a Parigi. Non sembrava molto apprezzato ed era stato definito una persona arrogante.

«Forse stava ricattando Patrick Martin», suggerì l'ispettore. Il superiore scrollò la testa.

«Sono pronto a mettere la mano sul fuoco che non è così. Martin è un tipo troppo pulito e intelligente per finire nelle grinfie di un ricattatore.»

«Una ragione in più per essere vulnerabile al ricatto, se qua sotto c'è un segreto oscuro da nascondere. Sai bene come me che tutto è possibile. E che quelli che sembrano i più puliti alla fine nascondono le cose peggiori. La politica è un affare sporco.»

Verso mezzanotte, avevano preso ogni informazione possibile dagli impiegati dell'albergo in servizio. Nonostante l'ora tarda, però, l'ispettore capo era sempre più convinto che fosse di vitale importanza parlare con Patrick Martin, quella notte stessa, per sentire cosa avesse da dire in merito, per capire se ci fosse una spiegazione semplice che potesse giustificare la presenza di un morto in quella suite. Forrestier voleva saperlo prima che la stampa s'impossessasse della notizia. Un modello morto in uno degli alberghi più rinomati di Parigi, in un alloggio riservato dal ministro dell'Interno… non esisteva notizia più ghiotta e, quando fosse stata nota, i giornalisti ci avrebbero banchettato. All'ispettore capo non restava che sperare in una spiegazione con buona pace di tutti.

Dopo aver lasciato l'albergo, i due investigatori puntarono dritti a casa di Patrick Martin, nel XVI arrondissement. Il giorno seguente, i colleghi della Scientifica avrebbero ripreso a passare al setaccio la suite a caccia di ulteriori indizi. Il direttore era stato informato che, a causa del decesso, l'alloggio sarebbe stato sottoposto a quarantena. Per un albergatore non poteva esserci notizia peggiore, soprattutto quando in ballo c'era una delle sistemazioni più costose. Gli hotel spesso mettevano in campo tutti i trucchi per evitare una quarantena, pagando talvolta medici privi di scrupoli che infilavano l'ago della flebo nel braccio di una persona appena morta, dichiarandola ancora viva e certificandone il decesso solo durante il trasporto in ambulanza o al raggiungimento dell'ospedale. In questo caso, però, non c'erano dubbi sulla morte del modello russo, come testimoniava la pozza di sangue sul marmo bianco. Tra i mille interrogativi, Bateau era persino arrivato a chiedersi se sarebbe stato possibile eliminare completamente la macchia o avrebbero dovuto sostituire la pavimentazione. Il minore dei problemi, al momento, ma ai proprietari non sarebbe piaciuta la notizia, considerato che per la consegna di quel particolare marmo italiano ci sarebbe potuto volere anche un anno, un tempo ben più lungo della quarantena giudiziaria.

Per la polizia, invece, l'interrogativo principale era trovare l'eventuale marcio che si nascondeva dietro il caso. Se fosse accaduto, la bomba sarebbe scoppiata. In caso contrario, Patrick Martin avrebbe potuto continuare la propria vita senza ripercussioni.

La casa era buia e silenziosa quando Patrick era rientrato, i nervi scossi dopo l'accaduto con Sergej. Dopo aver chiuso i soldi a chiave in un cassetto della scrivania, era rimasto seduto un'ora nel suo studio, le luci spente, tremante e cercando di inventarsi una storia che restasse in piedi quando la polizia lo avrebbe interrogato. Perché lo avrebbe fatto. Inevitabilmente. La prenotazione era stata fatta a suo nome.

Aveva avuto un rapido incontro con Sergej, avrebbe detto. Niente di particolare. Non poteva certo affermare di essersi visto con un'altra persona. Magari avrebbe potuto dichiarare che Sergej gli passava delle informazioni su un qualche russo coinvolto in un giro di riciclaggio di soldi sporchi, una storia comune, illegale e soprattutto credibile. Sergej temeva di essere visto in sua compagnia e così lui aveva prenotato la stanza. Stanza, diventata suite per omaggio non richiesto del direttore dell'hotel, che aveva lasciato poco dopo, alla fine dell'appuntamento durato poco perché Sergej non era stato in grado di fornirgli le prove di cui aveva bisogno e che aveva promesso di recuperare prima possibile. A quel punto era tornato a casa. Prima di lasciare l'albergo però Sergej gli aveva chiesto se poteva trattenersi un po' più a lungo. Quello che era successo doveva essere avvenuto in seguito, a causa di una terza persona che lui non aveva visto e che probabilmente si era accordata per incontrarsi nella suite con la vittima trovata morta in un lago di sangue.

Storia migliore non avrebbe saputo inventare per ottenere il suo scopo, e lo shock gli impediva di vederne gli enormi difetti. A preoccuparlo un po' erano le telecamere dell'albergo, ma le aveva viste lampeggiare, andandosene. Non gli restava che sperare che anche quelle si fossero guastate come le linee telefoniche.

In caso contrario, avrebbe dovuto spiegare perché era sceso dalle scale di servizio. Anche quello però era un problema facilmente risolvibile: la presenza dell'équipe di soccorso sanitario aveva bloccato l'accesso all'ascensore per almeno un paio d'ore.

La stampa avrebbe potuto trovare che qualcosa non tornava, ma la morte accidentale di un misterioso russo in un caso di riciclaggio di denaro sporco poteva sempre servire allo scopo. Un modello trovato cadavere nella suite di un albergo di lusso prenotata a nome di Patrick Martin aveva un che di losco, ma forse avrebbe potuto evitare il peggio, se la polizia gli avesse creduto e nessuno lo avesse scoperto. Agli investigatori avrebbe detto che sua moglie, Alice, era a cena con le amiche, consuetudine mensile che gli aveva dato lo spunto per incontrare Sergej proprio quella sera.

Il matrimonio non andava bene. Quando si erano sposati, lui era un giovane avvocato determinato a farsi strada nel mondo degli affari o direttamente in ambito legale. Lei era diventata professoressa di letteratura francese alla Sorbona ed era la classica moglie borghese proveniente da una famiglia rispettabile. La scelta giusta per la dare una spinta alla sua carriera, aveva pensato Patrick, ai tempi, per poi scoprire che Alice era una donna poco brillante e incline alla lamentela. Poi gli era stata offerta l'opportunità di entrare al ministero dell'Interno, e si era sentito fortemente tentato, soprattutto dai benefici che avrebbe potuto trarne. Nonostante Alice non fosse d'accordo, aveva accettato, trasformandola da quel momento in poi in una donna infelice. Aveva continuato a insegnare alla Sorbona ma, col passare degli anni, avevano imboccato due strade parallele ma distanti. Non avevano niente in comune e il matrimonio era più che altro un'abitudine che nessuno dei due aveva il coraggio di interrompere e che, in fondo, per lui era un vantaggio per il lavoro.

I figli, Marina e Damien, erano nati agli inizi della sua carriera. Lavorava sodo su questioni delle quali non poteva discutere con Alice e di rado vedeva i bambini. Col tempo, però, la famiglia gli aveva dato la copertura perfetta per la vita segreta che per molto tempo aveva solo immaginato di poter avere, ma alla quale, a un certo punto, aveva cominciato a indulgere. Nessuno ne sapeva nulla, men che meno la moglie e i figli. Sulle prime, gli incontri erano stati occasionali, ma col passar del tempo il desiderio si era fatto insaziabile. Era affamato di carne giovane, come un vampiro era assetato di sangue e, ogni volta che la sua strada incrociava quella di uno splendido ragazzo che gli pareva consenziente, faceva di tutto per incontrarlo in gran segreto e abbandonarsi al sesso violento e appassionato. Niente legami romantici, solo eccitazione carnale della cui forza si caricava per continuare a portare avanti la noiosissima vita che conduceva con Alice. Non l'amava da lungo tempo ormai, o forse non l'aveva mai amata. Si era reso conto dell'errore commesso dopo la nascita dei figli, ma aveva trovato un compromesso fintanto che si fosse potuto concedere i suoi incontri clandestini, doppiamente eccitanti perché proibiti.

La situazione non gli era mai sfuggita di mano fino a quando non aveva conosciuto Sergej, ambizioso, avido, un criminale nato. Nessuno dei giovani amanti di Patrick lo conosceva. Ed era proprio l'anonimato che contribuiva a eccitare e a moltiplicare la passione. Il russo, al contrario, sapeva chi era. Lo aveva riconosciuto nel bar gay dove si erano incontrati, ma Patrick aveva deciso di rischiare comunque. Al secondo appuntamento, aveva cominciato a ricattarlo. Dopo di che, era stato troppo tardi. Sergej lo aveva avvolto nelle spire della seduzione e lui, Patrick, ne era diventato dipendente, come da una droga. La storia andava avanti ormai da due anni. E le cifre dei ricatti si facevano sempre più esose. Fino a quella tragica sera in cui, inevitabile, era arrivato il punto di rottura per Patrick. Attingere altro denaro dal conto cointestato con la moglie non era più possibile. Agli inizi era stato facile spiegare il perché di quei prelievi, ma come continuare a giustificare le cifre che Sergej chiedeva negli ultimi tempi? Più il potere politico di Patrick cresceva, più Sergej alzava le richieste.

Patrick sapeva che Alice era stanca di lui da tempo, conosceva la delusione nata dal loro rapporto. Altri erano colpiti dal suo titolo e dal potere, ma lei no, lei detestava il suo lavoro e col tempo aveva cominciato a nutrire un'avversione, ricambiata, verso il marito. Se rimanevano sposati era solo perché si riteneva una donna di principi e giudicava un'onta il divorzio. Rimanere con lui era il minore dei mali. E poi c'erano i figli di mezzo. Alice avrebbe preferito un marito presidente di banca o uomo d'affari. La carica di ministro dell'Interno ne faceva ai suoi occhi uno squallido politico, una specie di piedipiatti solo con un nome più altisonante. La vita sessuale era un capitolo chiuso da anni. Probabilmente sospettava qualche occasionale tradimento, ma non se ne faceva un problema, considerata la buona reputazione di cui godeva Patrick. Mai, neanche in un milione di anni, avrebbe immaginato la sua passione per gli uomini, non lui, che aveva sempre tenuto a sottolineare in famiglia e con gli amici di essere contro l'omosessualità, tanto da essere stato accusato di omofobia dai più intimi.

Patrick conosceva già le sue inclinazioni quando aveva sposato Alice, ma si era illuso di potersi accontentare di qualche raro incontro. Così non era stato. Negli anni, il suo appetito non aveva fatto che aumentare. Per sentirsi vivo e potente aveva bisogno di sentire un corpo maschile accanto al suo. Gli piacevano i tipi pericolosi, quelli come Sergej, non gli uomini docili. E adesso, ecco dove lo aveva portato la sua passione. Cosa avrebbe detto alla moglie? Le avrebbe rifilato la stessa storia imbastita per la polizia. La rispettava come madre dei suoi figli, ma non la toccava da anni e non lo avrebbe fatto mai più. Per il momento, gli interessava solo superare l'ostacolo che si era ritrovato davanti. Ripeté più volte il racconto nella sua testa, cercando di dimenticare l'immagine di Sergej morto in una pozza di sangue in una camera dell'albergo *Louis XVI*.

Era leggermente alticcio quando Alice rientrò dalla cena con le amiche. La moglie si accorse della sua presenza nello studio, ma non si fermò a salutare. Era tardi, era stanca. Si era divertita e non voleva rovinarsi l'umore con i soliti scambi di battute gelide e poco cortesi. Talvolta pensava che lui la odiasse, la maggior del tempo era convinta che non gli importasse nulla di lei. Erano due estranei che vivevano sotto lo stesso tetto da un'infinità di anni, tanto che ormai quella sembrava la normalità. Non nutriva alcun interesse per la carriera del marito come lui non ne aveva mai avuto per la sua. Insegnare letteratura francese era noioso da morire, aveva sempre pensato Patrick. I rapporti tra loro erano stati un po' più cordiali quando la famiglia era ancora unita. I ragazzi però avevano ormai le loro vite. Marina seguiva le orme della madre, studiava letteratura inglese e mirava a diventare insegnante, mentre Damien era pierre in un'agenzia che trattava brand di lusso e sperava, un giorno, di aprirne una tutta sua.

Alice contava ancora qualcosa nella vita di Patrick solo perché l'essere sposato l'aiutava con la carriera politica. Se avesse vinto la corsa alle presidenziali imminenti o a quelle successive, sarebbe stata la perfetta first lady di Francia. Patrick puntava dritto a quell'obiettivo, come lei. Era quello l'unico legame che li teneva ancora uniti. Per tutto il resto ad Alice andava bene così. Aveva i figli, gli amici, il gratificante lavoro alla Sorbona e aveva accantonato l'idea di avere una vita sentimentale. Era una donna integerrima, che non avrebbe mai fatto nulla per mettere a rischio la carriera del marito. Cinquantaduenne, né sexy né bella, si distingueva tuttavia per il suo stile sobrio e raffinato gradito all'opinione pubblica. Era l'accessorio perfetto e sapeva che fintanto che Patrick fosse stato divorato dal fuoco delle ambizioni, non l'avrebbe mai lasciata. Alice odiava la politica, l'aveva sempre detestata, ma adorava l'idea di diventare prima dama di Francia. Sarebbe bastato quello per ripagarla del lungo matrimonio infelice, il giusto premio per una vita senza amore. Perché Patrick non l'amava. Tutto sommato, le andava bene così. L'importante era non vivere nella vergogna di un divorzio. Perché nella sua famiglia, non era mai successo.

Patrick era nello studio quando la polizia bussò alla porta. Sorpresa dal campanello all'una di notte, Alice, ancora sveglia, si affacciò per guardare fuori dalla finestra e vide un'auto di servizio. Doveva trattarsi di qualcosa di importante, una storia che coinvolgeva qualche criminale di peso. Patrick, sapendo bene di cosa si trattava, vuotò il bicchiere di whisky e andò ad aprire.

Salutò gli investigatori Forrestier e Plante con espressione stupita, ancora in giacca e cravatta, e li fece accomodare.

«Un'emergenza, signori?» Sorrise cordiale. I due poliziotti rimasero seri.

«Sembrerebbe, signor ministro. Potremmo parlare in privato?»

Patrick li precedette nel suo studio, chiuse la porta, indicò le due sedie di fronte alla scrivania e si accomodò. «Considerata l'ora, deve essere una questione importante. In caso contrario, avreste aspettato domani. Come posso esservi utile?» chiese con tranquillità, calmo. L'ultimo bicchiere di whisky lo aveva aiutato a rilassare i nervi.

«La faccenda non poteva attendere, no», confermò Forrestier andando dritto al punto. «Si tratta di Sergej Karpov, un giovane modello russo.» L'espressione di Patrick rimase impassibile. Meglio conoscere i particolari prima di dire qualsiasi cosa. «Riteniamo che lei lo conoscesse. È stato trovato cadavere in una suite dell'hotel *Louis XVI*, registrata a suo nome. Stiamo indagando per scoprire se si tratta di un atto criminale o no e vorremmo che lei ci illuminasse sul suo coinvolgimento con quell'uomo.» Forrestier e Patrick stavano giocando la stessa partita. Si guardarono negli occhi, l'uno di fronte all'altro, simili a due pantere che, girando in circolo, si preparavano ad attaccare, se fosse stato necessario, prendevano le misure dell'avversario, attendevano di saperne di più e valutavano chi di loro avrebbe vinto. Patrick era pronto a lottare fino alla morte. Per lui la posta in gioco era altissima. Doveva solo uscirne pulito, ed era disposto a tutto. Doveva sfruttare la chance che la morte così opportuna di Sergej gli offriva.

5

QUELLA notte, i due detective passarono un'ora a casa di Patrick, nella privacy del suo studio. Prima del loro arrivo, il ministro dell'Interno aveva ripassato decine e decine di volte la scena tanto che, arrivato il momento di recitarla, non ebbe difficoltà.

Spiegò, con leggero sussiego, che ormai da due anni i servizi segreti stavano conducendo delle indagini su un importante personaggio russo appartenente al mondo della criminalità e che si trattava di un caso confidenziale di cui solo pochi erano a conoscenza. Si cercavano prove consistenti per accusarlo di riciclaggio di denaro sporco ed evasione fiscale per cifre esorbitanti anche nella speranza di sequestrare le tantissime proprietà che la persona in questione possedeva in territorio francese. Patrick li informò che il caso era troppo scottante per fare il nome del soggetto, ma aggiunse che Sergej era diventato un loro informatore, che aveva contatti con la persona investigata e che stava fornendo al governo informazioni utili per il suo arresto.

«Era pagato per fare l'informatore, signor ministro?» chiese Forrestier.

«Talvolta», rispose Patrick, vago, senza parlare di cifre.

«Era lei personalmente a trattare il caso?»

«In qualche occasione mi sono incontrato con la vittima. Stavolta ha detto di avere informazioni fresche da passarci, ma voleva farlo in un posto sicuro dove nessuno della sua cerchia potesse vederlo. Così ho suggerito il *Louis XVI* e ho prenotato una stanza per questa sera. Ne avevo chiesta una standard, e mi sono piuttosto adirato quando ho visto che mi avevano assegnato una suite molto grande.» Tesi che era già stata confermata dal direttore dell'hotel: il ministro non aveva mostrato particolare entusiasmo per essere stato alloggiato in uno dei loro migliori appartamenti. «Ci siamo visti questa sera. In realtà, l'incontro è stato piuttosto deludente. Non aveva nuove informazioni significative, ma ha promesso che ne avrebbe avute presto. Suppongo che sperasse in un ennesimo pagamento. Non valendo la pena perdere inutilmente altro tempo, me ne sono andato quasi subito. Gli ho suggerito di precedermi, ma visto che c'era voluto meno tempo di quello previsto, mi ha chiesto se poteva restare nascosto un altro paio d'ore, domandandomi se non mi dispiacesse se si fosse allontanato dopo di me. Ho detto che per me andava bene e mi sono congedato. Era vivo e vegeto quando mi sono chiuso la porta alle spalle. Com'è stato ucciso? Gli hanno sparato? Si è suicidato?» Il volto di Patrick era una maschera di perfetta innocenza.

«Considerata la gente che bazzicava, non posso dire di essere particolarmente sorpreso dalla fine che ha fatto.»

«Sembra che la causa del decesso sia dovuta a una caduta all'indietro sul pavimento di marmo. Frattura del cranio.»

«Credete che sia stato spinto?» Patrick moriva dalla voglia di ricevere una risposta.

«Ancora non lo sappiamo. Siamo solo alle prime fasi dell'indagine. Dunque, quando lei è andato via, la vittima era ancora viva?» chiese l'investigatore più anziano, per maggiore sicurezza.

«Sì. Temo di non potervi aiutare in altro modo. L'appuntamento è stato inutile. Forse mi ha chiesto di poter restare proprio perché voleva incontrare un'altra persona, magari per pavoneggiarsi dell'alloggio.»

«È possibile, ma non abbiamo prove di un visitatore nella suite. Sfortunatamente, diverse telecamere di sicurezza non stavano funzionando per problemi tecnici.» L'ispettore capo sembrava irritato. Le registrazioni avrebbero potuto semplificare l'indagine.

«Un vero colpo di sfortuna», commentò Patrick, ma una manna dal cielo per lui. I suoi sospetti si erano rivelati fondati: le videocamere erano fuori servizio. Si domandò cosa fosse potuto sfuggire alla sua attenzione, ma non ricordò nulla. Sul bicchiere di whisky c'erano le sue impronte digitali, ma aveva ammesso di essere stato nella suite. Gli investigatori non sembravano dubitare della sua versione, che non faceva una piega. «Era in un giro di persone pericolose. Non mi sorprende che sia finito male, come vi ho già detto. Mi rincresce molto di aver perso un informatore.»

«Be', sembra che nessuno di noi abbia avuto fortuna», disse Forrestier, stanco. La giornata era stata lunga. «Cercheremo di evitare che la stampa s'impossessi della notizia per altre ventiquattro ore, per vedere cosa ne viene fuori.»

«Una mossa saggia», rispose Patrick, pensieroso. «Mi spiace di non potervi dare ulteriori informazioni.»

«Ha ordinato qualcosa da mangiare, mentre era lì?» chiese l'investigatore Plante.

«Non io», replicò Patrick sentendosi rinfrancato da come era andato fino a quel momento. «Immagino che possa averlo fatto Karpov mettendolo sul mio conto. Niente di stravagante, spero.» Plante annuì senza commentare o ricordargli che aveva firmato la ricevuta per il servizio in camera. Patrick sembrava averlo dimenticato oppure non voleva ammettere di aver richiesto cibi tanto ricercati come il foie gras e il caviale. In camera era stata trovata anche una bottiglia aperta di champagne, una di vodka e un bicchiere contenente del whisky, un bel po' di alcol per un breve incontro fra due uomini.

Congedati gli investigatori, Patrick andò in camera e si sorprese nel vedere la moglie ancora sveglia a fissarlo. Seguitavano a dividere il letto nonostante la freddezza dei rapporti. Per amore dei figli.

«Come mai è venuta la polizia?» gli chiese.

«Niente di che. È stato rinvenuto il cadavere di un nostro informatore.» Alice accolse la notizia con disgusto. Non gli chiedeva mai nulla del lavoro, e lui faceva lo stesso con il suo. Se avevano qualcosa da dirsi, riguardava principalmente i figli. Come tante altre coppie sposate che avevano perduto l'attrazione sessuale negli anni, la prole era l'unico legame rimasto. Era sufficiente e, nel caso di Patrick, le sue aspirazioni presidenziali erano una stella luminosa nel loro condiviso firmamento.

Per quanto poteva immaginare, l'incontro con la polizia era andato bene. Aveva risposto in maniera adeguata. Probabilmente non ce ne sarebbero stati altri. La sfortuna aveva voluto che Sergej cadesse e morisse in una stanza d'albergo riservata a nome suo. In genere, quando dava appuntamento negli alberghi usava un nome falso e pagava in contanti. Difficilmente però avrebbe potuto farlo al *Louis XVI*, considerata la sua notorietà. L'unica cosa buona in tutta la faccenda, era che non avrebbe più avuto a che fare con Sergej e che, se non vi fossero state ulteriori implicazioni, le cose si sarebbero messe per il meglio. Aveva smesso di dover raggranellare soldi per soddisfare le sue richieste di denaro, ed era felice di non doversi più trovare nella situazione di mentire al direttore della sua banca e alla moglie.

Alaistair si svegliò alle sei del mattino. Quel giorno sarebbe andato dal professore consigliato da un amico. Non si aspettava chissà quali rivelazioni, ma era pur sempre attaccato a un sottile filo di speranza.

Alle nove in punto fu accolto in uno studio freddo, mal arredato, simile alla stanza di un motel di infima categoria. Il professore in questione era preceduto dalla sua illustre reputazione, ma da qualche tempo si dedicava esclusivamente alla ricerca e visitava solo pochissimi pazienti privati. Preferiva studiare per il bene comune che avere a che fare con malati esigenti, scontenti e disperati, bisognosi di un genere di rassicurazione che lui non era mai stato in grado di fornire, una caratteristica che andava a peggiorare negli anni. Ad Alaistair aveva offerto poche speranze.

Alaistair attendeva da qualche minuto, quando un'infermiera in camice bianco lo accompagnò nello studio del dottore, Jean-Claude Leblanc, esperto di leucemia linfocitica acuta, come si leggeva sul referto ricevuto da Alaistair appena quattro mesi prima. All'inizio era stato come un fulmine a ciel sereno. Una diagnosi devastante. La malattia aveva progredito silenziosamente ed era già a uno stadio avanzato. Sei mesi, non di più. Se i medici avessero avuto ragione, gliene sarebbero restati solo due. Stranamente Alaistair non mostrava alcun sintomo, soltanto provava un senso di stanchezza che cominciava pian piano a peggiorare ma che gli permetteva ancora di praticare la professione di medico internista, sebbene nell'ultimo mese avesse ridotto gli impegni. I colleghi gli avevano fatto intendere che il fatto di non sentirsi male era ingannevole e che la morte sarebbe arrivata rapidamente, con un peggioramento quasi in picchiata nelle settimane finali. Dopo attenta considerazione, Alaistair aveva rifiutato qualunque trattamento. I protocolli gli sembravano peggiori della malattia stessa. Tanti, troppi erano stati gli amici e i pazienti visti appassire per la chemio o la radioterapia, la qualità di vita distrutta, fino a quando la morte non era arrivata come una benedizione. Sembrava quasi di non poter stabilire se i pazienti morivano per il trattamento o per la malattia in sé. Gli avevano anche raccomandato un trapianto di midollo che Alaistair aveva accantonato subito. Non gli importava di quello che sarebbe accaduto nelle ultime settimane, o anche adesso. In fin dei conti, non aveva né moglie né figli. Era divorziato da anni, e negli ultimi quindici aveva intrecciato solo qualche relazione occasionale, niente di importante.

A poche settimane dalla diagnosi, aveva deciso che quando la fine si sarebbe avvicinata, o avrebbe iniziato a soffrire, sarebbe uscito di scena in silenzio e con dignità. Procurarsi i mezzi per farlo era stato sorprendentemente facile. Si portava sempre appresso le pillole, e le aveva anche adesso, a Parigi, nel caso in cui il verdetto del professore fosse stato troppo duro e presagisse qualcosa di ancora più terribile di quanto non avessero scoperto i colleghi londinesi. Non voleva essere colto di sorpresa. Avrebbe portato a termine il suo piano con assoluta determinazione e la prospettiva non lo deprimeva. In realtà, la consapevolezza di avere una via di fuga gli faceva affrontare meglio l'intera situazione. Morire a quarantanove anni era presto, certo, ma gli era toccata in sorte una buona vita e, se non era destinato ad altro, significava che era quella la mano di carte che il destino gli aveva dato. E, stranamente, si sentiva pacificato.

Il professor Leblanc pronunciò la stessa sentenza di morte dei colleghi londinesi, parlandogli del trattamento estremo di chemioterapia e di un trapianto di midollo che, abbinati a una probabile immunoterapia, sarebbero stati in grado di allungargli la vita ancora di qualche mese. Se a Londra, agli inizi, Alaistair aveva finto di volersi sottoporre al trattamento, lì, a Parigi, non si prese neanche la briga di dissimulare.

«È una strada che ho deciso di non percorrere», rispose calmo al professore che lo osservava.

«Se lo desidera, può tentare alcune cure sperimentali, ce ne sono di inconsuete, se riuscisse ad averne accesso. Ma sappia che finora nessuna ha dato i risultati sperati. Oppure può decidere di non fare nulla. Potrebbe guadagnare qualche mese con dei farmaci ugualmente sperimentali, ma la forma di leucemia che l'ha colpita è particolarmente tenace e progredisce in fretta. Io stesso ho condotto delle ricerche in materia. Se è disposto, potremmo provare un trattamento al quale sto ancora lavorando. Non posso prometterle miracoli, però. Sono riuscito ad allungare la vita da due mesi a un anno per uno dei miei pazienti e da sei mesi a due anni per un altro. È qualcosa, non molto ma pur sempre qualcosa. Nel frattempo, si può sempre sperare che qualche fortunato ricercatore arrivi a scoprire nuove terapie.» Il professore era stato uno dei primi a studiare l'AIDS e i suoi successi avevano contribuito a farlo conoscere in tutto il mondo.

«La ringrazio, dottore, ma non intendo trascinare oltre la situazione, se dovrò stare male per tutto il tempo. Altri due mesi trascorsi a letto, desiderando di essere morto, non mi sembrano un gran guadagno.»

«Non starebbe così male, se troveremo il giusto dosaggio della chemio. La scelta spetta a lei, naturalmente, e io non posso che rispettare la sua decisione. Forse, se fossi nei suoi panni, mi comporterei nella stessa maniera. Le lascio il tempo di rifletterci su e di tornare, nel caso cambiasse idea. Potrebbe trovare illuminante leggere una mia pubblicazione sulla patologia che la affligge e sul lavoro che sto portando avanti. Sapere di più sulla sua malattia potrebbe fare la differenza, sa?» Alaistair prese il volumetto che il dottore gli porse, lo infilò in tasca e lo ringraziò. «Londra non è lontana. Potrebbe venire qui ogni quattro settimane e sottoporsi alla somministrazione di una dose ogni metà del mese. La cura non sarebbe debilitante come teme e, in ogni caso, possiamo sempre variare il dosaggio o addirittura smettere.» Diede ad Alaistair il suo cellulare privato. Si salutarono con una stretta di mano e dalla Rive Gauche Alaistair si incamminò verso il suo albergo.

La giornata era splendida e lui si sentiva stranamente rinfrancato da quell'incontro e più determinato che mai a scegliere di persona il momento in cui lasciare questo mondo. Le pillole che teneva sempre con sé, adesso, gli davano la sensazione di poter controllare il suo destino. Non aveva rimpianti per la sua scelta che gli permetteva di essere libero, di sapere che non sarebbe finito come tutta la gente che aveva visto morire per quella malattia. In pace con se stesso, camminò per le strade di Parigi e attraversò il ponte Alessandro III per raggiungere la Rive Droite e passare poi davanti al Grand Palais, dove sapeva che Gabrielle Gates aveva un appuntamento con alcuni mercanti d'arti alla Biennale. Dopo la lunga passeggiata, si sentiva tranquillo, solo un po' stanco per la camminata. Mentre stava per salire in camera per riposare, si stupì nel vedere la donna attraversare l'atrio diretta verso di lui.

Gabrielle aveva un aspetto vivido e luminoso nel suo abito di lana rossa, con i tacchi alti e i capelli scuri raccolti all'indietro. Gli sorrise.

«È splendida», la salutò Alaistair senza riuscire a trattenersi. C'era qualcosa di speciale in lei, qualcosa di caldo e compassionevole nei suoi occhi, come di una donna che avesse sofferto profondamente e fosse uscita dal tunnel senza neanche un briciolo di amarezza. Ammirevole!

«La ringrazio. Ho appena ricevuto un messaggio da Judythe. Richard è uscito dalla sala operatoria. L'intervento è durato sino alle sette del mattino ma i chirurghi hanno individuato il problema e sono certi che da questo momento in poi tornerà a star bene. Sono 'cautamente ottimisti' per dirla come mi ha riferito lei. Siccome lo terranno sedato tutto il giorno, Judythe vuole approfittarne per tornare in albergo a farsi una doccia e a cambiarsi.» Gabrielle pareva sollevata e Alaistair sorrideva felice. Richard aveva undici anni meno di lui, progettava il matrimonio e dei figli. Era giusto che gli fosse offerta una seconda opportunità. Non aveva una malattia incurabile che lo avrebbe divorato da dentro.
«È già stato al suo appuntamento?» chiese Gabrielle.

«Sì. Sto tornando adesso», rispose lui, sorridente. «Rientrando, sono passato davanti al Grand Palais e l'ho pensata. Supponevo che fosse lì.»

«Ci sto andando ora.» Gabrielle diede uno sguardo all'orologio. «Le andrebbe di raggiungermi nel pomeriggio?» L'idea lo attrasse subito. Quella donna lo affascinava.

«Mi piacerebbe. E io posso, in cambio, proporle una cena, questa sera?» Gabrielle esitò solo una frazione di secondo prima di annuire.

«Sarebbe splendido. Questa mattina», aggiunse poi in tono da perfetta cospiratrice, «una cameriera mi ha detto che sul nostro piano, ieri sera, qualcuno è stato assassinato. Mi è parso di sentire il grido di una donna, poco dopo che lei era uscito per andare in ospedale da Judythe. Sembra che a urlare sia stata la domestica che ha rinvenuto il corpo. La vittima non era registrata, ma era ospite di un ospite. Finora i giornali non ne hanno parlato, ma mi lasci dire che questo hotel offre un bel po' di eccitazione. La direzione starà sicuramente tremando. Gli affari potrebbero risentirne», aggiunse.

«Non credo», rispose lui, incuriosito dalla faccenda.

«Allo staff è stato chiesto di non parlarne, ma la cameriera non ha resistito.»

«Si tratterà di qualche regolamento di conti nella criminalità organizzata, magari traffico di stupefacenti?»

«Non saprei, credo che la cameriera non avesse altre informazioni. So soltanto che la polizia è rimasta qui per parecchie ore.»

«Sì, l'ho vista quando sono tornato dall'ospedale, ma ho pensato a qualche controllo di routine.»

«Be', quella di ieri è stata davvero una notte movimentata. Prima Richard, poi l'omicidio.» Gabrielle gli diede un pass per la Biennale, gli disse a quale stand raggiungerla e se ne andò in tutta fretta. Alaistair rientrò in camera pensando a lei. Andò in bagno, aprì il nécessaire dove teneva le pillole, il suo biglietto per la libertà quando fosse arrivato il momento. Per adesso, quei farmaci erano i suoi migliori amici, sui quali era certo di poter contare. Si sdraiò sul letto e ripensò alle parole del professore. Gli era stata offerta la possibilità di seguire un suo particolare protocollo, ma lui non lo voleva. Non vedeva la necessità di trascinare la situazione, se negli ultimi mesi di vita avesse dovuto soffrire come un cane. Non credeva all'affermazione del dottore, alla sua assicurazione che non sarebbe stato male quanto temeva, e che avrebbe persino potuto continuare a lavorare, anche se senza esagerare. La sua era la soluzione migliore. Spiegare le vele verso il mare aperto, lentamente, senza cure, e concludere il viaggio con le pillole. In ogni caso, aveva ancora tempo. Almeno un altro paio di mesi. Ecco perché era venuto a Parigi quando ancora si sentiva bene. Voleva rivederla un'ultima volta.

Quella mattina, Patrick passò in rassegna i giornali senza trovare traccia del modello russo morto la sera precedente al *Louis XVI*. Per il momento la notizia era stata messa a tacere, ma la macchina delle investigazioni andava sicuramente a tutto gas e avrebbe continuato fino a quando non si fosse scoperto se si era trattato di un incidente o se qualcuno aveva assassinato Sergej. Per adesso, per quanto ne sapeva Patrick, non c'era né un sospettato né un movente. E poi quel decesso era stato davvero frutto di un incidente. Sergej era inciampato. Patrick non aveva avuto intenzione di ucciderlo, non gli aveva neanche messo le mani addosso e, sebbene fosse stato furioso nei suoi confronti per aver di nuovo alzato la posta del ricatto, non lo avrebbe mai ammazzato. Quel pessimo individuo era morto per una caduta accidentale.

Per Patrick, non vedere la notizia sui giornali, fu un sollievo, sebbene sapesse che prima o poi la faccenda sarebbe venuta a galla. Come lo sapeva Olivier Bateau, che pregava fervidamente che si fosse trattato di un incidente e non di un omicidio. Dalla sera prima non aveva smesso di sentirsi male per l'ansia.

Alaistair dormì un paio d'ore, ordinò un pranzo leggero in camera e indossò giacca e cravatta per l'appuntamento con Gabrielle alla Biennale. L'aveva vista vestita con tanta eleganza, nell'atrio dell'albergo, che non voleva metterla in imbarazzo. L'aveva trovata chic e raffinata con sobrietà e stile.

L'incontrò allo stand che gli aveva indicato e fecero un giro per la fiera, un espositore dopo l'altro, ammirando pezzi d'antiquariato e dipinti degni di essere esposti in un museo. I partecipanti erano tutti nomi noti e fra di essi c'era anche una mezza dozzina di gioiellieri. L'esposizione era immensa ed entrambi la visitarono con gioia e interesse. I più grandi mercanti d'arte, la cui merce era in vendita a cifre astronomiche, facevano parte del giro di conoscenze di Gabrielle, e lei li presentò ad Alaistair.

Terminata la visita, andarono al *Bar Vendôme* del *Ritz*

per un drink e da lì si spostarono in uno dei ristoranti preferiti dal medico inglese. La serata fu piacevole, la conversazione vivace, ricca di spunti e senza un attimo di imbarazzo. Mentre stavano rientrando, Alaistair ricevette una telefonata da Judythe. Disse che Richard stava bene, era ancora sedato, ma gli avevano tolto il respiratore e la nuova valvola cardiaca funzionava alla grande. Sembrava ancora preoccupata, ma nulla di paragonabile alla notte precedente. Di nuovo, si profuse in ringraziamenti.

La coppia passeggiò verso l'hotel godendosi l'aria balsamica di settembre e lo splendido spettacolo notturno della città. Si lasciarono davanti alla porta della suite di Gabrielle, entrambi piacevolmente sfiniti. L'indomani per lei sarebbe stata una giornata altrettanto impegnativa. Contava di rimanere una settimana, proprio come Alaistair, che vedeva quel viaggio come l'ultimo che sarebbe stato in grado di fare e desiderava assaporarne ogni istante. Prima di congedarsi, le aveva accennato a una nuova cena insieme, una prospettiva che lei accolse con gioia.

Alaistair non poté fare a meno di notare l'energia con la quale aveva affrontato l'intera giornata. Non si sentiva stanco come lo era stato ultimamente. Parigi aveva un effetto magico su di lui… Lo aveva detto anche Gabrielle, a cena, riferendosi a se stessa. Si sentiva eccitata per la sua nuova vita, per aver ripreso a lavorare, a quarantacinque anni, ed era soddisfatta di essere finalmente riuscita a lasciarsi alle spalle il dolore del divorzio. Era ancora giovane, aveva una vita piena davanti a sé e da quel momento in poi intendeva godersela, viaggiare, continuare a svolgere la sua attività con soddisfazione e seguitare ad acquistare oggetti d'arte come quel giorno aveva fatto per alcuni clienti. Per entrambi era stata una gran bella giornata.

Quella sera, tornando a casa, Patrick non notò i due investigatori che lo attendevano a bordo di una macchina senza contrassegni. Aprì la porta ed entrò. Alice era già tornata e, cosa rara, aveva preparato la cena. Erano sul punto di sedersi a tavola, quando suonò il campanello. Forrestier e Plante chiedevano di parlare con il ministro.

Patrick li guidò nello studio assicurando alla moglie che non avrebbe tardato. Lei non chiese nulla, supponendo che si trattasse di un problema di lavoro. Non era raro che il marito ricevesse agenti o investigatori. Patrick chiuse la porta e sedette alla scrivania mentre gli altri due, come la sera precedente, si accomodarono dalla parte opposta.

«Non ho davvero nulla da aggiungere», disse, convinto di essere in una botte di ferro. Il suo ruolo nel caso, per quanto lo riguardava, era quasi chiuso, tranne forse che per qualche informazione che avrebbe potuto fornire su Sergej Karpov e le sue poco raccomandabili frequentazioni.

«Abbiamo notato una discrepanza nella sua deposizione, e vogliamo accertarci di aver capito correttamente», esordì Forrestier tranquillo. «Ha detto di non aver ordinato nulla da mangiare, eppure ci risulta che il room service abbia portato in camera sua caviale, foie gras e vodka. Aveva anche ipotizzato che l'ordinazione fosse stata fatta dopo che lei era andato via e che, con tutta probabilità, il russo avesse usato la suite per vedersi con qualcun altro.»

«Sì, penso che possa essere andata così. Magari hanno avuto una discussione e l'altra persona lo ha spinto», rispose Patrick suggerendo agli investigatori la scena che voleva far credere loro.

«Abbiamo ricontrollato con il cameriere del servizio in camera di turno al suo piano l'altra notte. Ha detto che la porta gli è stata aperta da un uomo di una certa età, con i capelli grigi, con addosso l'accappatoio dell'albergo, e che è stato sempre lui a firmare la ricevuta. Non ricorda il viso della persona, ma la descrizione corrisponde a lei. Gli abbiamo mostrato una foto di Karpov e una sua. Il cameriere non era sicuro, ma ha dichiarato che probabilmente è stato lei a firmare per il caviale e il foie gras. In accappatoio. Ciò che m'incuriosisce è che lei sembrava solo nella suite, con l'accappatoio addosso. Ha fatto una doccia prima di incontrarsi con Karpov? Se è così, però, perché ci ha detto di non aver ordinato niente? È possibile che Karpov fosse già nella suite con lei, in camera o in bagno? Mi domando perché abbia mentito sull'ordinazione e come mai si fosse spogliato.» Lo sguardo di Forrestier l'attraversò come una punta di trapano. Il ministro dell'Interno rimase qualche istante in silenzio. «Vuole spiegarmelo, per cortesia?»

«Devo essermi dimenticato del servizio in camera. Avevo altre cose per la mente», rispose Patrick in tono neutro. La storia che si era inventato cominciava a vacillare. Aveva mentito alla polizia su una piccola parte del resoconto e questa lo sapeva. La sera prima, quando aveva visto i due investigatori, si era dimenticato dell'ordine di Sergej.

«C'è qualche altra ragione per la quale lei e Karpov vi eravate dati appuntamento all'hotel?» Se ci fosse stato qualche altro motivo per il loro incontro, allora a causa dello sperma trovato sul letto Patrick poteva essere un possibile sospetto. Le lenzuola erano state sequestrate per le analisi del DNA che però ancora non erano terminate. «Si è mai incontrato con Sergej Karpov in altre occasioni in qualche albergo?» Di nuovo Patrick non seppe cosa rispondere. Comprese però di dover chiarire la situazione per salvarsi la pelle. La prima versione della sua storia non aveva funzionato. Forse se avesse raccontato la verità, o almeno una parte di essa, se la sarebbe cavata. Si sentiva un animale in trappola, paralizzato dal terrore nonostante la calma apparente che esibiva. Avrebbe potuto mentire ancora, dichiarare che qualcun altro aveva firmato la ricevuta del servizio in camera, uno sconosciuto più o meno suo coetaneo che fosse arrivato lì dopo di lui, ma non voleva rischiare di peggiorare ulteriormente la situazione con altre menzogne.

Sembrava quasi affannato, quando rispose all'investigatore che non gli aveva staccato gli occhi di dosso neppure per un istante.

«È una faccenda della quale non avrei voluto parlare con nessuno. Mi sono messo nei guai con Sergej Karpov. Detto tra noi, ammetto di aver avuto... qualche occasionale incontro con lui.» Patrick era sull'orlo del pianto. «Non è una cosa di cui vado fiero e nessuno lo sa. Tantomeno mia moglie, che non lo sopporterebbe. Una cosa simile annienterebbe il nostro matrimonio. È successo solo qualche volta, e sono stato tanto sciocco da farmi invischiare in un'avventura con Karpov. Sapeva chi ero, e due anni fa ha cominciato a ricattarmi.» Patrick non sapeva che quella stessa mattina Forrestier aveva controllato i suoi conti bancari e che, se non gli avesse detto ciò che stava confessando di sua spontanea volontà, gli avrebbe fatto qualche domanda anche su quelli. L'ispettore capo sospettava già che ci fosse un ricatto di mezzo. «L'ho incontrato ieri per consegnargli l'ennesima rata. Mi ha chiesto di aumentare l'importo concordato e gli ho detto di non averne la disponibilità.»

«Avete fatto sesso?» chiese Forrestier in tono neutro. Patrick esitò un lungo istante prima di rispondere. Era con le spalle al muro e sapeva che avrebbero potuto provare la sua presenza nel letto con il test del DNA.

«Sì», replicò con voce rotta.

«Lo ha pagato?»

«No. Gli ho detto di non poterlo fare.» Una piccola distorsione della verità giacché dopo la morte di Sergej aveva rimesso il denaro nella valigetta.

«Lo ha colpito o lui ha colpito lei? Avete avuto un alterco?» lo incalzò Forrestier.

«No.»

«Era vivo quando ha lasciato la suite?»

«Sì.» Patrick non osò raccontare l'intera faccenda. Avrebbero creduto che lo avesse spinto intenzionalmente. Basta. Aveva parlato fin troppo.

Forrestier si alzò guardandolo negli occhi. «Grazie per la sincerità, signor ministro. Non posso proteggerla o garantire la confidenzialità della sua ammissione, considerata la serietà del caso. Un uomo ci ha rimesso la vita, e poco importa che fosse un mascalzone. Prima o poi, la stampa metterà le mani sulla notizia. Si prepari all'evenienza, e racconti l'accaduto a chi le sta più vicino.» Con tutta evidenza si riferiva alla moglie. Patrick annuì sconsolato e, qualche minuto dopo, accompagnò i due detective alla porta. Sulla soglia, Forrestier si girò di nuovo verso di lui. «La terremo aggiornato sull'andamento delle indagini.» In cuor suo, Patrick sperava che la faccenda finisse lì. Purtroppo, l'onda di marea si era scatenata e sarebbe potuto affogare. Forrestier aveva ragione. Doveva dirlo ad Alice e subito. Glielo doveva. Non poteva permettere che leggesse la notizia su qualche giornale. Per quanto si fossero allontanati, era suo dovere prepararla ad affrontare il peggio.

L'unica cosa della quale non si rese ancora conto, focalizzato com'era sull'aspetto sessuale della storia, era che avendo raccontato alla polizia della relazione intima tra lui e Sergej e del conseguente ricatto, adesso gli investigatori avevano un movente. Il ricatto di Sergej avrebbe potuto essere la prova più evidente che la sua morte non era stata un incidente, ma un omicidio.

Con gli occhi umidi di pianto, Patrick raggiunse la moglie in cucina, dove lo attendeva per la cena. Mangiare gli sarebbe stato impossibile. Non riusciva neanche a deglutire la sua stessa saliva. Si accasciò su una sedia e la guardò, le guance rigate di lacrime di vergogna e pentimento. Era in gioco tutta la sua vita: il lavoro, la carriera politica, le elezioni presidenziali, il matrimonio, la famiglia, la sua libertà. Aveva messo a repentaglio ogni cosa per Sergej Karpov. Lo odiava profondamente. Gli occhi fissi sulla moglie, si preparò a raccontarle la verità.

6

PATRICK non avrebbe mai dimenticato l'espressione sul volto della moglie quando le confessò che c'erano state delle volte, rare, non frequenti, impossibili da spiegare, in cui aveva ceduto agli istinti primordiali ed era andato a finire in alcuni alberghi, di solito in anonimato, per compiere atti sessuali con partner che conosceva a malapena e dei quali mai gli era importato nulla. Tentò di esprimersi nel modo più delicato possibile, mentre lei seguitava a fissarlo attonita.

«Parli di prostitute?» gli chiese, tanto sconvolta quanto incerta. Il vero shock era che il marito le stesse confidando le tresche che aveva sospettato da anni con altre donne.

«Prostituzione, sì, talvolta. O semplicemente persone sconosciute con le quali non c'è mai più stato un seguito. In realtà, erano avventure che vivevo sull'onda del momento. Mai pianificate.»

«E perché me ne parli adesso?» Alice aveva sempre pensato che le fosse infedele, lo aveva supposto sin dagli inizi, ma almeno aveva la gentilezza di farlo con discrezione. Aveva cercato di non pensarci, ma era sicura che anche quello avesse contribuito ad affossare il loro matrimonio, almeno per quanto la riguardava.

«Ho pensato che fosse arrivato il momento di farlo», rispose lui cupo. Sedevano al tavolo della cucina, l'espressione negli occhi di Alice sempre più confusa.

«Perché adesso? Non ho mai sentito il bisogno di sapere con chi mi tradissi. Ho sempre immaginato che frequentassi altre donne, come la maggior parte di quelli che conosciamo e che cornificano le mogli. Ho sempre preferito far finta di non vedere.» Come la madre e la nonna. Gli uomini francesi non erano un esempio di fedeltà.

«Non ci sono mai state altre donne», disse lui in una sorta di gemito roco. «Su questo ti sbagliavi.»

«Hai appena detto che...»

«Erano uomini, Alice. Non donne.» La moglie spalancò letteralmente la bocca. Sembrava un pesce che annaspava in cerca d'aria, senza emettere un suono.

«*Uomini?* Mi hai tradito con degli *uomini*?» Non l'avrebbe mai sospettato. Non da lui, un quadro di virilità, di mascolinità. Non aveva mai neanche lontanamente sognato che potesse essere attratto da persone del suo stesso sesso. Patrick aveva sempre parlato con palese disgusto degli omosessuali e senza mai giustificarsi per la ristrettezza mentale che mostrava di avere. «Non ho mai sospettato che fossi gay», aggiunse, cercando di digerire la notizia. Le pareva di essere confusa, ma aveva sentito bene, era perfettamente lucida. Alice viveva in un mondo dove tutto era o bianco o nero, aveva una visione tradizionalista della vita, che lui, tanto in pubblico quanto in privato, aveva sempre dichiarato di condividere. Durante le campagne elettorali, non era forse vero che sottolineava l'essenzialità dei valori della famiglia e di una vita retta?

«Non sono gay!» le gridò.

«Gli uomini che fanno sesso con altri uomini sono gay. Lo so persino io», replicò rabbiosamente. Perché l'aveva sposata, se era omosessuale? Questo spiegava perché da anni non la desiderava né la toccava.

«Sono semplici atti sessuali, aberrazioni, deviazioni dalla normalità, dal comportamento medio di una persona, il che non mi rende gay. Sono stati episodi isolati, che non hanno mai avuto importanza per me», insistette Patrick, come se le sue parole potessero essere una giustificazione. Sapeva però che non era così, e sapeva anche che ciò che le aveva confessato avrebbe potuto rovinarlo, se si fosse venuto a sapere, se lei avesse deciso di vendicarsi per averla sempre rifiutata come donna.

«Te lo chiedo di nuovo: perché me lo stai dicendo *adesso*?» Lo guardò tra le palpebre socchiuse. Il loro matrimonio era già morto da lungo tempo, o perlomeno in coma profondo, che necessità c'era di svelarle quei sordidi dettagli? Pur non sapendo cosa aspettarsi ancora, Alice aveva la sensazione che sotto potesse esserci dell'altro.

«Te lo sto dicendo perché negli ultimi due anni uno di quegli uomini mi ha ricattato.»

«Lo hai pagato? Con che cosa? Con i *nostri* soldi, i *nostri* risparmi? O un'eredità di cui non so nulla?» Il lavoro di Patrick era prestigioso, ma lo stipendio non era faraonico, e la coppia era in regime di comunione dei beni. Dunque, mentre lei tentava di accantonare qualche risparmio sul conto cointestato, lui prelevava quei quattrini per comprare il silenzio di un uomo con il quale era andato a letto? Quel pensiero le diede la nausea.

Il resto arrivò con la furia di un fiume in piena. «Ieri sera ci siamo visti in un albergo. Dovevo pagarlo. A quanto pare, dopo che me ne sono andato, è caduto e ha battuto la testa per terra ed è stato trovato privo di vita. I casi sono due: o si è trattato di un incidente o qualcuno lo ha assassinato. Non io, perché, come ti ho detto, avevo già lasciato l'hotel. È probabile che tra uno o al massimo due giorni la storia salterà fuori, i giornali ci metteranno le mani sopra, e non voglio che tu lo legga su qualche quotidiano. Hanno aperto un'inchiesta, un'investigazione ufficiale da parte della polizia che è riuscita a mantenere segreta la storia per ora, ma non sarà in grado di farlo a lungo. Era necessario che te lo dicessi.

«Una volta che si sarà accertato che la causa della morte è accidentale, le acque si calmeranno di nuovo, ma in giro potrebbe sempre restare la storia dei miei incontri segreti negli alberghi. Quest'ultimo particolare dipende da quanto sarà scritto sul rapporto degli investigatori e quale parte sarà messa a disposizione dell'opinione pubblica. I nuovi canali televisivi e i giornali di gossip adorano storie simili e né io né la polizia possiamo controllare quello che i media decideranno di dire. Devi prepararti alla tempesta che potrebbe scoppiare da un momento all'altro. Non abbiamo modo di sapere quello che pubblicheranno i giornali e io ho le mani legate. Non posso farci niente io come non può nessun altro. Ecco, adesso sai delle mie squallide avventure extraconiugali. In realtà, avresti dovuto esserne informata prima. Avrei dovuto dirtelo, ma non era mai il momento giusto. Non per questo genere di cose, lo capisci, vero, Alice? Con quello che è successo, però, tra non molto la faccenda potrebbe essere di pubblico dominio e ho preferito dirtelo prima che ciò avvenga.»

Dimentichi della cena, rimasero lì seduti in silenzio, ognuno perso nei propri pensieri. Alice fu la prima a parlare dopo essersi alzata e aver smosso rabbiosamente pentole e altri utensili.

«Quando tutto questo sarà finito, voglio il divorzio.» La sua voce era appena udibile ma carica di determinazione. «Avremmo dovuto lasciarci già da molto tempo. Adesso è arrivato il momento di farlo.»

Patrick era profondamente preoccupato. «Se dopo questa faccenda resterà qualcosa della mia carriera politica, col divorzio finirai per distruggerla del tutto», le disse in tono supplichevole.

«Scherzi, vero? Mi spiace per te, Patrick. Hai combinato un gran casino con la nostra, con la tua vita. Stranamente non ti odio, ma non ho alcuna intenzione di continuare a essere tua moglie. Tutta questa storia è davvero troppo per me.» Da donna profondamente religiosa qual era, si sentiva tradita nella fiducia e in tutto ciò in cui credeva. Come poteva il marito soltanto pensare che gli sarebbe rimasta accanto?

Patrick tornò nello studio. L'aveva informata, le aveva

detto ciò che era indispensabile che sapesse. Era stanco di mentire, di nascondersi. Su tutto questo Sergej aveva speculato, lui e altri come lui. Voleva smetterla con una vita di segreti e delusioni. Le conseguenze erano quelle che adesso aveva davanti agli occhi.

Alice si chiuse in camera e lui si sistemò sul divano dove, dopo una notte quasi completamente in bianco, si addormentò verso le prime luci dell'alba. Quanto alla moglie, neanche lei chiuse occhio, tormentata al pensiero che l'anima del loro matrimonio era morta per sempre, se mai in quell'unione c'era stata un'anima. E a ucciderla era stato lui. Si sentiva libera e rattristata al tempo stesso. Che sciocca era stata a non sospettare mai le preferenze sessuali del marito! Col senno di poi, ora capiva perché tante cose erano andate storte tra loro. Patrick aveva nascosto bene le sue tendenze. E l'aveva presa in giro. Se fino a quel momento non aveva chiesto il divorzio per amore dei figli, adesso voleva liberarsi da quel vincolo e farlo per se stessa. In fondo, fino ad allora aveva fatto solo il comodo di Patrick. Adesso era arrivato il momento di pensare a sé.

La mattina dopo, in cucina, Patrick sorseggiava una tazza di caffè. Addosso portava gli stessi abiti con i quali aveva dormito. Suonarono alla porta. Erano Forrestier e Plante. Il portinaio li aveva fatti entrare nello stabile. Alice era sotto la doccia. Quando aprì, Martin se li ritrovò davanti, gli occhi negli occhi. I due fecero qualche passo nell'appartamento, lo ammanettarono e gli comunicarono di essere in stato di arresto, il tutto sotto lo sguardo incredulo di Patrick.

«È in arresto per l'omicidio di Sergej Karpov», disse l'ispettore Plante, inespressivo. Forrestier gli spiegò che sarebbe stato preso in custodia per ventiquattro ore, ma che questa poteva essere estesa a sei giorni, mentre le autorità continuavano a raccogliere prove per costruire il castello accusatorio. Il procuratore non aveva ancora deciso se chiedere un mandato con l'accusa di omicidio colposo o di primo grado, o una via di mezzo, fermo restando che il giudice avrebbe potuto, alla fine, decidere per una morte accidentale. Il quadro della situazione non era ancora completo. Patrick però possedeva un movente chiarissimo. La fine di Sergej gli aveva tolto dalle spalle il peso del ricatto e il rischio di veder crollare carriera e ambizioni. Erano amanti, e solo la morte l'aveva potuto fermare. Patrick aveva tutto da guadagnarci dalla sua morte. Se l'azione giudiziaria sarebbe continuata o no, dipendeva dalle prove in costante evoluzione.

Mentre i poliziotti spiegavano al signor Martin le accuse a suo carico, furono raggiunti da Alice, ancora avvolta nell'accappatoio. Incuriosita dalle voci, era andata a vedere ed era arrivata giusto in tempo per sentire tutto. Guardò il marito con gli occhi pieni di lacrime. Come era caduto in basso! Piangeva per sé e per i figli, più che per lui. Adesso avrebbe dovuto parlare anche con loro. Come al solito, Patrick le lasciava sempre il compito più spiacevole. Almeno però aveva avuto la decenza di avvisarla la sera prima. L'umiliazione per lui sarebbe stata totale. La polizia era convinta che non si fosse trattato di un semplice incidente ed era determinata a provarlo. Non avevano bevuto la storiella di una probabile terza persona coinvolta o che l'irreparabile fosse accaduto dopo che il ministro aveva lasciato l'hotel. Forrestier se lo sentiva, lo sentiva nello stomaco che Patrick stava mentendo su qualcosa.

«Non sono stato io a spingerlo», seguitava a ripetere Martin mentre lo portavano via sotto lo sguardo di Alice che, alla fine, chiuse piano la porta alle loro spalle. Con un'ultima occhiata, aveva visto che anche lui piangeva. Le dispiaceva, certo, ma non abbastanza da restargli accanto come moglie o da perdonarlo.

A fine serata, la storia era su tutti i giornali e le tv. I reporter delle varie emittenti annunciavano l'arresto del ministro dell'Interno coinvolto in uno scandalo sessuale con un modello russo incontrato segretamente in una suite del *Louis XVI* e che, con tutta probabilità, l'uomo stava ricattando. Il modello era morto nel corso di un appuntamento clandestino. Si stava ancora indagando sul coinvolgimento del ministro nella morte della vittima. La liaison andava avanti da due anni, il che rendeva il loro un appuntamento tutt'altro che casuale.

Fortunatamente, Alice era riuscita a chiamare i figli prima che il polverone si sollevasse. Marina, devastata dalla notizia, insisteva col dire che si trattava sicuramente di bugie ispirate dall'invidia, di una specie di cospirazione contro di lui per tenerlo lontano dalla corsa presidenziale. Impossibile per lei credere a tutte quelle brutture sul padre, l'eroe della sua vita.

Damien, invece, ce l'aveva a morte con il genitore.

Lasciato l'ufficio per accertarsi delle condizioni della mamma, l'aveva trovata scossa ma determinata a resistere. Anche Marina si era offerta di rientrare da Lille, ma Alice non aveva voluto, affermando che sarebbe stato preferibile che restasse all'università per evitare che la stampa iniziasse a perseguitare lei e il fratello. Per quanto la riguardava, non aveva intenzione di mettere il naso fuori dall'appartamento.

Il mattino seguente, la situazione era peggiorata. Parecchi uomini si erano fatti avanti raccontando di aver avuto brevi incontri sessuali con Patrick e di essere andati in albergo con lui. Uno affermò che avevano fatto sesso in una stanza squallida di un piccolo hotel di infima categoria e nei gabinetti pubblici. Altri volevano il loro momento di gloria e nonostante ai tempi non avessero idea di chi fosse e lui si fosse presentato con un falso nome, adesso lo avevano riconosciuto dalle foto. Altri ancora sapevano chi era, o lo avevano capito al momento dell'incontro.

La richiesta dei media di ottenere interviste o commenti da Patrick era stata rigettata dalla polizia. Quanto a lui, aveva contattato un avvocato dalla prigione.

Alice non andò a trovarlo. Patrick aveva già rassegnato le dimissioni tramite l'assistente legale. Quand'anche le accuse di omicidio fossero decadute, lo scandalo gli avrebbe impedito di riprendere la carica. Per il momento, la carriera politica era chiusa, forse per sempre. Mai più avrebbe potuto risollevarsi da un colpo simile. Il pubblico accettava più facilmente il coinvolgimento di un uomo con delle amanti, ma non le prodezze carnali con giovani omosessuali, specialmente non nel caso di un uomo la cui immagine pubblica era quella di un padre di famiglia con dei principi. Il comportamento di Patrick fu descritto come quello di un ipocrita sessualmente deviato. Nel giro di qualche giorno, la sua vita era stata distrutta.

Terminati tre lunghi giorni di detenzione, il giudice accettò le ipotesi formulate dalla polizia accusandolo di omicidio colposo, e di aver abbandonato la scena della morte da lui causata. La data del processo era ancora da stabilire. Il giudice, dopo lunghi negoziati, aveva acconsentito a rimetterlo in libertà sino alla convocazione in tribunale, con la condizione di non allontanarsi dalla città e di essere sottoposto a regolare controllo da parte della polizia. Tutto quello che Patrick in quel momento desiderava, era nascondersi nel suo appartamento protetto dalle critiche e dagli occhi dell'opinione pubblica.

Una schiera di giornalisti assediava il suo palazzo. Patrick aveva chiesto ad Alice di concedergli una o due settimane di tempo per trovare un'altra sistemazione. Irremovibile, lei gli aveva detto chiaramente di non volerlo più sotto il suo stesso tetto. Era un uomo annientato quando lo rivide. Ora l'imperativo era tenersi alla larga dallo sguardo dei giornalisti. Lei stessa non usciva da giorni. Il cibo e qualunque altra cosa di cui avessero avuto bisogno arrivavano con il servizio a domicilio.

La sera stessa della liberazione, Damien andò a trovare il padre. La visita fu traumatica per entrambi. Profondamente scosso da una rabbia quasi incontrollabile, il ragazzo lo accusò di essere feccia, un ipocrita, un uomo senza morale, la fonte della vergogna e dell'umiliazione che tutti loro stavano subendo. Aveva mentito al mondo intero.

«Come hai potuto!» gli ruggì quasi in faccia. «Tu e tutte le tue altisonanti, ipocrite, pompose cazzate omofobiche! Avevi sempre qualcosa di schifoso da dire sui gay che incontravi per strada. Io ho capito di esserlo da quando avevo sedici anni, ma non ho mai potuto rivelartelo perché temevo che mi avresti odiato. E tu che facevi, nel frattempo? Ti incontravi con squallidi ragazzi in camere d'albergo o nei bagni pubblici! È tutto scritto sui giornali! Sei peggio di qualunque cosa tu possa dire su di me, papà. E come se non bastasse sei anche un assassino. Come hai potuto fare questo a nostra madre, a noi? Come hai potuto svergognarci tutti?» Patrick non aveva risposte da dare, e neanche ci provò. Si scusò col figlio, si sentiva profondamente dispiaciuto per lui, più che per se stesso e il resto della famiglia. «Ti odio!» furono le ultime parole di Damien. Alice singhiozzava disperatamente quando il figlio lasciò l'appartamento. Aveva il cuore spezzato per il dolore provocato dal marito, per l'umiliazione dei figli, per l'angoscia che Patrick stava infliggendo a tutti loro. Aveva intuito da sempre che il figlio fosse gay, ma era troppo imbarazzata per affrontare la situazione con lui e aveva preferito ignorarla. Deludendolo. Pure lei.

Patrick era annientato, e rimase scioccato dalla notizia dell'omosessualità del figlio che per lui fu come un pugno in faccia. E l'ennesimo KO. Alla fine della settimana, della sua vita non era rimasto in piedi nulla. Maledisse il giorno in cui aveva incontrato Sergej, accusandolo di tutto. In realtà, era stato lui con le sue bugie e la sua doppia vita a tradire la famiglia.

Alice non riusciva a immaginare come lei e i figli si sarebbero potuti riprendere dallo scandalo e dalla vergogna. Il legale di Patrick continuava a ripetere al suo assistito che con tutta probabilità sarebbe finito in prigione per omicidio colposo. Aveva tradito la carica che gli era stata affidata, il Paese, la famiglia, un uomo era morto indirettamente o direttamente per causa sua, che gli avesse messo le mani addosso o meno. Lo avvertì anche che se la polizia avesse trovato prove di una eventuale premeditazione, o fosse venuto fuori che aveva spinto Karpov, l'accusa sarebbe passata a omicidio di primo grado e sarebbe finito in galera per molto, molto tempo. Almeno una trentina d'anni. Al momento, correva il rischio di una sentenza fino a dieci.

Patrick rimaneva giornate intere chiuso nello studio, a guardare fuori dalla finestra, a riflettere su ciò che aveva perduto, augurandosi di non essere così codardo e di avere il coraggio di suicidarsi.

Dopo una breve pausa, Alice aveva ripreso a insegnare, ammirata per il suo coraggio da studenti e colleghi. Trovò un appartamento ammobiliato per Patrick non molto distante dal loro e lo aiutò a traslocare. Al momento, lui non era in grado di fare nulla. Le rincresceva che le pessime decisioni del marito, la sua autoindulgenza e le sue compulsioni gli fossero costate così care, ma non lo voleva più in casa. Non poteva perdonargli le bugie che per anni le aveva gettato addosso. Quanto a lui, era come avvolto da una nube nera che oscurava ogni cosa.

Riusciva a pensare solo a quello che aveva perduto ancor più che a quanto profonda fosse stata la ferita inferta ai familiari. Solo adesso Alice si accorgeva di quanto immensi fossero l'ego del marito e il suo narcisismo. Ribadì la sua intenzione di attendere la fine del processo prima di chiedere il divorzio e che non sarebbe mai ritornata sulla decisione. Avrebbe messo fine al loro matrimonio e si rammaricava di non averlo fatto molti anni prima.

Quella risoluzione la colmò di un senso di pace. Non aveva nient'altro da dargli, dopo avergli perdonato così tanto per tanto tempo e tollerato il poco che lui le aveva sempre dato. Quante scuse si era inventata per i suoi figli e per lei stessa con l'intento di giustificarlo! Uno degli slogan della campagna di Patrick era «l'uomo di famiglia»: una crudele ironia per la loro vita e il loro stesso matrimonio! E adesso stava pagando il conto o lo avrebbe fatto presto. Meritava quello che gli stava succedendo. Solo lui credeva di essere la vittima.

Il secondo giorno dopo l'operazione, Alaistair e Gabrielle andarono a trovare Richard, che si stava riprendendo alla grande. Judythe non lo lasciava un istante, se non quando doveva andare in albergo per un cambio di abiti. Era in lotta continua con il francese per farsi capire dalle infermiere, ma Richard sembrava in forma migliore di quanto i due non si fossero aspettati e aveva ripreso persino il colorito. Era strano, pensò Gabrielle durante la visita: fino a tre giorni prima lei, il medico inglese e quella coppia non si conoscevano, e adesso si sentivano legati da un vincolo d'amicizia. Alaistair e lei avevano pranzato o cenato qualche volta insieme, lui era affascinato dal suo lavoro nel mondo dell'arte ed entrambi apprezzavano la reciproca compagnia. Condividere l'esperienza drammatica di Richard aveva ricordato a tutti e due quanto preziosa fosse la vita, quanto fugace il tempo e come fosse necessario approfittare di ogni momento.

Commentarono lo scandalo sessuale accaduto proprio nel loro albergo mentre Richard stava lottando per la vita e loro si adoperavano nel tentativo di salvarlo. Erano sconvolti dalla morte accidentale del modello russo che, con molta probabilità, stava ricattando il ministro dell'Interno e potenziale presidente della Repubblica.

«Che momentaccio per quel tipo», disse Alaistair. «Gli è crollato tutto addosso in poche ore. Era un politico molto rispettato, e probabilmente avrebbe vinto le elezioni presidenziali, il prossimo anno. Adesso invece la gente pensa che debbano rinchiuderlo in galera e buttare via le chiavi. Personalmente ritengo sia soltanto l'ennesimo politico disonesto, ma ciò non toglie che la faccenda sia una vera tragedia. Un ragazzo è morto, la moglie del ministro e i figli devono essere sconvolti dall'accaduto e la carriera di quell'uomo è ormai finita. Cosa stava pensando quando si è impelagato in una storia simile?»

«Mancanza di controllo delle pulsioni e senso di impunità, credo», rispose Richard. «Era convinto che non lo avrebbero mai scoperto.»

«Tipico dei politici», aggiunse Judythe con una scrollatina di spalle. Le infermiere dell'ospedale non facevano che parlare dell'argomento come tutti i giornali. Non aveva compassione per quell'uomo. La sua era una storia disgustosa. Se si rammaricava per qualcuno, era solo per la moglie e i figli. Dalle foto pubblicate, sembravano persone perbene. Una risaliva addirittura all'estate precedente e ritraeva Patrick e la moglie sorridenti con i figli nel Sud della Francia, ai festeggiamenti del 14 Luglio. Già ai tempi, stava pagando il suo squallido amante che lo ricattava. Gabrielle detestava gli uomini come lui. L'opinione pubblica concordava con lei e tutta la sua simpatia era rivolta alla famiglia.

Richard avrebbe dovuto trascorrere il resto della settimana in ospedale per rimettersi dopo l'operazione e altre due in albergo prima di ottenere il placet per rientrare in America, dove avrebbe dovuto consultare un chirurgo cardiovascolare, spiegò ad Alaistair e a Gabrielle. Il medico che lo aveva operato gli aveva assicurato che sarebbe potuto tornare a lavorare dopo un mesetto. La disavventura avrebbe allungato di oltre una quindicina giorni la sosta parigina costringendoli a cancellare il viaggio a Roma e l'hotel gli era andato incontro accordando loro un prezzo speciale per il soggiorno extra, considerato che era obbligatorio per ragioni mediche.

«Andremo a Roma per la luna di miele», continuò Richard, sorridendo all'amata. «Non sappiamo ancora la data delle nozze, ma desideriamo che vi partecipiate entrambi. Non ci sarebbe stato matrimonio senza di lei», aggiunse, gli occhi rivolti ad Alaistair. «A lei e alla mia futura moglie devo la vita.» Anche a lui era stato spiegato che la sua malattia cardiaca era di quelle che si presentavano all'improvviso, senza avvisaglie, e che in genere fulminavano all'istante il soggetto, di solito sano e in buona salute, spesso durante uno sforzo fisico. Un evento scioccante per le persone care.

«È stato un lavoro di gruppo», rispose Alaistair con modestia. «Judythe e io prima, lo splendido personale medico del servizio di emergenza poi, e infine il chirurgo e il team che l'hanno operata. Il dottore mi ha assicurato che non dovrebbero esserci più problemi in futuro. Ora che la valvola è stata sostituita con successo, ogni cosa dovrebbe filare liscia.»

«Ci conto.» Richard baciò l'amata seduta al suo fianco e felice come lui di vedere Gabrielle e Alaistair insieme. Erano una coppia ben assortita e sembravano in sintonia. Chissà se avrebbero continuato a frequentarsi dopo la partenza per New York e Londra. Ma era ancora troppo presto per poterlo dire. E l'oceano che li separava rendeva tutto un po' più complicato.

Dopo la visita in ospedale, Gabrielle e Alaistair andarono a cena in un ristorante nuovo per entrambi, un locale fusion franco-thai, un connubio gastronomico che lasciò entrambi più che soddisfatti. Terminato di mangiare, Gabrielle notò il suo accompagnatore fissare il vuoto con tristezza. Fu un attimo dal quale si riprese sorridendole.

«Mi sei sembrato malinconico», commentò, guardandolo interrogativa. «Tutto a posto?» Capitava talvolta che Alaistair si assentasse col pensiero.

«Stavo solo riflettendo su quanto mi dispiace che non ci siamo conosciuti prima.» Era il suo tipo di donna.

Purtroppo il destino crudele li aveva fatti incontrare troppo tardi. Gli restava poco tempo, secondo i dottori, e non sarebbe stato giusto coinvolgerla in una storia per poi abbandonarla nel giro di pochi mesi. Non poteva farlo, la sua coscienza glielo impediva! Il tempo che stavano trascorrendo insieme, però, era splendido ed era sempre di più.

Gabrielle lo aveva portato con sé a un appuntamento con un commerciante d'arte, quel pomeriggio, per vedere un quadro alla Biennale, e lui era rimasto colpito dalla maestria con cui aveva condotto le trattative, conquistando il risultato sperato. Aveva completamente ammaliato il mercante d'arte, con l'abilità di un violinista che domina il proprio strumento. Lei aveva ottenuto il dipinto per il cliente newyorkese e l'altro era rimasto con la sensazione di avere concluso un affare migliore di quanto non avesse osato sperare.

«Gli uomini non mi resistono», aveva commentato Gabrielle con un sorrisetto malizioso all'uscita dalla Biennale. «A Londra si tengono splendide fiere d'arte. Un tempo le frequentavo tutte, e se negli ultimi due anni avevo smesso di viaggiare, ora sono di nuovo in pista.»

«Ne sono felice», rispose lui con un filo di voce. «Mi piacerebbe vederti, quando passi per Londra.» O magari a New York, o in qualunque altro posto fosse andata. Era un bersaglio in movimento.

Gabrielle non aveva parlato della conoscenza con Alaistair alle figlie. Le sembrava troppo presto. Chi poteva dire cosa sarebbe accaduto nei prossimi mesi? Sentiva in entrambi il desiderio di far sbocciare un rapporto, ma erano molto cauti su quello che si dicevano e non volevano andare troppo in là. Le relazioni a lunga distanza erano sempre difficili.

L'argomento si presentò durante una cena in un ristorante indiano, il giorno seguente. Andare per locali alla moda era molto costoso e anche un po' faticoso ed entrambi parevano sentirsi più a proprio agio nei piccoli bistrot. Alaistair insisteva sempre per offrire lui, un gesto che la commuoveva. Nessuno dei due aveva fatto riferimento al proprio futuro. Vivevano in due mondi distinti, con un oceano in mezzo e carriere impegnative. Sebbene il lavoro di Gabrielle fosse più flessibile, data la clientela internazionale, Alaistair aveva uno studio medico a Londra e pazienti che contavano ogni giorno su di lui.

«Perché ho l'impressione che ci sia qualcosa che non mi dici?» gli chiese Gabrielle cauta. Alaistair tentennò prima di rispondere. E all'improvviso, dagli occhi della donna cadde un velo. Credeva di saperla, la ragione. «Sei forse sposato?» aggiunse, guardandolo con preoccupazione.

Lui sorrise. «No. Divorziato. Da una quindicina d'anni.» Eppure aveva un segreto. Forse aveva in corso comunque una relazione seria. Era un bell'uomo, non se ne sarebbe sorpresa.

«Perdonami... avevo questa sensazione. Non volevo ficcare il naso nella tua vita.»

«Puoi ficcare il naso nella mia vita quanto vuoi, farmi qualunque domanda», rispose lui, incerto però su cosa avrebbe dovuto rispondere. Non voleva perderla prima di aver concesso a entrambi la possibilità di conoscersi meglio. «Negli ultimi quattro mesi sono stato malato», ammise, infine.

«Qualcosa di grave?»

«Credo proprio che si possa definire grave, sì. O almeno è quello che i miei medici dicono, anche se pure i dottori possono sbagliarsi. Sono venuto a Parigi per incontrare un famoso professore, un luminare, per discutere di una rara forma di malattia del sangue che mi è stata diagnosticata. Tutti gli esami parlano chiaro. L'appuntamento di lunedì era con lui.»

«E?» Gabrielle corrucciò la fronte liscia e Alaistair pensò che era bellissima. E intelligente. Non avrebbe potuto trovare di meglio, se una donna così l'avesse cercata per tutta la vita. Invece, all'improvviso, l'aveva incrociata nella hall di un albergo parigino.

«La diagnosi del professore concorda con quella dei colleghi londinesi. Lui però sta sviluppando un protocollo diverso per curare la malattia, che a suo dire potrebbe dare buoni risultati. Il trattamento è molto aggressivo. Ho visto troppi amici e pazienti soffrire, privati della qualità della vita che avevano prima della malattia, e ho deciso di non fare nulla. Mi godrò il tempo che mi resta e poi m'incamminerò tranquillamente sul viale del tramonto. Niente storie, nessun fastidio, niente trattamenti invasivi, nessuna morte agghiacciante. Non voglio una fine così.»

«Non si può proprio guarire dalla tua malattia?» chiese Gabrielle con le lacrime agli occhi e terribilmente addolorata per lui.

«In alcuni casi. Rari. Se sei fortunato, può entrare in

remissione. Le statistiche però sono scoraggianti. Ho detto di no al professore e, in tutta franchezza, non lo rimpiango, se non quando ti guardo. Ho deciso tuttavia di voler godere della tua presenza il più a lungo possibile. Non voglio vivere il tempo che mi rimane da malato e stare a letto sentendomi peggio per la cura che per la malattia.»

«Non credi che varrebbe la pena provare a far regredire la malattia?» tentò di convincerlo lei.

«No. Le possibilità che accada sono davvero minime», rispose Alaistair realistico.

«Lascia stare le statistiche. E se il fortunato fossi tu? Se riuscissi a raggiungere lo stadio della remissione, riavresti una vita, e potresti godertela senza la spada di Damocle che ti pende sulla testa.»

«Una spada che resterebbe comunque. Non è quello che voglio», disse Alaistair prima di cambiare argomento. Ma solo per poco: il tema della malattia aleggiò su di loro per tutta la cena. «Ho visto i miei genitori morire lentamente, in maniera orrenda, mentre lottavano per restare in vita. Penso che le cure aggressive alle quali si sono sottoposti non gli abbiano allungato l'esistenza di più di un paio di giorni o di qualche settimana e lo hanno fatto in condizioni terribili. No, Gabrielle, non sono disposto a percorrere la stessa strada.»

«E cosa hai intenzione di fare, allora? Limitarti a ignorare la faccenda?» La sua voce era tesa. Alaistair sorrise.

«Mi godrò la vita e cercherò di passare più tempo possibile con te, fino alla nostra partenza. Poi, tornerò a Londra per dedicarmi ai miei pazienti e tu rientrerai a New York e comprerai altri quadri spettacolari per i tuoi clienti ed entrambi ci ricorderemo di questi giorni per sempre. Io lo farò.» Parlava col cuore in mano.

«E basta? Non ci rivedremo più? È solo un ricordo quello che stiamo costruendo? Non vorresti avere di più, Alaistair? Perché non sei disposto a combattere per la tua vita? Sei più forte della malattia.»

«Ne dubito. Esistono battaglie che non si possono vincere. E certe volte è meglio prenderne atto.» Gabrielle lo guardava arrabbiata.

«Se fosse vero, mi sarei dovuta raggomitolare su me stessa e lasciarmi morire mentre Arthur mi abbandonava per quella stupida idiota. Ha portato con sé la gioia, il divertimento, l'amore e il mio futuro, con tutti i nostri ricordi più felici. Per un anno ho pensato che la mia vita fosse finita e poi mi sono resa conto che non è il padrone della mia felicità. Che quella non gli appartiene. Può condividere qualsiasi cosa con la sua sposa bambina, ma io ho ancora il diritto di essere felice, di sentirmi appagata anche senza di lui. Anch'io merito una vita degna di questo nome. Ho capito che il mio ex marito non ha nulla da spartire con me, che questa cosa non me la può strappare, che non può privarmene. Ecco perché sono ritornata nell'albergo che preferivamo quando ancora c'era l'amore fra noi, perché quell'hotel non è una sua esclusiva, non può togliermelo. E guarda cosa mi è capitato: ti ho incontrato. Ci sono voluti quasi tre anni per sentirmi di nuovo viva, ma adesso so di esserlo. E lotterei fino alla morte contro chiunque tentasse di togliermi ciò che ho riconquistato. Prendi Richard e

Judythe, per esempio. Hanno dovuto combattere con le unghie e con i denti per mettere fine ai loro matrimoni e arrivare dove sono adesso. Alaistair, vale sempre la pena lottare.» Lui la guardò pensieroso e scrollò la testa.

«È diverso quando si tratta di questioni di salute», disse poi.

«È lo stesso. Amore, salute, o una persona che sta tentando di derubarti di qualcosa. Non farlo con te stesso. Se anche ci dovesse essere una sola possibilità che il dottore ti porti alla remissione, perché non provare? Cos'hai da perdere? Se dovessi sentirti troppo male, potrai sempre interrompere il trattamento.» Il professore gli aveva detto la stessa cosa. In quel momento, però, la sua mente era concentrata sulle pillole che aveva portato con sé, che aveva sempre dietro, ovunque andasse, per avere la possibilità di lasciare rapidamente quella sua vita in qualunque momento. Aveva detto di sì alla morte, aveva gettato la spugna della vita, ma ora era tentato di ascoltare le parole di Gabrielle, perché quello che gli stava dicendo aveva un senso.

«Ci penserò», disse, e poi cambiò di nuovo argomento. Sulla via del ritorno per l'albergo, passarono davanti alla cattedrale di Notre-Dame splendidamente illuminata, come la Tour Eiffel che risplendeva magica.

Più tardi, sulla porta della stanza di Gabrielle, quando Alaistair tentò di baciarla, lei si ritrasse.

«Non ho intenzione di innamorarmi di te, Alaistair, e ritrovarmi poi col cuore spezzato perché non vuoi combattere per conquistare anche una sola possibilità di vivere. Non lascerò che tu mi faccia questo. Sono disposta a scommettere sulla nostra storia e a vedere cosa accadrà, ma non se rinuncerai a quell'occasione.» Gli stava chiedendo molto, ma quelle parole lo toccarono nel profondo. Alaistair annuì e fece un passo indietro lasciando che Gabrielle entrasse e si chiudesse piano la porta alle spalle. Aveva tutto il diritto di decidere in quel modo.

Rientrato in camera, andò direttamente in bagno a guardare le boccette di pillole allineate sullo scaffale. Il suo piano di fuga da un destino terribile. Fino a quel momento, gli erano state amiche. Lo avrebbero aiutato a evitare una fine tormentosa. Gabrielle gli stava chiedendo di voltar loro le spalle, di tentare la fortuna con la vita. Avrebbe avuto la forza per farlo? Quei flaconi sarebbero stati una via di fuga più semplice. E sapeva di poter contare su di esse quando la malattia avrebbe preso il sopravvento e lui avesse deciso di mollare tutto. Si sentiva attratto da Gabrielle, ma aveva paura di cogliere l'occasione. Su una cosa si era sbagliata: quando gli aveva fatto notare che non aveva niente da perdere... perché adesso aveva incontrato lei e aveva tutto da perdere.

7

QUEL venerdì, Gabrielle e Alaistair cenarono insieme per l'ultima volta. La sera seguente, alla vigilia della partenza da Parigi, Gabrielle avrebbe dovuto partecipare a un incontro in un ristorante con alcuni colleghi mercanti d'arte. Il tempo trascorso insieme era stato piacevole, la conversazione sempre vivace. E, sullo sfondo di tutto, Parigi, la città amata da entrambi. Essere seduti a quel tavolo era un mix di sensazioni dolci e amare. Gabrielle sapeva ormai della malattia di Alaistair e della sua decisione di non lottare. Era giusto che lui prendesse le sue decisioni, ma lo era altrettanto per lei non condividerle. Non sarebbe rimasta a guardare mentre si lasciava morire e sceglieva il suicidio come «via di fuga». Le rincresceva di avere incontrato tardi un uomo che le piaceva e l'attraeva molto ma il cui destino era bollato da una patologia mortale che, probabilmente, non sarebbe riuscito a sconfiggere e contro la quale non voleva lottare. Per lui era più dignitoso accettare la propria sorte senza impegnarsi in una battaglia che considerava persa in partenza. Nessuno dei due, quella sera, accennò all'argomento.

Rientrati in albergo decisero che si sarebbero intrattenuti per un po' al bar, e passando nella hall notarono una famosa rockstar circondata dallo staff che la accompagnava nel tour mondiale. La sera prima, il cantante si era esibito nella capitale francese. Pareva un selvaggio con quei capelli biondi lunghi fino alla vita, le braccia piene di tatuaggi, addirittura quello di una pistola sul volto, il fisico snello fasciato di pelle nera e il gilè indossato sul petto nudo. Doveva essere all'incirca coetaneo di Gabrielle. Lei disse che ai suoi tempi monsieur Lavalle, il vecchio direttore, non avrebbe mai permesso a Declan Dragon di mettere piede nell'albergo né tantomeno di alloggiarvi.

Alaistair sorrise al commento dell'amica. Declan, di nazionalità irlandese, era il più noto artista punk rock del mondo. «Difficile dirgli di no. Il cameriere che mi ha servito la colazione, questa mattina, ha parlato della prenotazione di una dozzina di stanze all'ultimo piano e di una delle suite più grandi dell'albergo. Ci sono un sacco di soldi in ballo.»

«Sembra appena uscito di prigione», riprese a dire lei, gelida, seguitando a dirigersi verso il bar dove si accomodarono in un angolino quieto a chiacchierare per un altro paio d'ore.

Detestava l'idea di lasciarlo. Del loro incontro, frutto del caso, si era goduta ogni singolo istante. Lui le aveva ricordato che al mondo esistevano ancora persone meravigliose e uomini attraenti, anche se non lo avrebbe rivisto mai più. Era straziante sapere che gli restava poco da vivere e che non era disposto a fare nulla per contrastare la malattia. Com'era giusto che facesse, Gabrielle evitò di tornare sull'argomento.

Si avviarono a passo lento verso i rispettivi alloggi per augurarsi la buonanotte, tentando di guadagnare un po' di tempo. Nel breve tragitto, Gabrielle fu addirittura tentata di abbandonarsi a lui, di cogliere al volo quell'opportunità, ma ancora una volta per lei la ragione ebbe la meglio sull'istinto. Si fermarono davanti alla porta della donna, e prima che potesse aprirla con la chiave elettronica, Alaistair la baciò. Un brivido l'attraversò da capo a piedi quando lo ricambiò, prima di fermarsi per evitare che la situazione degenerasse.

«Abbi cura di te, Gabrielle, e grazie di avermi dedicato il tuo tempo. So che eri impegnatissima», fece lui. Quando erano insieme, però, sembrava che tutto il tempo del mondo fosse a loro disposizione.

«Stavo per dirti lo stesso. È andato tutto meravigliosamente bene e ho fatto quello che mi ero riproposta di fare.» Il soggiorno era andato alla grande per entrambi. Che dire poi del fatto che Alaistair era il primo uomo che baciava dopo Arthur? Al pensiero di lasciarlo, di non vederlo forse mai più, Gabrielle fu travolta da un'improvvisa ondata di tristezza. «Ti chiamerò sicuramente quando verrò a Londra per una fiera d'arte.» Voleva aggrapparsi al pensiero che sarebbe stato ancora vivo.

«Io invece mi farò sentire molto prima», promise lui, osservandola rientrare nella suite. Alaistair tornò nella propria stanza pensando a lei, a tutto quello che gli aveva detto.

Il mattino seguente Gabrielle uscì presto per lavoro e fu occupata tutto il giorno. Tra i vari impegni, non dimenticò di chiamare Judythe e di augurare buona fortuna a lei e al compagno. Si sarebbero risentiti quando fossero tornati a New York.

Il viaggio era stato migliore di quanto aveva sperato. Partire era stata la decisione migliore, per non parlare poi di quanto si era divertita sentendosi di nuovo libera, indipendente e con nuove amicizie.

La cena con i mercanti d'arte si protrasse fino a notte inoltrata e, rientrata in albergo, Gabrielle finì di preparare i bagagli. Il mattino seguente, mentre era sul taxi diretta all'aeroporto, Alaistair la chiamò per augurarle un buon volo. Lui si sarebbe trattenuto ancora un giorno per sbrigare un'ultima faccenda l'indomani.

Quel pomeriggio, dopo una lunga passeggiata sulla Senna, Alaistair chiamò dalla sua camera il numero che gli era stato dato. Entrando nella hall non aveva potuto fare a meno di notare una marmaglia circondata da pile di attrezzature musicali. In mezzo a una ventina o a una trentina di persone, spiccava la figura di Declan Dragon. Fuori dall'albergo sostava un grosso pullman in attesa. Tutti gli impiegati dell'hotel avevano i visi scuri per una ragione che, il mattino dopo, Alaistair lesse su un quotidiano. Declan e il suo gruppo avevano distrutto le stanze al punto da costringere a chiuderle per diversi mesi e ristrutturarle: tappezzeria strappata dalle pareti, cornici di dipinti andate in frantumi, lampade distrutte durante scazzottate tra ubriachi, tendaggi strappati per divertimento da una massa di drogati. Erano stati bruciati tappeti e lanciato addirittura del cibo sulle pareti. La direzione aveva invitato la band ad andarsene, cosa che quella avrebbe fatto comunque per proseguire il tour a Londra.

Il mattino seguente, mentre Alaistair si apprestava a recarsi al suo appuntamento, Olivier Bateau e Yvonne Philippe erano in riunione con la squadra di ristrutturazione perché si facesse la stima dei danni per poi inviarla al manager della star. La somma necessaria per le riparazioni era stratosferica. I disgraziati avevano dato alle fiamme persino un tappeto antico che poi avevano arrotolato e buttato in una vasca da bagno.

«Siamo aperti da meno di due settimane», disse Olivier alla sua assistente con le lacrime agli occhi alla fine dell'incontro, «e già abbiamo avuto un arresto cardiaco, una morte che potrebbe rivelarsi un omicidio e quasi un intero piano distrutto da una rockstar. Davvero non so se sono preparato ad affrontare tutto questo!»

«Ti abituerai, vedrai», lo rassicurò Yvonne. «In alcuni alberghi dove ho lavorato è successo di peggio. Le stelle della musica sono un pessimo affare. Quasi sempre distruggono le loro stanze. Abbiamo avuto persino un gregge di capre inviate a una famiglia reale del Medio Oriente, la quale ha chiesto allo chef di macellarle e servirle per cena.»

«Spero che le acque si calmino, dopo quanto è successo, prima che mi prenda un colpo o che i proprietari mi uccidano», replicò Olivier, nervoso.

«Stai tranquillo, sanno come vanno le cose in questo genere di affari, persino in un albergo a cinque stelle.» Olivier cominciava anche a farsi un'idea chiara del perché il famoso Louis Lavalle avesse gestito l'hotel con il pugno di ferro. Lui non avrebbe mai permesso alla rockstar irlandese di soggiornare al *Louis XVI*.

«Tentavo un approccio più moderno, più aperto.» La storia di Dragon era su tutti i giornali e i proprietari non avrebbero certo fatto salti di gioia alla notizia.

Olivier ebbe una breve conversazione telefonica con loro quello stesso pomeriggio. Erano irritati dal fatto che l'avvenimento fosse finito sulle prime pagine e che davanti all'albergo sostasse un esercito di paparazzi in attesa di fotografare qualche altro ospite importante. Al direttore fu anche impartito l'ordine perentorio che la prossima volta che una rockstar, indipendentemente dalla sua fama, avesse tentato di prenotare nel loro albergo, la risposta avrebbe dovuto essere negativa per indisponibilità di alloggi. Una promessa che il direttore si affrettò a fare. Che dire poi della morte di Sergej Karpov, accaduta agli inizi della settimana, e del coinvolgimento del ministro dell'Interno in persona? La storia li aveva scioccati come anche la notizia del suo ruolo nell'omicidio. Quella appena trascorsa era stata una settimana più che stressante.

Nel frattempo, Alaistair era rientrato in camera. Leblanc, seppur sorpreso dalla telefonata mattutina, aveva accettato di vederlo. Il trattamento gli era stato somministrato senza problemi, e insieme avevano stabilito uno schema per la continuazione delle cure.

Avrebbe visto il professore ogni quattro settimane per il proseguimento della terapia, come già costui gli aveva prospettato, e la valutazione del quadro clinico. Ogni due settimane, inoltre, un oncologo, a Londra, gli avrebbe fatto avere un cocktail addizionale di farmaci.

«Di volta in volta, valuteremo le sue reazioni alla cura», disse gentilmente, dimostrandosi più caloroso di quanto Alaistair avesse immaginato. «Posso chiederle perché ha cambiato idea?» Era curioso e gli piaceva essere informato sulle motivazioni dei pazienti, convinto che lo stato mentale di ciascuno potesse avere un effetto sul trattamento e sul suo grado di tolleranza.

«Ho incontrato una donna», rispose l'altro, con onestà.

L'altro sorrise.

«Mi sembra davvero un'ottima ragione. Noto con piacere che ha avuto un'influenza positiva su di lei. Credo che la sua sia stata un'eccellente decisione. Glielo ha riferito?» Alaistair fece un cenno di diniego con la testa.

«No. Prima vorrei vedere come andranno le cose.»

«Molto saggio.»

Sarebbe tornato a Londra e allo studio medico, il giorno seguente. Non fece che pensare a Gabrielle mentre, seduto sull'Eurostar, osservava il panorama sfilargli davanti agli occhi a tutta velocità. L'avrebbe rivista? Quando? Non poteva far altro che aspettare di sentirla e sperare che il trattamento funzionasse. Se così non fosse stato, se fosse peggiorato, non l'avrebbe chiamata. Finora non aveva accusato effetti collaterali, ma era troppo presto per dirlo. Sentiva però una strana energia dentro, una speranza più profonda, tanto che, arrivato alla stazione di St. Pancras, andò direttamente in ambulatorio. Adesso che anche lui era malato, provava una empatia ancora più profonda per i suoi pazienti.

Durante il soggiorno parigino, Gabrielle si era fatta viva una sola volta con ciascuna delle due figlie, Georgina e Veronica. La prima era felicemente arrivata all'ultimo anno di università presso la Georgetown di Washington, Veronica si era laureata l'anno primo alla University of Southern California e, condividendo con la madre la passione per l'arte, si era trasferita a Los Angeles per lavorare al Getty Museum. Erano molto vicine l'una all'altra, sebbene di natura opposta, affezionate alla mamma, ma anche desiderose d'indipendenza. Nutrivano un attaccamento particolare alla famiglia, ma a dispetto della loro iniziale rabbia per il divorzio dei genitori e dell'antipatia verso Sasha, la nuova moglie, che giudicavano insopportabile, avevano perdonato il padre e si limitavano a ignorare la matrigna ventiseienne quando erano in compagnia sua e del fratellastro ancora piccolissimo. Pur fedeli alla madre, avevano sempre considerato il padre il loro eroe. Bello, elegante, di successo, brillante, lo avevano venerato, incoraggiate dalla madre, sin da piccole. Gabrielle, amata con la stessa intensità, non era mai stata gelosa della loro relazione, che aveva sempre cercato di rendere più stretta. Nei primi anni dopo il divorzio, le ragazze però si erano tenute a distanza dai genitori dedicandosi a un'esperienza completamente nuova per loro: l'indipendenza. Adesso, vivevano la propria vita e seguivano ognuna la propria strada, separate e distanti dalle problematiche dei genitori.

Il fatto che si fossero allontanate dal nido aveva restituito a Gabrielle la libertà persa da anni. Cosa che non sempre apprezzava, quando si ritrovava completamente sola, di tanto in tanto, nel suo appartamento, ma che la costringeva ad andare avanti e a farlo per la prima volta senza Arthur o le ragazze. Sempre dopo il divorzio, aveva preso una certa distanza dagli amici di sempre ed era ansiosa di incontrare gente nuova e ripopolare la sua vita sociale.

La sera del rientro a New York, telefonò alle ragazze per raccontare come era andato il viaggio, ma senza accennare ad Alaistair. Era il primo uomo, dopo anni, che era riuscito a risvegliare un certo interesse in lei, ma non era necessario che le figlie lo sapessero né tantomeno voleva prestare il fianco a eventuali critiche. Come spiegare che si era innamorata di un uomo affetto da una malattia potenzialmente letale e che aveva una prospettiva di vita di non più di qualche mese? La situazione era troppo complicata per due ragazze di ventuno e ventitré anni. Lo era già fin troppo per lei! Indipendentemente da quanto sembrassero fatti l'uno per l'altra, quell'uomo era un estraneo per loro e Gabrielle sapeva che molto probabilmente lo avrebbero considerato un rivale del padre. Dal divorzio, non aveva mai frequentato nessuno e non voleva metterle alla prova adesso. Senza contare che lei e il dottore non vivevano nella stessa città e che non avevano in progetto di rivedersi. Era stata solo una piacevole parentesi durante la settimana parigina. Per il momento bastava, e forse sarebbe bastato per sempre. Gabrielle non aveva alcun pensiero rivolto al futuro e, nelle attuali circostanze, Alaistair sarebbe stato l'uomo peggiore su cui scommettere.

Il lavoro non tardò a riassorbirla completamente e fissò diversi appuntamenti con i clienti per i quali aveva acquistato oggetti d'arte alla Biennale.

Le figlie non avevano in progetto di rientrare a casa prima del Ringraziamento. Georgie, poco prima della partenza della madre per Parigi, era ritornata a Washington.

Per Natale, avevano in programma di andare col padre alle isole Turks e Caicos, o forse a Saint Barts, se lui avesse deciso di noleggiare una barca. Benché cresciute nel lusso, avevano entrambe una forte coscienza sociale acquisita anche grazie agli insegnamenti dei genitori. Era Sasha, la giovane moglie di Arthur, quella viziata e che ignoravano deliberatamente. Quella donna era solo un attimo di follia del padre. Bella e scaltra, sapeva come mettersi in mostra, un'arte imparata sulle strade di Mosca. Purtroppo la sua mancanza di buone maniere e di educazione era più che palese in ogni circostanza. Le ragazze non riuscivano a capire come mai il padre non si sentisse imbarazzato. La trovava affascinante, la trattava come una terza figlia, e non del tutto a torto, considerato che era quasi coetanea delle due avute da Gabrielle. Sasha apparteneva alla loro generazione, non a quella del marito di quarantaquattro anni più vecchio. Il bambino avuto da Arthur era chiaramente una mossa per garantirsi la stabilità finanziaria futura. Il piccolo era accudito da due bambinaie in modo che la madre non fosse costretta a occuparsene neanche un secondo. Anche Arthur, seppur entusiasta di Graham, passava poco tempo in sua compagnia.

Ogni tanto, sebbene si sforzasse di non farlo, Gabrielle ripensava alla vita di prima. Ricordava quanto fosse diversa la situazione quando lei e il marito avevano avuto le figlie che lei seguiva con devozione, che erano sempre state il suo punto di riferimento, il centro del suo universo. Il matrimonio con Sasha era molto diverso, il capriccio di un uomo anziano. Quanto sarebbe durato? si chiedeva di tanto in tanto, prima di ricordare che non erano affari suoi. Arthur aveva una vita più piena della sua, con una moglie giovane, un bambino piccolo, due figlie più grandi e la sua società di investimento. Gabrielle, di contro, a parte il lavoro e i rari incontri con le ragazze, conduceva un'esistenza solitaria per abituarsi alla quale c'era voluto del tempo. Più che solitaria era sola, una differenza sostanziale. Adesso però non la spaventava fare compagnia a se stessa, come agli inizi.

Aveva rifiutato di lasciarsi annientare dal divorzio. Il viaggio a Parigi era la prima vera testimonianza della sua determinazione ed era grata di essere partita. Poi, aveva incontrato Alaistair, la ciliegina sulla torta, ed era riuscita a concludere ottimi affari durante il soggiorno. Arthur non era mai stato interessato al suo lavoro, anche se non lo aveva mai ostacolato in alcun modo, e ora Gabrielle era felice di averlo. Senza quello sarebbe stata persa, non avrebbe avuto nulla con cui riempire le giornate e tenersi occupata.

Rientrata a New York, si era reintegrata nella routine con il ristabilire i contatti con i clienti più importanti, con le chiamate quotidiane alle figlie per farsi raccontare le ultime novità, con la frequentazione delle aste di maggior prestigio e con gli studi che non abbandonava mai per tenersi al passo con gli sviluppi e gli eventi del mondo dell'arte.

Pensava di frequente ad Alaistair, soprattutto di sera, ma non lo aveva mai chiamato. Era stato lui a promettere di farlo e di sicuro non avrebbe mancato alla parola. Se fosse venuto a New York o lei avesse dovuto recarsi a Londra, sarebbe stata felice di vederlo, ma non poteva contarci, considerato il suo stato di salute e la sentenza di morte che gli pendeva sulla testa. Così, cercava di non focalizzarsi su di lui troppo spesso. Non voleva affezionarsi a chi, tra un paio di mesi, avrebbe potuto non esserci più. Non poteva permettersi di diventare dipendente da quell'uomo.

Uscito di prigione dopo qualche giorno, e tornato a casa, Patrick Martin seguitò a essere costantemente contattato dagli investigatori Forrestier e Plante che, una volta, si presentarono senza neanche avvisarlo. Erano state trovate ulteriori prove che tuttavia nella sostanza non avevano cambiato il corso dell'indagine. Il test del DNA sulle lenzuola aveva confermato che lui e Sergej avevano fatto sesso, cosa che alla fine aveva ammesso. In svariate occasioni avevano tentato di indurlo a confessare di aver alzato le mani su Sergej e di averlo spinto, ma per quanto riguardava quel particolare, Patrick era irremovibile: non era stato lui. Gli investigatori, non potendo provare il contrario, al momento si limitavano a credergli.

A ogni incontro, ai detective l'ex ministro appariva sempre più depresso. Aveva perso tutto a causa della disastrosa relazione con il modello russo e della sua morte.

Per Patrick arrivò anche il momento di confrontarsi con la figlia. Marina, rientrata a Parigi da Lille per il fine settimana, si gettò piangente tra le braccia del padre quando lo vide. Era devastata per l'umiliazione pubblica che stava subendo, per la perdita del lavoro, della dignità, del rispetto dell'intera nazione. Anche se, per chissà quale miracolo, fosse stato scagionato, fosse stato ritenuto innocente, era ormai chiaro che non avrebbe più avuto la minima possibilità di ambire alla carica di presidente della Repubblica. La sua reputazione era ormai stata irreparabilmente infangata.

«Papà... non sai quanto mi dispiace», disse Marina, in lacrime, tra le sue braccia. Era l'unico membro della famiglia che non lo biasimava per le poco appropriate conoscenze ormai di dominio pubblico. Lo considerava una vittima. La consapevolezza che fosse schierata dalla sua parte come un'incrollabile alleata aveva fatto infuriare il fratello che l'accusava di aver subito un lavaggio del cervello, di essere cieca davanti agli errori e ai presunti crimini commessi dal padre. La sola idea di vederlo finire in prigione le spezzava il cuore.

Con i figli schierati su due poli estremi, Alice si trasformò nella voce della ragione. Pur seguitando a dimostrarsi sconcertata dal comportamento del marito, non gli lesinava la sua compassione. Era un esempio vivente di pietà cristiana. Non voleva più avere nulla a che fare con Patrick, ma rispettava il fatto che fosse sempre il padre dei suoi figli e che Marina nutrisse una vera e propria adorazione per lui. Damien, al contrario, traboccava di rabbia e di risentimento. Patrick era ancora sconvolto dalla notizia che il figlio fosse gay. Considerava le proprie azioni come aberrazioni e semplici atti carnali, non indicazioni della propria omosessualità, che continuava a negare non soltanto con i suoi ma soprattutto con se stesso.

Per Alice quello fu il periodo più buio. Guardava la famiglia a cadere a pezzi, disintegrarsi davanti ai suoi occhi mentre lei faceva l'impossibile per tenere i figli uniti. Fortunatamente, a salvarla c'era il lavoro. Patrick, nel frattempo, si era spostato nell'appartamentino che gli aveva trovato e viveva dei suoi risparmi residui. Tutto il resto andava nelle tasche dei legali. Se fosse stato condannato, sarebbe stato radiato dall'albo degli avvocati. E dopo la prigione? Che avrebbe fatto? Ormai non riusciva più neanche a immaginare il proprio futuro più in là dell'immediato. Vedersi con i difensori, parlare con la polizia, abituarsi all'idea dell'imminente causa in tribunale erano le uniche occupazioni e lo stavano corrodendo pian piano.

Difficile per Alice mantenere una parvenza di normalità nel mezzo di quella tempesta, ma almeno non doveva più subire la presenza del marito nell'appartamento. Talvolta, rifletteva grata sul fatto che i suoi genitori non fossero più in vita per assistere a quello scempio. Profondamente radicati nella moralità, quello sarebbe stato un colpo mortale. Altrettanto spesso, Alice si chiedeva come avesse potuto sposare un uomo come Patrick, che aveva cominciato a deluderla fin dagli inizi del matrimonio.

La madre di Patrick era ancora in vita, ma soffriva di demenza da anni ed era ricoverata in una casa per anziani a Mougins, nel Sud della Francia. Il figlio, che già andava a trovarla di rado, negli ultimi tempi aveva smesso del tutto di farlo.

La polizia, nel frattempo, aveva scoperto prove che Sergej, in relazioni passate, aveva ricattato almeno altri due uomini: una notizia incoraggiante per Patrick, sicuro che in questo modo si potesse far luce sul tipo di personaggio che era. Quando però chiese conferma al suo avvocato, Gérard Pelaprat replicò che questo non avrebbe fatto alcuna differenza e che non sarebbe stato di alcun aiuto per il suo caso.

«Non importa chi altri ha ricattato. Lei ha ancora un movente che può giustificare l'omicidio. In questo periodo la stava mettendo sotto pressione. Lei era furioso e si trovava nella stessa stanza quando è morto.» La polizia ormai si era fatta un quadro completo della situazione e le tinte erano piuttosto fosche per quanto riguardava Patrick. L'ex ministro non era più né una persona rispettabile né una della quale avere compassione. Aveva mentito alla moglie per anni, aveva condotto una doppia vita, dedicandosi nascostamente a equivoche frequentazioni carnali con loschi personaggi, e aveva celato la propria omosessualità alla famiglia e al pubblico. Pochissime erano ormai le cose positive che si potevano dire sul suo conto. Aveva vissuto nell'inganno per tutta la sua carriera condannando l'omosessualità pur essendo lui stesso gay.

Anche Alice si era rivolta al suo avvocato per le pratiche del divorzio, con l'intesa però di avviarle solo dopo la sentenza definitiva, per non peggiorare la situazione del marito. Marina era furiosa per quella decisione e la condannava. Il suo candore di giovane ragazza e l'adorazione verso il padre che considerava un eroe, la rendevano cieca.

«Mio Dio! Siamo la famiglia più disfunzionale del pianeta», commentò Damien una sera a cena con la madre, dopo la partenza della sorella per riprendere a frequentare l'università a Lille. Era preoccupato per Alice, che però reggeva meglio di quanto non si fosse aspettato e dimostrava di avere il coraggio di una leonessa.

«Ci saranno di sicuro famiglie come la nostra o peggio», gli rispose lei con un sorriso. Da quando era scoppiata la tragedia, ma soprattutto da quando era venuta alla luce l'omosessualità del figlio, si erano avvicinati moltissimo. Tra loro ormai non c'erano più segreti.

«Non ci credo, sai», commentò Damien. «Mio padre era gay da sempre, frequentava posti loschi, e adesso finirà davanti a un giudice per l'assassinio di uno dei suoi amanti. Ci ha mentito e mia sorella crede ancora che cammini sulle acque. Potrebbe andare peggio di così?» chiese, mestamente.

«Forse sì. Ma spero di no. Bisogna adattarsi al proprio destino, Damien. Ce la faremo. La gente non dimenticherà, ma troverà di certo altre distrazioni. Questo scandalo non durerà per sempre. E, sfortunatamente, un giorno tua sorella dovrà accettare i terribili errori commessi dal padre e la sua disonestà nei nostri confronti.»

«Nei tuoi in particolare. Mi dispiace, mamma, che tu debba affrontare tutto questo», tentò di consolarla il ragazzo.

«Sopravvivrò, vedrai. Sono solo preoccupata per lui. Non ha più nulla che possa invogliarlo ad andare avanti e questa è una situazione che può avere risvolti pericolosi.» Damien annuì. Anche lui ci aveva pensato, e lo inquietava l'idea che il padre fosse a rischio suicidio. Per quanto arrabbiato con lui, non voleva che gli accadesse di peggio, nonostante li avesse cacciati tutti in una situazione infernale. Era però orgoglioso della forza e della dignità che la madre dimostrava di avere. Non si lamentava mai del suo destino né parlava male del marito, sebbene fosse profondamente ferita dal suo comportamento. Non doveva essere facile per lei rendersi conto che il suo matrimonio era stato solo una messinscena e che Patrick le aveva mentito sin dal primo momento. A parte i figli, aveva sprecato metà della sua vita. Per questo aveva preso l'abitudine di andare in chiesa ogni giorno in cerca di conforto. Purtroppo, però, in casa la tensione aumentava man mano che si avvicinava il giorno dell'udienza in tribunale, stabilita per gennaio. I quattro mesi che li separavano dalla fatidica data sarebbero stati i più lunghi della loro vita. Alice sapeva soltanto una cosa: che da lì a quel momento avrebbe dovuto raccogliere ogni briciolo di forza che le restava per rimanere accanto ai figli che, ora più che mai, avevano bisogno di lei. E così si trasformò in testimone vivente della forza e della resistenza dello spirito umano.

8

Da quando si erano lasciati a Parigi, Gabrielle non si era fatta più sentire con Alaistair. Aveva bisogno di tempo per digerire non soltanto ciò che era accaduto ma quello che lui le aveva detto. Non voleva prendere un impegno che non sarebbe stata in grado di portare avanti o gettarsi in una situazione che non avrebbe potuto gestire. Alaistair era deciso a non far nulla per la propria salute, il che faceva di lui un uomo in fin di vita. Gabrielle non poteva permettersi di commettere una sciocchezza, non poteva sacrificare se stessa o la propria salute mentale per un uomo che conosceva a malapena. Anche se a distanza, le figlie avevano bisogno di lei. Quando Arthur l'aveva lasciata, all'improvviso, era rimasta profondamente sciocсata e le ci erano voluti quasi tre anni per rimettersi in piedi. Non poteva correre lo stesso rischio per una persona che conosceva da una settimana, indipendentemente da quanto le piacesse. Amava tutto di Alaistair, tranne il ferreo rifiuto di lottare e la determinazione ad affondare con la nave, forse prima di quanto fosse inevitabile, rifiutando le cure.

Alaistair le telefonò due settimane dopo il ritorno a Londra. Dalla voce sembrava sfinito ma di ottimo umore. Non osò chiedergli se le sue condizioni fossero peggiorate. Era un argomento troppo doloroso. Lui le raccontò che allo studio l'attività era più frenetica del solito a causa di un'epidemia influenzale che quell'anno era scoppiata in anticipo.

«Non è pericoloso esporti al probabile contagio dei tuoi pazienti?» volle sapere lei, tentando di non apparire indebitamente preoccupata o protettiva. Non si conoscevano abbastanza per questo.

«Porto la mascherina», le rispose sorridendo per l'ansia percepita nella sua voce. «E ho un assistente che visita i casi più gravi mentre io mi limito a occuparmi dei pazienti in salute, della somministrazione dei vaccini e dei controlli di routine. Mi sento un po' rammollito, ma va bene così, specie adesso.»

«Per via della tua malattia?» chiese Gabrielle con garbo.

«Perché sono in cura», rispose lui. «Ammetto di essere un perfetto idiota. Quello che mi hai detto era più che sensato. Avevi ragione. Devo almeno tentare di combattere. Come posso aspettarmi che lo facciano i miei pazienti se io non mi propongo come un esempio? Per anni ho raccomandato loro i trattamenti che ero troppo codardo per affrontare di persona. Il giorno successivo alla tua partenza, sono tornato dal professore.»

Gabrielle lo ascoltò stupita e con le lacrime agli occhi. «Davvero? Oh, Alaistair, sei un uomo coraggioso!»

«Non lo sono, ma sei stata tu a darmi la forza di superare le mie paure.» E adesso aveva un motivo per continuare a vivere. Durante le sue solitarie passeggiate sul Lungosenna, si era reso conto che da anni ormai evitava di tuffarsi veramente nella vita. Il divorzio lo aveva scoraggiato. Il suo non era mai stato un grande amore, né la moglie la persona giusta. Lo avevano saputo entrambi. L'aver fallito nel giudicare la situazione, lo aveva privato di qualcosa, del senso della speranza, della fiducia nel futuro. E poi, all'improvviso, con uno schioccare di dita, Gabrielle lo aveva aiutato a ritrovare tutto, a ritrovare se stesso. «Potrebbe non funzionare, ma ho deciso di provarci. Il professore registra il miglior tasso di successo in tutta Europa per la cura di questa particolare forma di leucemia e ha condotto le ricerche più approfondite. Ci sono un altro paio di luminari altrettanto bravi negli Stati Uniti, ma Parigi è più vicina a casa. Lo vedrò una volta al mese per sei mesi e, tra un intervallo e l'altro, un collega di Londra mi somministrerà un cocktail di farmaci leggermente meno forti di quelli che mi fa prendere lui. Non è una passeggiata, ma se funziona, ne sarà valsa la pena. E a darmene il coraggio, sei stata tu, Gabrielle. Non so perché, ma avevo pensato che non avendo figli, non essendoci nessuno che dipendesse da me, non fosse importante lottare. Mi sbagliavo. È sempre importante. La vita è preziosa e ogni giorno è un dono. Grazie di avermelo ricordato. E a questo proposito, ti chiamavo per chiederti una cosa, sebbene non abbia idea di come tu possa prenderla.» Per quanto piacevole fosse stato il tempo trascorso insieme a Parigi, si conoscevano appena. «Fra un paio di settimane dovrò ritornare in Francia per il prossimo trattamento. Ti andrebbe di incontrarmi lì? So che sei molto impegnata, ma mi sono detto che poteva valere la pena chiedertelo lo stesso. Se l'idea però ti dovesse mettere a disagio, stai tranquilla, lo capirei. È solo che detesto passare del tempo a Parigi senza avere qualcuno con cui condividerlo. E quel qualcuno mi piacerebbe che fossi tu.»

Gabrielle, colta alla sprovvista da quell'invito inaspettato, non seppe cosa rispondere. Una cosa era spingerlo a essere responsabile, a non deporre le speranze, a tentare di curarsi, e un'altra, molto più impegnativa, era stargli accanto mentre si sottoponeva al trattamento. Anche se non fosse andata dal professore con lui, non si sentiva pronta ad assumere un ruolo del genere. Si erano frequentati solo pochi giorni. Stargli accanto e supportarlo era un compito oneroso. Non riusciva a trovare una risposta e non voleva ferire i suoi sentimenti e scoraggiarlo. Se però avesse deciso di incontrarlo a Parigi, rischiava di dargli a intendere qualcosa che non era disposta ad affrontare. Alaistair l'aveva colta di sorpresa con la notizia della cura alla quale si era opposto con accanimento solo qualche settimana prima. Quello che però la colpiva ancora di più era il motivo che l'aveva convinto: lei. Rifletté a lungo prima di rispondere.

«Ho avuto la netta impressione che ci fosse qualcosa di molto speciale tra noi», seguitò Alaistair, spingendosi oltre. Era cominciato tutto con il salvataggio di Richard, con le emozioni provate mentre tentava di rianimarlo, con lei ad assisterlo, a stargli accanto. Era stato come osservare il miracolo della nascita. Aveva restituito la vita a Richard in attesa dei soccorsi. Nessuno di loro lo avrebbe scordato mai, come non se lo sarebbero dimenticati Richard e Judythe. E adesso, era come se Gabrielle gli avesse reso lo stesso favore. C'era un legame che li univa, che esisteva indipendentemente dal fatto che lei fosse pronta o meno ad accettarlo. Era accaduto. Alaistair era una persona di buona compagnia, non aveva nulla di patetico o di losco, ed erano stati bene insieme. Dalla loro ultima seria conversazione, lui non aveva più neanche degnato di un'occhiata le pillole preparate per il suicidio. A pensarci adesso, gli parevano un affronto, un ricordo della sua codardia. Per il momento non ne aveva bisogno. E forse, con un pizzico di fortuna, non le avrebbe usate mai. Era intenzionato a lottare fino in fondo, senza arrendersi prendendo la via più semplice per liberarsi del problema. Gabrielle gli aveva dato il coraggio di vivere.

«Ecco, in verità ho molti impegni nelle prossime settimane», rispose lei con un filo d'ansia e sentendosi subito in colpa. Non era vero. Se voleva, poteva organizzarsi per raggiungerlo. Era sicura però di volerlo rivedere? Era necessario che soffrisse per amore, che si avvicinasse a lui per poi perderlo se, alla fine, la malattia avesse vinto la battaglia? Adesso era lei la codarda, si sentiva lei in torto per non voler accettare l'invito. «Lasciami vedere cosa posso fare. Ti richiamo tra qualche giorno.»

«Non devi sentirti obbligata, Gabrielle», replicò lui

con dolcezza. «Non sei costretta a venire. Non mi arrabbierò, non resterò deluso. Non ho il diritto di aspettarmi nulla da te e non lo faccio. Non ho neanche il diritto di iniziare un qualunque genere di relazione con te che alla fine potrebbe causarti dolore. Dovresti venire solo se vuoi passare qualche giorno in mia compagnia. Nient'altro. Tutto il resto è un affare che riguarda solo me. La cura è la mia sfida, non la tua, e non voglio esserti di peso.» Desiderare che lo raggiungesse, però, era chiedere molto. Le stava domandando di vivere di nuovo, a pieno, e, forse, di amare.

«Non sei un peso. Devo soltanto vedere se riesco a incastrare in maniera diversa i miei impegni. Vedrò cosa posso fare.»

«Non ti preoccupare. Possiamo vederci un'altra volta, o addirittura non farlo più, se preferisci. Mi hai già dato un dono prezioso, convincendomi a intraprendere la terapia. Tutto il resto riguarda me, il professore e Dio. Non te. Tu mi hai solo ispirato a fare la cosa giusta. Ed è già moltissimo.» Le parole di Alaistair le toccarono le corde più profonde del cuore. Voleva essere coraggiosa per lui, ma aveva anche bisogno di pensare a se stessa, a cosa avrebbe potuto rimetterci, se le cose fossero andate male… perché potevano andare male. Lo stesso Alaistair aveva ricordato che non vi erano garanzie che la cura funzionasse. E se non lo avesse fatto, sapevano entrambi come sarebbe finita. Ce l'avrebbe fatta? Sarebbe stata in grado di aiutarlo? Non ne era certa. Era andata a Parigi per festeggiare la sua rinascita, per recuperare le forze dopo il tradimento di Arthur, e adesso si ritrovava davanti a una montagna molto più alta da scalare. All'improvviso, si sentì piccolissima. Alaistair però sembrava forte, in grado di affrontare il percorso intrapreso. Aveva trovato l'energia necessaria. «E a te? Come vanno le cose?» le domandò lui cercando di passare ad argomenti meno impegnativi. «Sei parecchio presa, da quello che ho capito. Le ragazze? Tutto okay?» Gabrielle ne parlava sempre con grande affetto.

«Stanno bene», gli rispose sorridendo. «Indaffarate. Le vedo poco ultimamente e mi mancano tanto. È difficile separarsene quando crescono. Noi genitori tendiamo sempre a dimenticare che i figli non ci appartengono, che li abbiamo solo in prestito.»

«Mi spiace non averne avuti. Mia moglie e io abbiamo continuato a rimandare e rimandare, probabilmente perché sapevamo di aver sposato la persona sbagliata. Dopo il divorzio non ho più cercato una relazione seria. E adesso è troppo tardi.»

«Certo che no. Arthur aveva all'incirca la tua età quando abbiamo avuto le ragazze. Ed è diventato papà di un bimbo a settant'anni.» Gabrielle rise. Adesso riusciva a farlo. Non agli inizi. Un altro bel colpo della vita.

«No, non fa per me!» Anche Alaistair scoppiò a ridere. «Non riesco a immaginarmi con un bambino adesso, figuriamoci a quell'età.» Gabrielle non avrebbe mai creduto, quando aveva sposato Arthur, che nonostante i venticinque anni in più sarebbe stato lui a lasciarla. Si era sentita al sicuro, e invece si era sbagliata. Eccome se si era sbagliata. Tutto a un tratto, l'aveva lasciata per una ragazza giovanissima e animata da dubbie intenzioni.

Sasha era stata fin da subito attratta dal denaro di Arthur. Lo amava o andava avanti solo perché attirata dal benessere materiale che lui poteva offrirle? Non aveva una risposta a quella domanda e, tutto sommato, non le importava.

Lei e Alaistair si intrattennero per circa una trentina di minuti prima di salutarsi. Lui doveva chiudere l'ambulatorio. Gabrielle ripeté che tra qualche giorno gli avrebbe fatto sapere per un eventuale incontro a Parigi.

«Tranquilla, il posto è e resta libero», scherzò lui. «Puoi decidere anche all'ultimo secondo. E, Gabrielle, non lasciare che questa decisione ti appaia più importante di quanto in realtà non sia. Si tratta solo di un invito per trascorrere insieme qualche giorno. Nient'altro. Stanze separate, naturalmente, e sarai mia ospite.» Un gesto generoso, che Alaistair sentiva di doverle. Era il minimo per ringraziarla di quello che aveva fatto per lui. Gli aveva aperto gli occhi, gli aveva dato coraggio. Era normale che ora volesse ricambiare. Anche se, sotto sotto, non poteva nascondere a se stesso che stava nascendo in lui qualche speranza.

Quella sera Gabrielle non smise di pensarlo e addirittura lo sognò. Nel sogno stava morendo, c'era una vetrata che li separava e lei non poteva raggiungerlo. Lo vedeva soffrire, gridare per il dolore, ma non riusciva ad aiutarlo. Al risveglio, pensò che fosse un sogno piuttosto realistico. Seguitò a concentrarsi su di lui tutto il giorno seguente, la notte e diversi giorni ancora. Voleva dirgli che non sarebbe partita, di non averne il coraggio. Era un impegno troppo gravoso. Ma ogni volta che decideva di non andare, si sentiva sola e triste. Se da un lato desiderava vederlo, dall'altro era terrorizzata all'idea di affezionarsi a lui e di perderlo.

Una settimana dopo aver ricevuto l'invito, Gabrielle lo ricontattò. Aveva provato a sistemare in maniera diversa gli impegni, ma non c'era riuscita. Era troppo indaffarata e non poteva modificare l'agenda. Gli ricordò che tra un mese sarebbe stata a Londra per una fiera e che quella avrebbe potuto essere un'occasione per rivedersi. Alaistair accettò con grazia il rifiuto e senza mostrare un minimo di disappunto nella voce. Era un uomo gentile, con uno spirito da vero signore, e si adoperò per non farla sentire in colpa peggiorando così la già precaria situazione. Dio solo sapeva quanto le sarebbe piaciuto vederlo, stare di nuovo in sua compagnia, festeggiare il suo coraggio, ma la paura era troppa, tanta.

Per alleggerire l'atmosfera, Alaistair iniziò a mandarle qualche messaggio divertente per telefono o per e-mail a testimonianza del suo tipico umorismo britannico. Era colto, intelligente, e aveva studiato a Eton prima di frequentare Cambridge e la facoltà di medicina. A Gabrielle pareva ingiusto aver incontrato una persona splendida e piacevole come lui ma colpita da una malattia grave al punto che avrebbe potuto non vivere a lungo. Troppo pericoloso innamorarsi di lui o anche solo stargli accanto. Se, da un lato, Gabrielle si sentiva in colpa per aver rifiutato l'invito parigino, dall'altro ne era sollevata.

Le sarebbe piaciuto parlare con qualcuno della sua situazione, ma non voleva coinvolgere le figlie nei problemi della vita di Alaistair o della sua. Erano troppo giovani per affrontare una realtà così dura. Non avevano ancora esperienza in questo genere di cose per poterle stare adeguatamente accanto. La sua era una di quelle decisioni difficili che dovevano essere prese in autonomia.

Tre giorni prima della data fissata da Alaistair, ebbe un incubo dal quale, il mattino seguente, si risvegliò con un peso sul cuore. Non le importava in quale situazione si trovasse Alaistair, sapeva soltanto che le mancava e che voleva vederlo. A colazione, non mandò giù neanche un boccone. Poi, all'improvviso, seppe cosa desiderava davvero. Lasciare che le cose seguissero il loro corso. Entro determinati limiti, aveva il controllo del proprio destino. Quello che stava per fare lei aveva sicuramente più senso della sciocchezza commessa dall'ex marito con Sasha. Se Alaistair avesse perso la sua battaglia, lei sarebbe sopravvissuta. Nella vita bisognava pur rischiare, ogni tanto. Non lo aveva forse spronato a essere coraggioso? Adesso era arrivato il momento di dimostrare quanto fegato aveva lei. Gli telefonò una decina di minuti dopo. Nel vedere il suo nome sul display, Alaistair afferrò al volo il cellulare e la salutò calorosamente.

«È ancora valido l'invito? Sono riuscita a spostare qualche impegno.» Mentiva, ma lui si guardò bene dal chiederle qualcosa al proposito.

«Certo che sì!» rispose con entusiasmo. Quando, dopo un attimo di esitazione, riprese a parlare, il suo tono di voce si era fatto serio: «Sei sicura? Mi sono reso conto di averti domandato troppo. La tua è una situazione imbarazzante, lo capisco. Non voglio essere un peso per te».

«Non sei un peso. Ci divertiremo. Come ti senti, dopo il trattamento?»

«Il primo giorno è stato un po' difficile, ma l'ultima volta mi sentivo in forma. Non è tremendo come mi aspettavo. Il professore ha trovato un ottimo dosaggio. È un portento.»

«Bene. E se ne avrai bisogno, potrai metterti a letto per riposare. Per me non sarà un problema trovare un diversivo a Parigi, specialmente in quella zona.» I migliori negozi della capitale erano tutti a pochi passi dall'albergo.

«Chiamo subito per la prenotazione. Grazie, Gabrielle. Mi stai facendo uno splendido regalo. Ho sentito molto la tua mancanza.»

«Anch'io. A dopodomani, allora.» Sarebbe atterrata di mattina presto, se fosse partita con l'ultimo volo da New York. Alaistair pareva al settimo cielo quando riattaccarono e a lei sembrò di avere le ali ai piedi per il resto della giornata. Aveva riflettuto con attenzione e sapeva di stare per fare la cosa giusta. Lo voleva ed era consapevole dei rischi. Non si stava avventurando alla cieca in quel viaggio. Qualunque cosa fosse successa, l'avrebbero affrontata insieme, al momento.

La mattina si precipitò all'appuntamento con un cliente, poi tornò a casa per fare i bagagli. Alaistair aveva proposto di trascorrere cinque giorni insieme. Prenotato il posto in aereo, la sera seguente Gabrielle si recò in aeroporto e si presentò sorridente al check-in. Non aveva più paura ed era impaziente di rivedere Alaistair. Sarebbero stati insieme per il fine settimana, poi lui si sarebbe sottoposto al trattamento il lunedì mattina e dopo sarebbero rimasti loro ancora due giorni a disposizione, o anche di più, se fosse stato necessario. Poi, un paio di settimane più tardi, si sarebbero rivisti a Londra, dove purtroppo però lei avrebbe dovuto lavorare. Questa volta, Parigi era tutta per loro e per lei esclusivamente una vacanza.

Gabrielle dormì per gran parte della traversata, come sempre. Guardò un film, cenò e all'atterraggio al Charles de Gaulle era fresca come una rosa. L'eccitazione era talmente tanta che a stento riusciva a star seduta sul taxi che la stava portando in albergo. Nel vedere l'edificio del *Louis XVI*, le parve di sentirsi a casa. All'ultimo momento aveva deciso di prenotare da sé, per evitare che fosse lui a pagare. Non le pareva giusto.

Si presentò al banco della reception alle nove, un'ora e mezzo dopo l'atterraggio. La vicedirettrice la accolse con gentilezza dichiarandosi felice di rivederla. Gabrielle salì nella consueta suite e, cinque minuti dopo aver ricevuto i bagagli, sentì bussare. Alaistair era lì, davanti a lei, sorridente. Sembrava più magro e un po' pallido, ma gli occhi brillavano radiosi. La strinse tra le braccia e la baciò prima ancora che lei riuscisse a chiudere la porta.

«Grazie di essere venuta, Gabbie. Sei una donna splendida. Non ho idea di dove tu sia stata per tutta la mia vita, ma ringrazio il cielo di averti trovata.» Fecero colazione in camera, recuperando il tempo perduto a chiacchierare e a scambiarsi le novità.

«Non riesco a credere di essere qui!» Al Petit Palais era in corso una mostra d'arte che entrambi volevano visitare. Nel pomeriggio si sarebbero concessi una passeggiata, per cenare infine nel locale che lei avrebbe preferito. Alaistair sembrava sprizzare energia da tutti i pori e, malgrado il leggero dimagrimento, pareva stare proprio bene. Gabrielle evitò di parlare troppo della sua salute. Volevano trascorrere un gioioso fine settimana pieno di divertimento prima della cura del lunedì. Alaistair tornò nella sua camera per darle il tempo di fare una doccia e cambiarsi. I suoi occhi s'illuminarono quando la vide risplendere in un fantastico completo pantalone rosso. Era una meravigliosa e assolata giornata di ottobre, in perfetta armonia con il loro umore.

Alaistair alloggiava nella camera accanto alla sua suite, separata solo da una porta chiusa a chiave. Che avrebbero potuto aprire, se avessero voluto, e che le offriva possibilità sulle quali negli ultimi giorni aveva riflettuto a lungo, senza però arrivare a una conclusione definitiva. Non c'era fretta, però. Alaistair lasciava che fosse lei a dettare le regole, a scegliere cosa fare.

«Non sembra che questa volta in albergo ci sia qualche rockstar», disse lei ridacchiando mentre uscivano. Ricordava fin troppo bene il disastro combinato da Declan Dragon e dai suoi in dodici stanze e in una suite. I lavori di riparazione erano ancora in corso.

«E spero anche che non ci sia nessuno che venga arrestato o assassinato. A proposito, c'è una cosa che vorrei fare con te, questo pomeriggio», disse Alaistair, serio per un istante.

Lei lo guardò interrogativa. «Una cosa bella?»

«Credo di sì.»

A Gabrielle sarebbe piaciuto fare un po' di acquisti,

ma non voleva annoiarlo. In fin dei conti, non si conoscevano ancora bene. Stargli accanto però era eccitante. Si erano incontrati esattamente quello stesso giorno di un mese prima. Era ancora tutto nuovissimo. Si sentiva tornata giovane mentre passeggiava con lui.

Finita di visitare la mostra al Petit Palais, andarono a mangiare un boccone dalla parte opposta della strada, sulla terrazza del Grand Palais dove si era svolta la Biennale, e proseguirono poi attraversando il ponte Alessandro III, sino alla Rive Gauche, dove trovarono le consuete bancarelle di libri usati. Scesero una gradinata che portava al fiume e sedettero su una panchina guardando sfilare i bateau-mouche traboccanti di turisti. Una perfetta scena parigina, degna di una cartolina. Quando Alaistair la baciò, il momento si fece ancora più magico.

«Sono felice di essere venuta. Ero morta di paura», ammise Gabrielle. Sentiva di potergli parlare liberamente. Era come se si conoscessero da anni, non soltanto da un mese.

«Lo sapevo.» Lui le circondò le spalle con un braccio. «E lo avrei capito, se non mi avessi raggiunto. Ti ho chiesto molto, ma sono contentissimo che alla fine tu abbia accettato.»

«Anche per me è lo stesso. Vivremo giorno per giorno, decidendo man mano che andiamo avanti.» Lui annuì. Era arrivato alla stessa conclusione. Infilò una mano in tasca e ne trasse un astuccio dal contenuto misterioso.

«Le ho conservate aspettando il momento per farlo con te.» Gabrielle guardò incuriosita l'oggetto. «Sono la mia via di fuga. Ho capito che qualunque cosa accadrà, non posso farti questo. E non posso farlo neanche a me stesso.» Alaistair aprì la custodia mostrando le tre boccette di pillole, quelle che aveva deciso di usare nel caso la situazione fosse diventata insostenibile. Nessuna aveva l'etichetta. «Volevo che mi guardassi buttarle via. Non le voglio più. E spero di non averne bisogno in futuro. Ho riposto tutta la mia fiducia nel professore e, qualunque cosa accadrà, sono pronto ad accettarla e a combattere sino alla fine.» Buttò l'astuccio il più lontano possibile nell'acqua e insieme lo guardarono galleggiare e poi sparire sotto la superficie. Quando si voltò verso di lei, Gabrielle aveva il viso rigato di lacrime e lo fissava con gratitudine.

«Grazie», sussurrò lei. Poi si baciarono come tutti i giovani amanti sulle panchine del lungosenna. L'aria stava rinfrescando e, qualche minuto dopo, si alzarono per tornare in albergo. Adoravano passeggiare per le strade di Parigi che conoscevano bene entrambi. La giornata era stata stancante, ma splendida, e lui aveva buttato le pillole, un gesto profondamente simbolico per entrambi.

Gabrielle aprì la porta della suite e si girò verso il compagno. «Ti va di entrare per una tazza di tè?»

Alaistair sorrise. «Mi piacerebbe molto.» La seguì, le diede il tempo di chiudere il battente e l'afferrò tra le braccia. All'improvviso, i sentimenti che provavano l'uno per l'altra e la decisione di Gabrielle di venire a Parigi li travolsero. Il tè fu dimenticato mentre, allacciati, si rifugiavano in camera. Lui la spogliò lentamente, imitato dalla compagna, fino a quando non giacquero nudi tra le lenzuola. L'aver rinunciato alle pillole preparate per il suicidio aveva creato un altro legame tra loro. Alaistair aveva scelto la vita e lo aveva fatto per lei. Quando iniziò ad adorarla, ricordò di avere molto per cui vivere e che, qualunque cosa fosse successa, l'avrebbe affrontata con Gabrielle.

9

Il secondo giorno a Parigi fu persino più movimentato del primo: un giro di shopping, una capatina in una casa d'aste, un'occhiata alle numerose gallerie d'arte sulla Rive Gauche, il tutto condito da racconti sulla loro infanzia e sulle rispettive famiglie. Alaistair proveniva da una lunga generazione di dottori, il nonno aveva gestito un ospedale da campo in Francia durante la guerra e la nonna era stata infermiera. Sia lui sia Gabrielle erano figli unici e i genitori erano morti relativamente giovani. Arthur era stato per lei una sorta di sostituto paterno, Gabrielle ne era consapevole, soprattutto perché quando aveva perso il padre era ancora piccola. Per questo il tradimento con Sasha l'aveva ferita ancora di più. L'ex era a caccia della gioventù perduta, terrorizzato com'era dalla vecchiaia. Anche se saperlo non le dava alcun conforto.

«Ho deciso di non lasciarmi piegare dalla valanga che mi è caduta sulla testa proprio quando le nostre figlie si preparavano a lasciare il nido. Ero distrutta, ma alla fine ce l'ho fatta! Adesso mi rattristo per lui, legato a settant'anni a quella donna e con un bambino piccolissimo.»

«Non voglio ridurmi in quel modo», rispose Alaistair. «Ho perso il treno, ma me ne sono fatto una ragione. Le relazioni sbagliate, le donne votate alla carriera... Mi sono sempre piaciute quelle indipendenti, forti, ma attualmente, e comunque negli ultimi decenni, la maggior parte non desidera figli. Io suppongo di essere stato troppo pigro da questo punto di vista, rimanendomene fermo dov'ero, invece di cercare una compagna con cui metter su famiglia. Il tempo passa più in fretta di quanto non ci si aspetti e ora è arrivato questo... Tecnicamente posso ancora procreare, ma anche se riuscissi a sconfiggere la malattia, non sarebbe giusto mettere al mondo una vita. Se avessi una ricaduta, se le cose andassero storte, non mi va l'idea di lasciare un'eventuale moglie con la responsabilità e il peso di crescere da sola nostro figlio.»

Alaistair era un uomo con un forte senso della rettitudine, una qualità che Gabrielle apprezzava molto. Era rimasta sconvolta quando aveva scoperto che Arthur ne era assolutamente privo. Al primo posto c'erano sempre le sue necessità, e poco importava il dolore che avrebbe potuto infliggere agli altri, persino alle figlie. La delusione era stata grande, ma adesso Gabrielle e le ragazze lo conoscevano per quello che era e loro non lo ammiravano di certo per aver abbandonato la madre ancora giovane per soddisfare il proprio egoismo. Perché fare una scelta così estrema e sposare una donna più giovane di lui di più di quarant'anni?

Tutto gravitava intorno al suo ego e alla ricerca della giovinezza. La grossolanità della nuova moglie era fonte di imbarazzo per le figlie. Indipendentemente da quanto costosi fossero gli abiti che indossava – alcuni di alta sartoria – risultava sempre volgare. Georgie aveva addirittura affermato senza peli sulla lingua che le pareva una prostituta, e non si sbagliava. La decisione di Arthur era stato un colpo terribile per Gabrielle, e le ragazze avevano riversato su di lei tutta la loro devozione. Ma erano spesso assenti e la madre si era ormai rassegnata all'idea di dover imparare a vivere senza di loro, ad accettare quella regola scritta con l'inchiostro invisibile da qualche parte nel Libro della Maternità: «Non aggrapparti ai figli, perché al momento giusto, dovrai lasciarli liberi di volare». Ci stava provando, ma era difficile. Niente avrebbe potuto mai prendere il posto dei preziosi anni trascorsi con loro, quando stavano crescendo ed erano ancora a casa. Tentò di spiegarlo ad Alaistair e si sorprese, e si commosse, nel rendersi conto che la capiva nonostante non avesse figli.

«Ho sempre pensato che, per un genitore, questa doveva essere la parte più difficile. Lasciarli andare. Non so se ne sarei stato all'altezza. Da ragazzino ho vissuto per anni in un collegio e avevo sempre in mente il volto di mia madre quando tornavo a Eton, dopo le vacanze. Sembrava che qualcuno le stesse strappando il cuore dal petto. Per tenersi impegnata, lavorava nell'ufficio di mio padre e si occupava di beneficenza. Avrebbe preferito tenermi a casa, impazzire alle mie marachelle, accettare il fatto che potessi prendere di nascosto la macchina di papà a ogni occasione dopo i quindici anni. Ero follemente innamorato di una ragazza del paese accanto», raccontò Alaistair con un sorriso.

Gabrielle scoppiò a ridere. «Non vivevi a Londra?»

«Sì, ma avevamo una casa in campagna che i miei adoravano. Ci trascorrevamo i fine settimana e le estati. Nel Sussex. Alla loro morte l'ho venduta. Troppo grande per me da solo. Non aveva senso tenerla. Ero uno studente di medicina e il denaro mi serviva. Ho tenuto la dépendance e un fazzoletto di terra. Ai tempi, si costruivano case in grado di riunire l'intera famiglia e quegli annessi avevano lo scopo di ospitare una madre o una suocera vedove.

«La residenza era molto grande, un posto pieno di spifferi, con un atrio immenso. Fu acquistata da mio nonno e mi piaceva moltissimo abitarci. I miei genitori non l'avrebbero mai lasciata, tuttavia i tempi sono cambiati. Mi sarei sentito perso ad abitare lì, ma ho provato anche un grande senso di colpa quando l'ho venduta. La dépendance invece è ottima per le mie esigenze. Ci passo quasi ogni fine settimana e gioco a fare il gentiluomo di campagna. Ultimamente, da quando sto poco bene, non ci vado più tanto spesso. Però mi piacerebbe fartela vedere, una di queste volte. Magari quando verrai Londra per la fiera, se avrai tempo. È un posto pieno di charme, te lo garantisco.»

Era splendido sapere che Alaistair aveva radici famigliari così profonde e amate. Era un vero inglese, proveniente da una famiglia di nobili origini con tanto di possedimenti terrieri, albero genealogico e tradizioni.

Non potevano esibire un titolo, ma erano aristocratici per linea di sangue, aveva aggiunto lui con un certo imbarazzo. «Sì, temo di essere il tipico inglese, mi rincresce», commentò con modestia, quasi a volersi scusare. Vedeva tutto con le lenti dell'umorismo e questo rendeva più tollerabili anche gli eventi più difficili. Anche i genitori di Gabrielle avevano tradizioni e origini non dissimili da quelle di Alaistair. Arthur, invece, si era fatto da sé e non provava lo stesso rispetto per la storia di famiglia, per i suoi genitori, particolari che reputava di poca importanza. Ed era sempre stata questa una delle grandi differenze tra loro.

«Avevamo una casa estiva a Long Island. Anch'io da bambina la adoravo, ma ho fatto come te e l'ho venduta. Ad Arthur non piaceva. Voleva qualcosa di più grande, di più alla moda, e così ha preso un ranch nel Connecticut che ha tenuto dopo il divorzio. Ho sempre portato nel cuore la casa di Long Island e mi pento di non averla tenuta. Aveva bisogno di qualche ristrutturazione, ma il mio ex marito si è rifiutato di occuparsene. Gli piacevano le cose nuove di zecca, non quelle con la patina degli anni e della storia. Ecco com'è finito con quella moglie bambina dai gusti pacchiani, invece di restare con me che invecchiavo», disse con un sorriso. Il suo era un modo di vedere la situazione. «All'inizio è stato un duro colpo, ma adesso lo compiango nel saperlo intrappolato con quella donna.»

«Per mia immensa fortuna», si affrettò a commentare Alaistair, abbracciandola, «tu non sei 'vecchia', Gabbie.

Sei nel fiore degli anni.» Tra un po' ne avrebbe compiuti quarantasei. Lui era maggiore di tre.

«Ho un buon parrucchiere», disse lei, modesta. Alaistair rise.

«Non è questo. Odio l'ossessione per la gioventù che imperversa di questi tempi. Il mio incubo peggiore sarebbe di far coppia con una ventenne. Il tuo ex marito è stato uno stupido. Mi piacerebbe avere dei figli, ma detesterei l'idea di frequentare una loro coetanea. Un giorno o l'altro, si pentirà di questo suo colpo di testa.»

«Prima o poi, quella prenderà i soldi e se ne andrà. Tipe come quelle non rimangono per sempre. E il mondo è pieno di uomini ricchi. Ne troverà un altro e ricomincerà di nuovo. O magari lo farà quando lui inizierà a mostrare i primi segni di decadimento. Per adesso è ancora attivo e giovanile per la sua età, che resta, comunque, quella che è. Vederli in coppia è uno spettacolo ridicolo», commentò Gabrielle obiettiva e senza la minima amarezza. Più che altro si era sempre sentita ferita e adesso Alaistair stava guarendo quella cicatrice con il modo in cui la guardava, con le cose che le diceva, nella maniera in cui facevano l'amore.

Era il primo uomo con il quale intrecciava una relazione da dopo il divorzio. Si era concessa qualche cena, ma nessuno l'aveva colpita come lui, finora. Nel dare e nell'avere della vita, si trovava sempre un intoppo. Un attimo prima si aveva tutto, o quasi, e poi ci si rendeva conto che mancava qualcosa... Come la buona salute che Alaistair avrebbe dovuto avere alla sua età. Tutto stava nel capire con cosa si poteva vivere e a cosa si poteva rinunciare. Per quanto riguardava lui, se fossero stati insieme e fosse vissuto abbastanza, Gabrielle avrebbe dovuto accettare un futuro incerto, con una spada che pendeva sulle loro teste. Stava ancora tentando di abituarsi all'idea. Far coppia con Alaistair, tuttavia, era facile e immensamente piacevole. Ogni cosa le pareva così calda, confortevole e divertente quando erano insieme.

Difficile credere che questa era solo la seconda volta che si vedevano. Aveva l'idea di conoscerlo da sempre.

Quella mattina, sui giornali, avevano notato un trafiletto sul ministro caduto in disgrazia. Il processo, che lo vedeva imputato per l'omicidio colposo dell'amante clandestino nonché ricattatore, sarebbe iniziato a gennaio. L'atto criminale era stato aggravato dalla sua fuga dalla scena del delitto.

«Deve essere una situazione terribile per i suoi», commentò Gabrielle, quando lui, a colazione, le fece vedere l'articolo. La notte dei fatti erano entrambi ospiti dell'albergo. Il giornale riportava una foto della moglie del ministro mentre, cupa e austera, tentava di nascondere il volto al reporter. Il pezzo aggiungeva che la coppia aveva due figli.

«Riesci a immaginare la vergogna?» chiese Alaistair, compassionevole. «Guarda questa poveretta. Perché la stampa le deve stare dietro quando a fare tutto questo casino è stato il marito?» L'articolo riportava anche una foto di Sergej tratta dal suo book, passato al giornale dall'agenzia per cui lavorava. Giovane, bellissimo, biondo aveva un viso dai lineamenti delicati. Il pezzo faceva riferimento al suo passato di ballerino trasferitosi dalla

Russia in Francia e poi rimasto per lavorare in tutt'altro settore. Nel vederlo, Gabrielle lo paragonò a Sasha, con quei suoi zigomi alti tipici degli slavi, sebbene lui fosse molto più avvenente.

«La gente arriva a fare cose orribili, non trovi? E a commettere errori altrettanto madornali. Pensa a tutto quello che quell'uomo ha rischiato. Tra un anno avrebbe potuto vincere le elezioni presidenziali e, invece, si è incontrato furtivamente nella stanza di un albergo con quel farabutto, mentendo e trascinando nella rovina chi lo amava davvero. Non vorrei ritrovarmi un simile peso sulla coscienza. Deve sentirsi un perfetto idiota, adesso, e ha tutti i motivi per pensarlo. Spesso, è a noi stessi che facciamo più male», fu il commento serio di Alaistair. Una cosa era certa: la carriera del ministro dell'Interno era andata in fumo e, molto probabilmente, lui sarebbe finito dietro le sbarre.

La coppia trascorse il resto della giornata dedicandosi ad attività piacevoli e la concluse con una cena deliziosa nel bistrot di uno chef famoso. Rientrarono in albergo sfiniti dalla stanchezza e con Gabrielle in preda ai rimorsi per averlo fatto scarpinare tanto, sebbene il compagno ne fosse entusiasta. Se la sarebbero presa con più calma il giorno seguente, alla vigilia del trattamento. All'apparenza, Alaistair sembrava reagire bene, considerate le sue condizioni e la terapia.

Andarono a letto verso la mezzanotte e poi, dopo aver fatto l'amore, Gabrielle si abbandonò tra le sue braccia con un sospiro di felicità e piombando subito nel sonno. Dormivano profondamente quando, due ore dopo, il telefono squillò. Gabrielle fu scossa da un brivido di terrore al pensiero che si potesse trattare di una delle figlie, che la sapevano a Parigi per il fine settimana e che probabilmente pensavano dovesse vedere un cliente o esaminare un quadro da acquistare per conto terzi. Gabrielle afferrò il telefono aspettandosi di sentire una di loro ma non riconobbe la voce. Nel frattempo, anche Alaistair si era svegliato, abituato com'era alle chiamate d'emergenza dei pazienti. Prima di partire, aveva lasciato il numero dell'hotel al sostituto.

A chiamare era uno dei receptionist del turno di notte.

«Signora Gates», disse svelto in inglese, «mi rincresce, ma è necessario sgombrare subito la stanza. Potrebbe esserci una bomba nell'albergo. Non perda tempo a vestirsi. Dobbiamo chiederle di uscire il più rapidamente possibile. Nella hall le saranno date tutte le indicazioni.» Mentre l'impiegato stava ancora parlando, qualcuno bussò pesantemente alla porta. Terrorizzata, Gabrielle riattaccò e guardò Alaistair.

«Che succede?» chiese lui.

Gabrielle gettò le coperte da un lato. Erano nudi entrambi. «Dobbiamo vestirci in fretta. C'è un allarme bomba.» Alaistair si precipitò alla porta mentre lei recuperò da terra la camicia da notte e afferrò l'accappatoio di spugna su una sedia. Un addetto alla sicurezza stava informando Alaistair della necessità di evacuare la stanza. Rapido, indossò i jeans che aveva gettato sul pavimento quando erano andati a letto poche ore prima.

«Non ci si annoia mai in questo posto», commentò mentre infilava le scarpe senza calze e lei afferrava le ballerine Chanel indossate quella sera. «L'ultima volta un omicidio e un attacco di cuore, e adesso questo.»

Quando, qualche minuto dopo, Alaistair aprì la porta della suite, altri ospiti sciamavano già lungo il corridoio.

Erano tutti confusi, tramortiti dal sonno, chi in abbigliamento da notte, chi con l'accappatoio dell'albergo o con i vestiti indossati durante la giornata. Un gruppo eterogeneo che poliziotti e personale indirizzavano verso le scale, poi attraverso la lobby e, infine, in strada, portando tutti a due isolati di distanza dall'hotel. Ovunque si vedevano agenti di pubblica sicurezza, squadre speciali e persino l'unità cinofila degli artificieri.

Uscendo dall'albergo, Gabrielle e Alaistair videro arrivare Olivier Bateau. Anche lui pareva essersi vestito in tutta fretta. Viveva nei paraggi. La vicedirettrice, Yvonne Philippe, già sul posto, si dava da fare a rassicurare gli ospiti che arrivavano nella hall spaventati e disorientati. Dal bar, appena sgombrato, uscirono clienti alticci che si unirono agli altri già in cammino lungo rue du Faubourg Saint-Honoré. Solo allora Gabrielle e Alaistair si resero conto che non era stato solo l'albergo a essere evacuato, ma anche tutti gli edifici sulla via, comprese le ambasciate inglese e americana i cui impiegati e personale diplomatico nel frattempo erano stati fatti salire su autobus blindati per essere spostati altrove. Un drappello di marines rimase di guardia all'ambasciata americana insieme ad alcuni gendarmi francesi. Anche quella britannica era presidiata. La minaccia doveva essere molto seria.

«Accidenti!» commentò Gabrielle mentre, la mano

intrecciata a quella di Alaistair, affrettava il passo. Prima di uscire aveva preso la borsa e lui infilato il portafogli e il passaporto in una tasca dei jeans. Si rassicurarono nel vedere che le forze dell'ordine avevano preso in mano la situazione. Nel frattempo, un ennesimo blindato scaricò altri agenti dei corpi speciali. La strada, in quella notte fredda, brulicava di gente. Gabrielle notò il compagno tremare e si preoccupò che non fosse coperto abbastanza. Aveva avuto il tempo di indossare solo una felpa e un paio di jeans.

«Stai bene?» chiese, agitata.

Lui sorrise. «Il trattamento ha un po' compromesso il mio termostato personale, ma è tutto okay.» Gabrielle gli avrebbe volentieri offerto l'accappatoio, ma sarebbe rimasta solo in camicia da notte trasparente. Proprio in quel momento, furono avvicinati da un poliziotto che distribuiva coperte e lei ne prese una per Alaistair e un'altra in caso la temperatura fosse scesa ancora. La chiesa della Madeleine, in fondo alla strada, era aperta a chiunque volesse cercarvi riparo, ma loro preferirono rimanere sulla rue Royale. Tra la folla intanto correvano voci di ogni tipo e congetture varie. Nessuno però sapeva nulla. Un'ora dopo, Yvonne Philippe apparve in mezzo alla calca cercando di riconoscere qualche ospite dell'albergo per rassicurarlo. Vide Alaistair e Gabrielle e li raggiunse. Presto sarebbero potuti ritornare nella loro suite, disse, scusandosi per l'inconveniente.

«Dovrebbe essere lei la direttrice», commentò Alaistair quando se ne fu andata. «È sempre sul pezzo, qualunque cosa accada. Pur essendo giovane, è molto efficiente, mentre quell'altro, quel Bateau, è un fascio di nervi.»

«Non è un lavoro facile, il loro», rispose lei, pur essendo d'accordo con l'opinione del compagno. «Il signor Lavalle è stato fantastico sino alla fine, ma ora purtroppo le cose sono cambiate. Il mondo è pieno di pericoli.» Mai, negli anni precedenti, l'albergo aveva vissuto momenti come quello.

La strada continuava a riempirsi di gente e in giro c'era quasi un'atmosfera festosa quando arrivò l'ennesima squadra di artificieri. La gente chiacchierava e si scambiava opinioni. L'area era stata delimitata e il traffico automobilistico bloccato. Non si volevano correre rischi. L'alba aveva appena cominciato a tingere il cielo di malva, arancio e rosa, quando i poliziotti delle unità cinofile iniziarono a girare tra la folla annunciando che tutti potevano rientrare nei propri alloggi. La bomba, un piccolo ordigno artigianale, era stata trovata e disinnescata. Non avrebbe provocato grossi danni come si era temuto inizialmente, ma si era cercato di evitare ogni rischio. Alaistair pensava, colpito, alla pronta reazione dei corpi di polizia mentre, pian piano, ritornava in albergo con la compagna.

Nella lobby era stato allestito un servizio di tè, caffè e pasticcini e anche qualche drink alcolico per chi lo richiedesse. A ricevere gli ospiti, tornati piuttosto di buon umore e felici di essere stati protetti, fu Yvonne, mentre Olivier, un po' più discosto, si torceva nervosamente le mani. Dentro e fuori dall'hotel era ancora tutto un viavai di poliziotti, agenti della gendarmeria, uomini dei corpi speciali e artificieri accompagnati dai cani. Vederli ispirava un senso di sicurezza. Molti degli ospiti, prima di ritirarsi, approfittarono della cortesia di ristoro.

«Be', non si può dire che l'esperienza sia stata noiosa», commentò Alaistair, divertito. Gabrielle scoppiò a ridere.

«Ultimamente questo albergo è diventato più eccitante di quanto non fossi abituata», gli rispose mentre bevevano una tazza di caffè che lui accompagnò con un cornetto al cioccolato. Sembravano tutti affamati ora che l'atmosfera si era alleggerita, e la clientela ancora in giro scambiava quattro chiacchiere sull'accaduto. Gli ascensori avevano ripreso a funzionare, e a tutti sembrava di aver vissuto una grande avventura. Anche il personale delle ambasciate aveva fatto ritorno, a bordo dello stesso autobus con il quale era stato evacuato.

Nel giro di qualche minuto, però, gli ospiti cominciarono uno dopo l'altro a ritornare nella lobby con aria smarrita. Le chiavi elettroniche non funzionavano e le porte delle stanze rimanevano chiuse. Doveva esserci stato un blocco del sistema quando era scattato l'allarme. Fattorini, staff amministrativo, agenti della sicurezza e tutto il personale a disposizione ebbero un gran da fare ad andare di porta in porta per aprirle manualmente, sotto lo sguardo stanco e per nulla divertito della clientela.

A recarsi al terzo piano fu Yvonne in persona che aprì la suite di Alaistair e Gabrielle profondendosi in mille scuse. Olivier era salito al sesto, occupato interamente da membri della famiglia reale saudita. Il sistema di chiusura delle stanze sarebbe dovuto essere resettato.

Alaistair sorrise a Gabrielle quando finalmente tornarono nella suite.

«Cosa succederà adesso?»

«Nient'altro, spero», replicò Gabrielle. Tolto l'accappatoio, si infilò tra le lenzuola imitata dal compagno. Non si sarebbe potuto chiudere le porte a chiave sino a quando il guasto non fosse stato riparato. «Non svegliarmi, se l'hotel prende fuoco. Sono troppo stanca per alzarmi di nuovo», aggiunse lei prima di rannicchiarsi accanto ad Alaistair e addormentarsi.

Alle sette e mezzo del mattino, risistemata la lobby, Olivier entrò nel suo ufficio accompagnato da Yvonne.

«Gesù, non si finisce mai, vero?» sbuffò. Aveva i nervi a fior di pelle, mentre la vicedirettrice sembrava calma e controllata. «C'è sempre qualcosa che non va.» L'albergo era stato inaugurato un mese prima e già c'erano stati: un morto in una delle suite migliori, l'accusa di omicidio di uno degli uomini politici più importanti di Francia, un attacco cardiaco, emergenze mediche, guasti tecnologici a non finire, una rockstar devastatrice e adesso un allarme bomba e i clienti chiusi fuori dalle stanze. Era più di quanto Olivier non fosse preparato ad affrontare quando aveva accettato il posto. «Sono troppo vecchio per questo genere di cose.» Nonostante avesse solo quarantun anni, non aveva il controllo dei nervi che possedeva Yvonne, più giovane di lui di nove, ma che nulla pareva riuscire a scuotere. Sembrava conoscere quasi tutti i nomi degli ospiti, mentre sfilavano nella hall, li riaccoglieva con calore, come se nella notte non ci fosse stato un allarme bomba che aveva fatto evacuare l'intero isolato, ma di una semplice esercitazione antincendio. Grazie al cielo, l'ordigno era stato rinvenuto, sebbene ancora nessuno si fosse fatto avanti per rivendicare l'attentato. La polizia ipotizzava il gesto di un gruppo di estremisti o di qualche pazzo solitario. La bomba era un manufatto grezzo ed era stata disinnescata con facilità, nelle cantine dell'edificio accanto all'albergo.

«Cose del genere possono capitare», rispose calma Yvonne. «Bisogna pensare in fretta e fingere di non avere paura», aggiunse sorridendo.

«Fingere di non avere paura? Io me la sono fatta addosso», replicò l'altro con un sorrisetto obliquo. «E sono sicuro che più tardi gli ospiti si lamenteranno accusandoci anche per l'essere rimasti fuori dalle camere. Se però non li avessimo fatti evacuare e fosse successo qualcosa, di certo ci avrebbero accusato di negligenza.»

«Abbiamo fatto ciò che dovevamo», lo rassicurò lei. «In realtà, alcuni mi sono parsi addirittura divertiti. Grazie al cielo, è successo nel cuore della notte. Fermare il traffico è stato meno problematico e non ci siamo trovati a dover fronteggiare anche quello pedonale. Poteva andare peggio.»

«Sì, sarebbe potuto saltare in aria l'edificio o addirittura tutto il vicinato. Dovrò scrivere un rapporto ai proprietari.» La famiglia si aspettava di avere resoconti dettagliati di qualunque cosa accadesse, specialmente se si trattava di eventi particolari come quello appena successo.

«Non ci sono stati feriti e nessuno è entrato nel panico», gli ricordò Yvonne. Erano riusciti persino a procurarsi delle sedie a rotelle per portare fuori gli ospiti più anziani. Prima della riapertura dell'albergo, avevano pensato a ogni possibile emergenza ed effettuato molte esercitazioni, infatti tutto era filato liscio. «Siamo riusciti a evacuare lo stabile in tempo record.» Persino una signora di novantaquattro anni con quattro barboncini in grembo che abbaiavano come matti ai cani degli artificieri. «Direi che il nostro è stato un ottimo lavoro», concluse. Olivier le sorrise.

«Ringrazio il cielo di averti, Yvonne. Senza di te sarei perduto. Bene, per oggi ho chiuso. Credo che tornerò a casa.» E lei lo avrebbe imitato a breve, sicura della competenza del suo sostituto.

«Io resto ancora un po' per accertarmi che non ci siano emergenze mediche o qualche attacco di panico posticipato. Inoltre, dobbiamo assicurarci che il sistema di chiusura delle porte riprenda a funzionare e che nessun ospite resti chiuso in camera a causa dell'ennesimo guasto.» Olivier non ci aveva pensato. Le possibilità di andare incontro a qualche problema erano infinite e lei era sempre un passo avanti.

Mentre lui si accingeva a rincasare, lei, salda come una roccia, si propose di prepararsi una tazza di caffè con la macchinetta dell'ufficio. «Vai pure. Resto io qui.» L'albergo era tutta la sua vita e voleva cogliere l'opportunità che le si offriva, pronta a sacrificarsi pur di riuscirci. Una vita personale e un lavoro come quello non erano compatibili, a meno che non si mettessero le proprie necessità in secondo piano rispetto a quelle dell'albergo. La priorità erano gli ospiti, anche durante i giorni liberi. Yvonne lo sapeva e si adeguava senza problemi.

«Mio padre era il direttore di un ospedale a Bordeaux ed è morto a cinquantasette anni per un ictus», disse Olivier. «Credo che sia stato il suo lavoro a ucciderlo. E questo posto farà lo stesso con me, se le cose non si calmeranno», aggiunse, tristemente.

«Non si sistemeranno, te lo garantisco», rispose lei. «Lavorare in un hotel è come essere un vigile del fuoco. Devi essere preparato al peggio ventiquattr'ore su ventiquattro.» E Yvonne adorava quella sensazione, viveva e respirava tutto ciò che accadeva dentro le mura del *Louis XVI*. Olivier se ne era accorto e la invidiava per questo. Sperava tuttavia che si sbagliasse e che presto la situazione si sarebbe finalmente tranquillizzata. Finora erano soltanto stati sfortunati. «Vai a casa. Non preoccuparti. Ci sono io qui.»

Grato, Olivier lasciò l'ufficio qualche minuto dopo, ma non senza prima aver buttato giù un tranquillante. Yvonne, dal canto suo, fece un giro per assicurarsi che lo staff fosse al lavoro con l'efficienza di sempre e non stesse trascurando il proprio dovere nel post emergenza. Alla reception era già presente il suo cambio. Il giro di ispezione andò bene, a parte qualcuno che stava fumando nei corridoi della cantina, dove era assolutamente proibito farlo, e che Yvonne riprese. Quella doveva essere una giornata come tutte le altre. Non potevano permettersi il lusso di farsi prendere dal panico né di abbassare la guardia. Poi, tornata nel suo ufficio, indossò un sobrio abito blu, un paio di scarpe col tacco alto e si preparò ad affrontare la giornata. In teoria, avrebbe avuto la domenica libera, ma non aveva nessuno con cui passarla. L'albergo era il suo amante, il marito, la famiglia, il migliore amico, il figlio, il posto dove le piaceva stare più di ogni altro al mondo. Gli ospiti erano i bambini che probabilmente non avrebbe mai avuto. Tanto le bastava. Prese posto alla reception accanto al sostituto. Agli ospiti era sufficiente la sua presenza per sentirsi tranquilli. Col suo sguardo attento, teneva sotto controllo clienti e dipendenti. A portata di mano, oltre a un sacchetto di lecca-lecca che distribuiva ai bambini con il permesso dei genitori, aveva sempre anche dei biscottini per cani. Vedere le facce contente degli ospiti era per lei la più grande delle soddisfazioni e si sorprendeva sempre delle sostanziose mance che questi le lasciavano. Eppure non erano i soldi a spingerla a lavorare con zelo, ma l'amore verso l'albergo e le persone che vi alloggiavano. Non aveva parenti vicini. Il padre lavorava per una compagnia petrolifera in Arabia Saudita e la madre era morta. La sorella viveva in India e il fratello operava su una piattaforma petrolifera. Cresciuta in giro per il mondo, il *Louis XVI* era la sua casa e la sua famiglia.

Alaistair e Gabrielle si svegliarono a mezzogiorno e fecero colazione in camera chiacchierando dell'accaduto e commentando l'efficienza con la quale era stata gestita la situazione tanto dal personale dell'albergo quanto dalla polizia.

«Adoro questo hotel», disse Alaistair, un braccio a cingere la vita dell'amata. «Fanno un ottimo lavoro e hanno molta cura della clientela.» Lei annuì, chiuse gli occhi e gli si accoccolò contro. Era ancora stanca dopo le quattro e ore mezzo in strada, solo poche ore di riposo e i postumi della tensione nervosa per il pensiero di quello che sarebbe potuto accadere se l'ordigno fosse esploso. A pensarci adesso, sembrava tutto irreale, quasi come un film.

Dopo la colazione, uscirono per una breve passeggiata. Ma rientrarono presto perché aveva cominciato a cadere una pioggerellina leggera e l'albergo era il rifugio più confortevole. Gabrielle, inoltre, desiderava che Alaistair si riposasse in vista del trattamento del giorno dopo. Il resto della giornata passò tra un film alla tv e la cena in camera. Le chiavi elettroniche avevano ripreso a funzionare e pian piano gli eventi della serata precedente vennero dimenticati.

«Grazie di essere qui al mio fianco», le disse lui grato, sorridendole. Avrebbe voluto portarla fuori a mangiare, ma Gabrielle si era incaponita a restare nella suite. Fuori, la pioggia scrosciava, faceva freddo e lei desiderava che il compagno fosse nelle condizioni migliori per affrontare le cure che lo attendevano l'indomani. Terminata la cena, Alaistair apparve un po' in preda allo scoramento e alla depressione.

«Preoccupato per la terapia?» gli chiese lei con dolcezza.

«Non per il trattamento in sé», rispose lui, triste. «Non è quello il problema. Ma per il dopo. Non ho il diritto di trascinarti in tutta questa faccenda, Gabbie. Non ho grandi possibilità di vittoria, e se non ce la farò, ti costringerò a imboccare una strada che non meriti di percorrere. Guardare la persona che ami morire, perdere un affetto... Se fossi più responsabile, metterei un punto alla nostra storia qui, subito. A quanto pare però non lo sono. Non è leale nei tuoi confronti.»

«Sono una persona adulta, Alaistair. Sei stato sincero con me. La scelta di esserti accanto è mia. Non sappiamo cosa accadrà in futuro. Per il momento stai facendo una cura, e con uno dei migliori specialisti a livello internazionale. Potresti vincerla, questa battaglia. Davvero vorresti gettare tutto questo al vento pensando che potresti perderla? La vita è complicata. L'amore è complicato. Non esistono garanzie. Domani potrei essere investita da un camion, ammalarmi io stessa. Ma con un po' di speranza, saremo in grado di gettarci tutto questo alle spalle. Devi lottare per guarire. E io desidero starti accanto qualunque cosa accada.» Ne era convinta. Non aveva più paura.

«Mi conosci appena. Perché prendere un rischio simile?»

«Perché ci è stata offerta un'occasione. Ci siamo trovati. È un dono e nessuno di noi può sapere cosa accadrà domani. Richard è quasi morto e tu e gli altri dottori lo avete salvato. È tornato a vivere. Non sapeva neanche di avere un problema, mentre adesso insieme a Judythe avrà un futuro. Non sono disposta a rinunciare né a evitare i pericoli. Nella vita accadono cose stupefacenti, nel bene e nel male. E questa è la mano di carte che dobbiamo giocarci adesso. Lo voglio fare consapevolmente. Ci ho pensato a lungo prima di salire su quell'aereo per raggiungerti. Non sono qui per caso, non sono arrivata con gli occhi bendati o perché non avevo nient'altro da fare. Sono qui perché l'ho deciso, l'ho scelto. Tu sei un miracolo nella mia vita. Un anno fa, credevo di non avere più nessun motivo per andare avanti. Invece adesso sto ripartendo. Non scapperò da tutto questo, o da te, solo perché è complicato. Se non ci trovassimo davanti a questa situazione forse ne dovremmo affrontare una diversa. Ormai ci sono dentro. Ed è inutile che cerchi di spaventarmi per allontanarmi da te. Se le cose andranno male, potremo sempre dire di avere avuto l'opportunità di vivere ciò che stiamo vivendo ora. Non getterò la spugna. Insieme alle mie figlie, sei la cosa migliore che mi sia mai capitata.» Alaistair sorrise di nuovo. Gabrielle aveva usato le parole giuste, gli aveva parlato con il cuore in mano, lo aveva liberato del sentimento di colpa provato fino a quel momento.

«E se dovessi scoprire che sono una persona schifosa? Ancora non mi conosci.»

«Ti conosco abbastanza. E se dovessi scoprire che sei una persona schifosa, stai pure tranquillo che mi presenterò con un toy boy ventiduenne per spiattellarti in faccia che razza d'idiota sei. Che te ne pare? Non ti lascerò mai, Alaistair, qualunque cosa tu possa dire. E adesso smetti di parlare e finisci la cena così potremo andare a letto a fare l'amore. O dovremmo rinunciarci prima del trattamento di domani?» chiese Gabrielle, preoccupata. Lui fece di no con la testa.

«Non mi è mai stato detto nulla in merito. Siamo in

Francia, dopotutto. Credo che possiamo farlo ogni volta che vogliamo», le rispose sorridendo.

«Bene.» La risata di Gabrielle si trasformò subito in un sorriso malizioso. Gli sedette in grembo e, poco dopo, finirono a letto. Alaistair si sentiva ancora un po' in colpa per averla trascinata in quella battaglia, ma sapeva anche di essere fortunato. Lei era lì. Era una donna coraggiosa e lui l'amava.

Un'ora dopo, mentre Alaistair e Gabrielle si addormentavano abbracciati, in pace, appagati e grati per essersi trovati chissà come nel mezzo delle rispettive battaglie per la sopravvivenza, Yvonne si apprestava a lasciare l'albergo per tornare a casa dopo venti ore ininterrotte di lavoro. Indossò il cappotto e, dopo aver timbrato il cartellino, uscì dalla porta di servizio.

La giornata era stata splendida, come si aspettava che fosse, con l'albergo pieno di ospiti, dopo un allarme bomba, in una domenica che avrebbe dovuto essere tranquilla e che non lo era mai davvero. Il bassotto della baronessa tedesca aveva ingoiato un osso di pollo ed era stato accompagnato con urgenza da un veterinario, era arrivata un'ambulanza quando una bambina aveva avuto difficoltà respiratorie per un'imprevista allergia ai frutti di mare. Il figlio diciottenne di un principe saudita aveva avuto un incidente con la Ferrari ed era stato necessario chiamare un medico per fargli controllare una ferita su un braccio. Tre televisori avevano smesso di funzionare ed erano stati sostituiti. Lo chef aveva minacciato un sous chef con un coltello. Una bimba di sei anni di Cleveland aveva perso la sua bambola preferita e Yvonne e la madre avevano passato in rassegna cinque furgoncini carichi della biancheria sporca dell'albergo prima di ritrovarla – un gesto che le era valso una mancia di trecento dollari. Non era per i soldi però che Yvonne si era prodigata. Non aveva neanche il tempo di spenderli.

Sì, era stata una giornata positiva, pensò mentre si incamminava lungo la strada di casa, triste al pensiero di lasciare l'hotel per la notte. Sarebbe potuto accadere qualcosa, uno degli ospiti avrebbe potuto avere bisogno di lei. Se così fosse stato, qualcuno l'avrebbe chiamata e sarebbe tornata. Non aveva nessun altro posto dove desiderava stare. Solo lì si sentiva felice, utile e al sicuro. Qualunque cosa accadesse, sapeva di poterla affrontare con pazienza, amore, acume e coraggio. Che altro c'era nella vita? Nulla le importava di più del *Louis XVI* e dei suoi ospiti.

10

Arrivò lunedì. Alaistair e Gabrielle si alzarono alle sette. Per sicurezza, oltre alla sveglia, lei aveva chiesto alla reception di chiamarli, ma essendosi ridestata prima, ne approfittò per anticipare la doccia. Poi, scrollò delicatamente per una spalla il compagno che, vedendola, le sorrise.

«Ci sono», le disse, sonnolento.

«Ah, stavi fingendo di russare, dunque», scherzò Gabrielle. «Recitazione davvero convincente. Sei un attore sopraffino.» Alaistair si alzò e lei ordinò una colazione leggera, sebbene si sentisse troppo nervosa per mangiare e lui potesse solo spizzicare qualcosina prima del trattamento.

La sera prima si erano accordati che Alaistair sarebbe andato da solo e l'avrebbe chiamata nel pomeriggio, terminata la cura. Si sarebbe dovuto trattenere parecchie ore, dopo la somministrazione dei farmaci, per accertare che non si verificassero effetti collaterali indesiderati. La volta precedente non era successo niente, ma la situazione poteva sempre cambiare. Il professore voleva tenerlo sotto controllo e, se necessario, farlo pernottare in ospedale. Era il soggetto di una ricerca, ma non il primo paziente a essere stato sottoposto a quel tipo di protocollo per la stessa malattia. Seppur rara, il professore si era già occupato di numerosi casi in tutta Europa e lo aveva fatto con la passione che lo contraddistingueva nel suo lavoro.

Dopo aver abbracciato Gabrielle e averle assicurato che sarebbe andato tutto bene, alle otto e mezzo Alaistair lasciò la camera. Anche lui sperava che non ci sarebbero stati problemi, ma soprattutto non voleva mostrarsi ansioso per evitare di agitarla. Gabrielle lo salutò con tranquillità, raccomandandogli di fare il bravo ragazzo a scuola e di comportarsi bene con i compagni, ma nell'istante in cui rimase da sola, andò a sedersi nel salotto della suite, lo sguardo perso nel vuoto e il pensiero rivolto a lui.

Concentrarsi sul lavoro fu difficile. Tra una scartoffia e l'altra, seguitava a guardare l'orologio e, quando le lancette segnarono le quattro, si scoprì impaziente di ricevere una telefonata. Alle cinque, era in preda alla preoccupazione più nera, ma evitò di chiamarlo, nel caso Alaistair stesse ancora ricevendo i farmaci o non si sentisse bene. Non sapeva cosa aspettarsi. Stava giusto cercando di tenere a bada il panico, quando, una decina di minuti dopo, la porta si aprì e lui entrò. Sembrava stanco, come se si fosse appena lasciato una dura giornata di lavoro alle spalle. Nel vederla però s'illuminò.

«Perché non ti sei fatto sentire? Stavo venendo a prenderti.»

«Il professore mi ha dato uno strappo. Andiamo piuttosto d'accordo, ma sebbene abbia la reputazione di essere un tipo taciturno e poco socievole, credo che apprezzi il fatto che siamo colleghi. Mi ha lasciato proprio davanti all'albergo. Essendo al momento il suo unico paziente, ho ricevuto un'attenzione speciale.» Si accomodò su una poltrona di fronte a lei, sfinito. Non c'era da stupirsi. I farmaci che miravano a uccidere le cellule cancerose erano molto potenti, sebbene sembrasse sopportarli bene. «Com'è andata la giornata?» le chiese spinto dal desiderio di normalità e di sapere qualsiasi cosa la compagna avesse fatto.

«Ti ho pensato e ho sbrigato qualche faccenda di lavoro. E tu cosa mi dici?»

«È andato tutto sorprendentemente bene. Il professore è compiaciuto, ma questo è solo il secondo trattamento con le armi pesanti; poi me ne aspetta uno a metà mese a Londra con il cocktail di farmaci dimezzato.» Una sessione più leggera ma necessaria. «Per un po' non sapremo niente con certezza. È convinto però che tu abbia un'influenza positiva sulla cura. Lo spirito è molto importante, in queste cose. Se riesci a guarire quello, spesso anche la malattia svanisce o entra in remissione per un po'. E al momento il nostro obiettivo è proprio quello, la remissione, non la guarigione. Quella potrebbe arrivare in seguito, con i nuovi sviluppi del settore. E ti confesso che la remissione per me è altrettanto importante. Ho deciso di fare un passo dopo l'altro.» Alaistair sospirò.

«Anch'io.» Gabrielle si alzò per baciarlo. «Vuoi qualcosa da bere? Un tè, un succo di frutta, dell'acqua?»

«Un bel bicchierone di qualcosa che sia rinfrescante mi farebbe molto piacere. Sto morendo di sete. Non ho potuto bere per tutta la giornata. Di fame, invece, non ne ho.»

«Ho bevuto una limonata buonissima, questo pomeriggio», suggerì Gabrielle. Lui annuì, grato.

«Perfetto.» Qualche minuto dopo, l'ordine arrivò insieme a un piatto di sottili biscotti al burro che Alaistair accompagnò alla bevanda. «Ti dispiace se dormo un po'? Domani andrà meglio.» Nel rimboccargli le coperte, Gabrielle notò il cerotto sulla puntura da perfusione ma tacque. Alaistair cadde subito in un sonno profondo e andò avanti fino a mezzanotte con lei che lo controllava di continuo e senza mai smettere di pensare al destino al quale era andata volontariamente incontro. Non aveva rimpianti ed era felice di essere partita per Parigi.

Quando si svegliò, Alaistair disse di avere fame. Gabrielle ordinò uova sode e pane tostato, le uniche cose che lui disse che si sentiva di mangiare, e dopo aver divorato tutto, ritornò a dormire per riaprire gli occhi il mattino seguente verso le otto. Aveva riposato quattordici ore, un sonno ristoratore e indispensabile. Dopo colazione, alla quale si dedicò come se nulla fosse accaduto il giorno prima, Alaistair propose una passeggiata. Andarono sul Lungosenna, in riva del quale si fermarono sotto un albero per ripararsi dalla pioggia.

«Grazie per tutto quello che fai per me», le disse, col

cuore in mano. «È difficile chiedere a qualcuno di starti accanto in situazioni come la mia.»

«Non me lo hai chiesto tu. Sono stata io a propormi», gli ricordò lei.

«Grazie.» Era l'ultimo giorno che avrebbero trascorso insieme. Il mattino seguente sarebbero partiti per destinazioni diverse. Si sarebbero però rivisti dopo una quindicina di giorni, a Londra, dove Gabrielle aveva degli impegni alla Frieze Art Fair. E proprio in quel periodo, lui avrebbe avuto la sessione di metà mese della terapia, meno dura rispetto a quella parigina, che avrebbe affrontato nuovamente di lì a un mese. In segreto, Gabrielle aveva iniziato a riorganizzare in maniera diversa la sua agenda in modo da potergli stare accanto il mese seguente a Parigi. Dopo il trattamento e la partecipazione alla fiera, sarebbero andati nel Sussex, nella casa di campagna di lui. Lei lo aveva invitato anche a partecipare a numerosi eventi dell'esposizione, e Alaistair si era detto impaziente di accompagnarla, come lo era lei di vedere il cottage.

Perché Alaistair non si stancasse troppo dopo le fatiche del giorno prima, la coppia prese un taxi per rientrare in albergo, dove lui si concesse un sonnellino, insistendo però poi per portarla a cena in un noto ristorante dove mangiarono benissimo. Al termine della serata, Alaistair sembrava essere tornato in una discreta forma dimostrando di aver smaltito rapidamente i postumi della cura. Ma era un uomo dalla forte tempra, che non si lamentava mai e affrontava la situazione con grande coraggio.

«Sono un medico», le disse quando Gabrielle glielo fece notare. «So come vanno queste cose e insisto perché gli altri le mettano in pratica. Non posso certo mettermi a piagnucolare.»

«Puoi farlo eccome. Puoi fare tutto quello che vuoi.»

«Senza contare che devo essere in forma per i miei pazienti. Sono stato molto fortunato ad aver trovato un valido sostituto che mi permette di venire a Parigi per le cure, di fare il trattamento di metà mese, ed è disponibile tutte le volte in cui ho bisogno della sua presenza. È una persona splendida, un sopravvissuto al cancro, ecco perché è così comprensivo. Ha una stupenda moglie giamaicana e quattro figli deliziosi. Lui è uno dei fortunati. Sono passati ormai dieci anni dalla malattia. Sai cos'ha fatto prima di operarsi? Ha congelato lo sperma... Scusa se ti racconto questi particolari. Sua moglie non lo ha mollato mai un istante. Proprio come stai facendo tu. Il matrimonio aveva creato un certo scompiglio nella sua famiglia. Il padre è membro della Camera dei Lord, è un aristocratico, un conte. Il che fa del mio sostituto un visconte, titolo che però non usa mai. Lui e la moglie sono una coppia fantastica e con la loro tenacia sono riusciti a riunire la famiglia anche se per un po' hanno passato tempi molto duri, tra i genitori di lui e la malattia. Non chiedermi quale delle due cose sia peggio, perché non saprei risponderti. Almeno noi quel problema non ce lo abbiamo.» Alaistair sorrise. «Hai intenzione di parlare di noi alle tue figlie?» chiese poi cogliendola alla sprovvista. Gabrielle aveva riflettuto sulla questione, ma le era parso troppo presto. C'erano già sufficienti gatte da pelare per colpa del loro padre e della sposina russa.

«Prima o poi lo farò, ma non adesso.»

«Mi piacerebbe conoscerle quando pensi che sarà il momento giusto.»

«Ti adoreranno, ne sono certa, ma non voglio che pensino che io abbia intenzione di sparire e di lasciarle sole. È vero che non ci vediamo un granché, ma sanno sempre dove trovarmi. I figli, a qualunque età, non pensano mai che i genitori possano avere una vita indipendente.»

Di nuovo Alaistair sorrise. «Lo capisco. Mi giravano sempre le scatole quando i miei facevano progetti che interferivano con quelli che mi ero messo in testa io o facevano una vacanza senza portarmi con loro. Lo ritenevo la massima espressione di egoismo.» Scoppiò in una risata. «Sono convinto che si apprezzino davvero i genitori soltanto quando non ci sono più.» Gabrielle annuì.

«Io non l'ho fatto, fino a quando non ho avuto figli miei. Ma è sempre troppo tardi.»

Tornarono in albergo dopo una serata tranquilla. Gabrielle, che aveva già preparato la valigia, aiutò il compagno con la sua. A letto, fecero di nuovo l'amore.

Il mattino seguente, Alaistair, che aveva disdetto la sua camera già il secondo giorno per trasferirsi nella suite di Gabrielle, si incaponì a volerla pagare di tasca sua. L'invito a raggiungerlo non era forse partito da lui? La suite, però, era molto costosa, e così alla fine fu lei a vincere la discussione. Se si fossero rivisti per la terapia successiva, decisero, a regolare il conto sarebbe stato lui. Durante il soggiorno a Londra, si erano già accordati che Gabrielle avrebbe alloggiato nel suo appartamento.

Alaistair era un uomo generoso e durante l'intera permanenza a Parigi non le aveva fatto spendere un centesimo.

Partì prima della compagna, a bordo dell'Eurostar, per arrivare in tempo in ambulatorio. Si sentiva in grado di farlo, le aveva detto, sebbene lei avesse avuto l'impressione che fosse ancora un po' provato. La sera prima, il professore aveva chiamato per accertarsi delle sue condizioni e si era detto più che soddisfatto dalle notizie ricevute.

Separarsi era stato difficile. Gabrielle non riusciva più a stare lontana da lui, e si sentì perduta nel vederlo andar via. Alaistair la chiamò per rassicurarla di essere salito sul treno e, dopo pochi minuti, anche lei lasciò l'albergo per andare in aeroporto e rientrare a New York. Erano stati cinque splendidi giorni e si erano trattenuti più del previsto, grazie anche alla collaborazione del sostituto londinese di Alaistair che, con sei bocche da sfamare, non si tirava mai indietro quando c'era da guadagnare qualche extra. Poteva anche avere un titolo, ma i soldi erano sempre pochi e l'accordo conveniva a entrambe le parti. Gabrielle aveva l'impressione di conoscere l'amato da una vita, era come se si frequentassero da un'infinità di tempo. La malattia di lui rendeva tutto molto più intenso, con quelle cure sperimentali e l'incertezza dei risultati. Le pareva quasi di essersi lanciata nel vuoto insieme al compagno e di non riuscire ancora a vedere la terra sotto di loro o anche soltanto ad avere un'idea del punto d'atterraggio. Era una sensazione strana, ma per il resto andava tutto benissimo.

Gabrielle dormì per buona parte del volo e atterrò a

New York alle due del pomeriggio, ora locale. Superata la dogana, rientrò a casa, dove alle quattro, subito dopo aver varcato la soglia, la chiamò Veronica da Los Angeles.

«Allora? Come è andata a Parigi?» La mente della madre andò subito ad Alaistair. Gli aveva telefonato dal taxi per dirgli di essere giunta a destinazione mentre lui era appena tornato da una lunga giornata in ambulatorio e sentiva già la sua mancanza.

«È stato splendido», rispose con aria sognante alla domanda della figlia che non sospettava nulla né aveva motivo di farlo. «E con un pizzico di brivido. C'è stato un allarme bomba e abbiamo passato quattro ore in strada nel cuore della notte!»

«Che brutta esperienza! È finita bene?»

«Sì. Hanno trovato l'ordigno nelle cantine di un edificio accanto all'hotel e l'hanno disinnescato in tempo.»

«Mamma, forse non dovresti più tornare a Parigi. È pericoloso.»

«Tesoro, può succedere ovunque, oggigiorno. La polizia è stata bravissima ed è arrivata subito.»

«Be', stai attenta. E, mamma... Sono davvero felice che tu sia a casa!»

Quella sera Gabrielle tentò di mettersi in contatto anche con Georgie, ma inutilmente. Era sempre impegnata, fuori, con amici, e non aveva l'abitudine di rispondere al telefono. Comunicavano solo tramite messaggini, mentre lei avrebbe preferito parlarle.

Verso le nove, mentre cercava di non andare a letto troppo presto per riabituarsi all'orario newyorkese, ricevette una chiamata. Era Judythe. Sembrava entusiasta ed eccitatissima.

«Volevo che fossi la prima a saperlo. Abbiamo deciso di sposarci a dicembre e vorremmo tanto che partecipassi alle nozze. Naturalmente inviteremo anche Alaistair. Era nostra intenzione aspettare la primavera, ma poi abbiamo deciso di accelerare i tempi», aggiunse con un certo imbarazzo. «In verità, ho appena scoperto di essere incinta. Deve essere successo a Parigi, quella fatidica notte. Il bimbo nascerà a giugno e io voglio salire all'altare prima che si veda», proseguì tutto d'un fiato. Gabrielle sorrise. Erano stati a un passo dal perdere ogni cosa e adesso erano colmi di ogni ricchezza: avevano l'un l'altra, un bambino in arrivo e stavano per sposarsi. Il destino li aveva ripagati delle tribolazioni passate per stare insieme. Non avrebbero potuto chiedere di più e avevano desiderato sin da sempre di mettere su famiglia. In fin dei conti, Judythe aveva già trentanove anni.

«È meraviglioso! Alaistair ne sarà felicissimo, quando lo verrà a sapere. L'ho rivisto a Parigi, da dove sono arrivata da appena qualche ora. È una notizia splendida. E sì, certo che ci sarò.»

«Non abbiamo ancora organizzato nulla, ma vi faremo sapere la data il prima possibile, non appena avrò prenotato una stanza. Desideriamo che ci siano solo pochi intimi. I nostri rispettivi matrimoni sono stati celebrati alla grande e una volta è più che sufficiente», disse Judythe ridendo. «Non ci saremmo arrivati, se Alaistair non gli avesse salvato la vita.» In tal caso le sarebbe rimasto almeno il bambino. Il destino aveva voluto però donarle entrambe le cose: Richard e il piccolo.

«Lo dirò ad Alaistair quando lo sentirò», promise Gabrielle. Riattaccò con il sorriso sulle labbra. Notizie dolci come quella risollevavano lo spirito. Una vittoria su tutti i fronti, una vera e propria benedizione. La telefonata di Judythe l'aveva resa felice, come le notizie che Richard stava alla grande anche secondo il medico di New York. L'incidente di Parigi gli aveva davvero salvato la vita.

Le due settimane di Gabrielle a New York volarono tra un cliente e l'altro, la partecipazione a un'importante asta di Sotheby's e la progettazione degli incontri con i mercanti d'arte durante il soggiorno londinese. Le parve che fosse trascorso solo un battito di ciglia, quando preparò le valigie.

Aveva programmato di arrivare a Londra la sera prima del trattamento di Alaistair di metà mese. Sarebbe stata lei a portarlo e a riprenderlo, facendo naturalmente attenzione alla guida dalla parte «sbagliata» della strada.

Ebbe così l'occasione di conoscere Geoffrey Mount Westerley, il sostituto di Alaistair, e di trovarlo subito simpaticissimo, quando passarono allo studio, in Harley Street, al ritorno dalla cura, per poi rientrare a casa a riposare.

L'appartamento di Alaistair era un loft con vista sul Tamigi. A parte la scala per salire in camera da letto, per il resto era la sistemazione perfetta per uno scapolo, tagliata su misura per lui. Alaistair dormì a lungo e, al risveglio, decise di portarla nel Sussex per il weekend. La fiera d'arte sarebbe cominciata lunedì e la prospettiva di andare con lui in campagna era molto allettante. I progetti iniziali prevedevano la gita al termine dell'esposizione, ma lui era impaziente di mostrarle la vecchia casa e si sentiva sufficientemente in forma per guidare sin lì.

Era una splendida giornata d'autunno quando giunsero a destinazione e Alaistair parcheggiò la vecchia MG verde militare davanti alla dépendance. L'edificio, di proporzioni aggraziate, splendido e con accanto un piccolo cottage per gli ospiti, rispecchiava il lusso e l'eleganza della costruzione principale che si stagliava in lontananza oltre la linea degli alberi. A dividerli, un lago popolato di cigni. La tenuta era magnifica, il simbolo di un'epoca ormai passata di raffinata eleganza e ricchezza. Nel vederla, era facile capire perché Alaistair avesse deciso di vendere la magione, quando l'aveva ereditata, da ragazzo. Era immensa e ci sarebbe voluto un esercito di domestici per gestirla, così com'era stato quando il nonno l'aveva acquistata da una nobile famiglia decaduta.

Il verde era tenuto a regola d'arte, constatò Gabrielle mentre seguiva il compagno all'interno della casa, un ambiente accogliente e intimo, con boiserie ovunque e splendidi arredi antichi presi dalla casa paterna. Il contrasto con il loft moderno in città era più che evidente. Quella dépendance era la copia in miniatura della dimora avita e aveva ospitato la bisnonna. Alaistair ci aveva aggiunto un'impronta maschile, come in una piccola stanza che era stata arredata con enormi poltrone di cuoio di fronte a un ampio camino sormontato da una mensola di marmo nero. Alle pareti, numerosi ritratti di antenati, inclusi due, splendidi, dei suoi genitori, uno nel soggiorno e l'altro all'ingresso. In quella che Alaistair aveva chiamato la sua tana, la stanzetta col camino, c'erano anche delle meravigliose stampe antiche. L'atmosfera era molto british ed elegante. Gabrielle si sentì subito a proprio agio, gli disse, lodando la bellezza della struttura e dell'arredamento.

«Sono felice che ti piaccia.» Gratificato dai complimenti, Alaistair la portò in camera per sistemare i bagagli. Il letto, grandissimo, d'epoca e in mogano, era abbellito da un imponente baldacchino con le colonne intagliate. «Non ce l'ho fatta a sbarazzarmi di tutto questo. Sono oggetti che rappresentano la mia infanzia e che i nuovi proprietari della casa padronale non volevano. Loro hanno preferito ristrutturare e modernizzare l'intera magione, ma io adoro lo stile antico perché mi è familiare.» Come lo amava lei. Il tutto era completato da grandi tappeti persiani dai colori scuri per evitare che si notasse l'eventuale sporcizia portata da fuori, imponenti mobili rivestiti di cuoio, tappezzeria di velluto verde bosco e tendaggi. Un arredo con un tocco virile che però Gabrielle gradì moltissimo. «Vengo a trascorrerci quasi tutti i fine settimana. Mia moglie odiava questo posto, mentre per me è sempre stato importantissimo. Mi infonde un senso di pace. È come tornare nel grembo materno. Mi ricorda i miei genitori, la mia infanzia, la storia della nostra famiglia.» Non era difficile per

Gabrielle rendersi conto del perché l'amasse tanto. Era una casa meravigliosa.

Pranzarono nella grande e antica cucina con le provviste portate da Londra, e dopo una lunga passeggiata intorno alla tenuta, sulla via del ritorno, si fermarono ad ammirare il laghetto con i cigni. Ovunque regnava la pace. Gabrielle si rilassò subito, cancellando con un colpo di spugna le fatiche della giornata. Quando sedettero su una panchina a osservare gli aggraziati ed eleganti uccelli bianchi scivolare sull'acqua, imitati da qualche anatra, Alaistair le cinse le spalle con un braccio.

«È passato un sacco di tempo dall'ultima volta che ho portato qualcuno qui», le disse, pacato. «Mi piace venirci da solo. O almeno mi piaceva. Adesso adoro starci con te.» In quel posto incantato, la malattia gli sembrava irreale, come le preoccupazioni quotidiane. Lì tutte le domande sul futuro smettevano di avere importanza. Quella tenuta, le case sparpagliate ovunque, esistevano da così tanto tempo da infondere a chiunque le guardasse un senso di permanenza e la certezza che la situazione non sarebbe mai cambiata. Era un posto dove placare le proprie paure e fu in quel clima disteso che rincasarono mano nella mano. In silenzio, senza scambiarsi parole di cui non avevano bisogno, salirono in camera e fecero l'amore. Dopo, in quel luogo che emanava un travolgente senso di serenità, Gabrielle rimase a lungo tra le braccia dell'amato, augurandogli dentro di sé di vivere molti altri anni e in salute e sperando di riuscire a condividere il suo futuro. Le pareva quasi di percepire gli antenati di Alaistair vissuti in quelle stanze benedirli e augurare loro tutta la fortuna del mondo.

Prepararono la cena. La cosa più moderna di tutta la dépendance era un grande televisore che Alaistair aveva sistemato nella sua tana per guardare avvenimenti sportivi e film. Ne scelsero uno e dopo andarono a letto, rasserenati dalla semplicità della giornata trascorsa.

Il mattino seguente, si concessero una splendida cavalcata sulle colline. I nuovi proprietari della tenuta gli permettevano sempre di prendere in prestito i cavalli dalle scuderie. In groppa a uno splendido esemplare, Gabrielle ebbe davvero la sensazione di quanto vasto fosse il posto, punteggiato di fattorie un tempo abitate dai fittavoli del nonno di Alaistair e che adesso erano state affittate o vendute a londinesi desiderosi di avere una casetta di campagna. Era tutto così pittoresco che le sarebbe piaciuto restare lì per sempre. Con la vendita della proprietà a gente danarosa, Alaistair aveva permesso che continuasse a brillare in tutto il suo splendore.

«Non ci vengono spesso. Vivono in Sudafrica», le disse. «Ma hanno intenzione di ritirarsi qui, un giorno, o almeno così mi hanno detto. Non sono certo, tuttavia, che lo faranno mai, anche perché hanno un sacco di splendide case in giro per il mondo. Almeno però, tengono i luoghi in ordine e li adorano. Quanto al sottoscritto, sono felice di possedere ancora questo fazzoletto di terra e di condividerlo con te.»

«E io sono felicissima di averlo visto.» Quei luoghi

erano una parte importante di lui, di ciò che era, il posto dove era cresciuto. La tenuta era appartenuta a una delle più grandi famiglie d'Inghilterra che, col passare delle generazioni, aveva perduto possedimenti e ricchezza, ma almeno era ancora intatta e non era stata trasformata in un albergo o divisa in piccoli lotti, al contrario di altre distrutte in quella maniera.

Andarono a letto presto e si svegliarono di buon'ora il mattino seguente. Dopo la colazione, mentre Alaistair si dedicava a uno dei suoi hobby preferiti, il giardinaggio, Gabrielle lesse un libro. Dovettero farsi violenza per lasciare quel paradiso, la sera di domenica. Londra li aspettava.

«Se vivessi qui, non credo che potrei staccarmi da questa casa», gli sorrise lei.

«Ogni volta per me andare via è una sofferenza», rispose lui, palesemente compiaciuto dell'amore che Gabrielle dimostrava di avere per quei luoghi.

Il rientro in città fu triste, ma inevitabile. Il mattino seguente si sarebbe inaugurata la fiera e lei aveva moltissimi impegni. Alaistair si sarebbe unito a lei a uno degli eventi il martedì sera, dopo la chiusura dell'ambulatorio.

«Sono felicissima di avere visto la dépendance», gli disse, quella sera, mentre salivano in camera da letto. «Possiamo tornarci?»

«Tutte le volte che verrai. Sono sempre felicissimo di andarci», rispose lui con un sorriso entusiasta. Ricordava ancora fin troppo bene tutte le volte in cui aveva dovuto battagliare per convincere la moglie a seguirlo, fino a quando si era rifiutata di farlo. Le mancavano l'eccitazione e il ritmo londinesi, le mancavano gli amici. Non comprendeva la vita di campagna, non ce l'aveva nel sangue come lui.

Accucciata sotto il piumino e stretta ad Alaistair, Gabrielle si addormentò col desiderio di trattenersi più a lungo e di avere più tempo libero. Purtroppo aveva degli affari di cui occuparsi, clienti da soddisfare e meno di una settimana a disposizione per completare i programmi in agenda. Stare con Alaistair era come vivere in una favola, ma che le piacesse o no, doveva tornare al lavoro. E doveva farlo anche lui. La vita vera le alitava sul collo, con tutte le sue delizie e le sue paure.

11

Alaistair andò al lavoro quando Gabrielle uscì per recarsi in fiera, dove la raggiunse alla fine della giornata. L'esperienza fu ancora migliore di quella della Biennale parigina. All'evento, più spettacolare del solito, partecipavano numerose gallerie con le quali Gabrielle intratteneva rapporti regolari. Parlare la stessa lingua, le rendeva tutto più facile, sebbene i galleristi rappresentati a Londra e a Parigi provenissero da tutto il mondo: Europa, Asia, Nord e Sud America. La mostra londinese era un evento internazionale e Alaistair si godette ogni istante con la compagna, seguendola ovunque, facendo nuove conoscenze. Ai suoi occhi, la vita di Gabrielle era molto eccitante. Si muoveva in un ambiente più sofisticato di quello di un medico internista, ma anche lei era interessata alla sua attività. Il tempo che trascorrevano insieme era zeppo di nuove scoperte e di esperienze condivise. Stare con lei infondeva in Alaistair la stessa energia che sentiva di trasmetterle. Dal canto suo, Gabrielle aveva l'impressione di non dover più combattere da sola le sue battaglie. Silenziosamente e in breve tempo, erano diventati non solo migliori amici, ma addirittura alleati. E inoltre lottavano per la vita di lui. Consapevoli della realtà, cercavano di non focalizzare sempre l'attenzione sulla malattia e conducevano una vita il più normale possibile. Una sera, organizzarono addirittura una cena con alcuni amici di Alaistair, eccitatissimi all'idea di conoscerla. Uno di loro, un vecchio compagno di classe, era un artista che l'intrigò molto.

La settimana londinese, sfortunatamente, terminò troppo in fretta. Quell'ultimo weekend Gabrielle avrebbe dovuto incontrare un paio di clienti e questo mandò in fumo l'idea di passare gli ultimi giorni nel Sussex.

«Il dovere chiama», disse lei promettendogli di incontrarlo a Parigi, agli inizi di novembre, quando avrebbe rivisto di nuovo il professor Leblanc. Quel mese, Alaistair si sarebbe dovuto sottoporre ad alcuni test particolari per valutare l'efficacia del trattamento. Era ancora troppo presto per risultati eclatanti, ma il professore sperava di poter almeno registrare qualche piccolo miglioramento. Sebbene Alaistair si rifiutasse di ammetterlo, Gabrielle ne percepiva il nervosismo. E se la cura si fosse rivelata inutile? E se i valori fossero peggiorati? Lui non dava voce ai suoi timori, ma lei ne sentiva lo stress. Prima della diagnosi, non aveva manifestato alcun sintomo e riteneva che dunque adesso fosse difficile valutare una risposta positiva ai farmaci. In generale stava bene ed era di ottimo umore in compagnia dell'amata, a eccezione del giorno del trattamento, quando tornava a casa esausto per l'effetto del potente mix di farmaci che gli iniettavano. Gli effetti collaterali però erano meno spiacevoli di quanto avesse immaginato all'inizio. Aveva l'impressione che tutto si sviluppasse a un livello nascosto, dove non poteva giudicare ciò che stava accadendo realmente e se davvero qualcosa era cambiato.

Domenica sera, abbattuto come non mai, Alaistair accompagnò Gabrielle all'aeroporto, dove la baciò tristemente. «Mi mancherai.»

«Anche tu, moltissimo. Ricorda però che ci rivedremo tra due settimane a Parigi.»

«Stai diventando una habitué dei voli intercontinentali», scherzò lui. La volta seguente, Gabrielle non si sarebbe trattenuta a lungo a Parigi ma sarebbe tornata quasi subito a New York per organizzare la festa del Ringraziamento. E a questo proposito...

«Ti andrebbe di venire da me per il Ringraziamento e per conoscere le ragazze?» La mossa era azzardata. Non sapeva come avrebbero reagito Georgie e Veronica e la relazione con Alaistair era ancora agli inizi. Alla data del Ringraziamento, però, sarebbero stati quasi tre mesi che si conoscevano e l'occasione poteva essere quella giusta per fargli incontrare le figlie, visto che entrambe avrebbero trascorso il Natale con il padre e Alaistair non avrebbe avuto un'altra occasione, a breve.

Lui la guardò felice ma esitante. «Sicura?»

«Sicurissima», rispose lei decisa e rallegrata all'idea di riunire le persone più care.

«E se mi odiassero?»

«Le prenderemo a sculacciate e le manderemo a letto

senza cena. Niente tacchino per loro!» Gabrielle non aveva mai fatto niente di simile neanche quand'erano piccole, ma lui rise e la tensione si allentò.

«Mi sembra giusto. Mi piacerebbe molto venire, ma al tempo stesso non desidero inquietare le ragazze.»

«Le avvertirò per tempo e avranno modo di abituarsi all'idea.» Se avessero obiettato, avrebbe sempre potuto spiegare la situazione ad Alaistair e cambiare programmi. Non voleva partire col piede sbagliato. Le figlie erano il punto di forza della sua vita e il compagno lo aveva capito sin da subito, dal modo in cui ne parlava.

Alaistair la baciò di nuovo, portò il bagaglio al banco dell'accettazione e si congedò. Guardandolo andar via, Gabrielle desiderò infinitamente essere su quella macchina con lui. Talvolta si preoccupava per la sua salute, altre se ne dimenticava e doveva rammentare a se stessa della malattia che si portava dentro. Sembrava stare bene, ma nell'ombra si era acquattato un demone malefico in attesa di distruggerli, o meglio, di annientare lui e spezzare il cuore a lei. Era però facile dimenticare la realtà dei fatti quando Alaistair era in buona forma, come capitava spesso.

Per l'immediato futuro avevano un programma ricco di impegni comuni. Gabrielle lo aveva già informato di non poter essere a Parigi per l'ultima sessione dell'anno del trattamento perché troppo impegnata a New York dopo il Ringraziamento. Nella prima settimana di dicembre, sarebbe poi andata a Miami per partecipare a un'ennesima fiera, la Art Basel, un evento straordinario al quale lo aveva invitato a partecipare. Alaistair, dal canto suo, l'avrebbe raggiunta lì per un lungo fine settimana dopo il «cocktail» parigino. Nonostante i numerosi appuntamenti con clienti e mercanti d'arte che l'avrebbero tenuta sempre in ballo, Alaistair gioiva al pensiero di starle vicino. E non conosceva Miami. Aveva sentito che la fiera di Basilea, in Svizzera, in programma ogni estate, e l'omonima americana erano le due manifestazioni più importanti del settore a livello internazionale e non vedeva l'ora di parteciparvi. Gabrielle stava arricchendo la sua esistenza in ogni modo possibile. Dopo Miami, sarebbero tornati a New York per assistere alle nozze di Richard e Judythe e, in seguito, Alaistair sarebbe volato in Inghilterra lasciando alla compagna il tempo di festeggiare anticipatamente il Natale con le figlie prima della loro crociera caraibica con il padre.

Gabrielle, inoltre, aveva accettato l'invito di Alaistair a raggiungerlo nel Sussex per le vacanze natalizie ed evitare che le passasse da sola. Nei prossimi mesi, si prospettava un continuo avanti e indietro di voli sull'Atlantico. Fintanto che lui stava abbastanza bene ed entrambi potevano affrontarli, però, non c'era motivo per rinunciarci. Non aveva mai pensato che le sarebbe accaduta una cosa del genere, ma da quando aveva deciso di cogliere al volo l'occasione, con la prima avventura a Parigi, le opportunità di divertimento insieme erano state continue. Nella vita non esisteva soltanto il male, ma anche il bene. Di tanto in tanto, sul tragitto dell'esistenza, si incontrava un dolore, si pagava il prezzo di qualcosa, o si aggiungeva un grosso tormento alla lista – per esempio la malattia di Alaistair, che però non lo stava abbattendo, e di questo

Gabrielle era grata. Per il momento, la vita dell'uomo era appesa a un filo ed entrambi ne erano consapevoli.

Gli impegni di Gabrielle a New York, dopo la fiera di Londra, furono tanti e tali da avere a malapena l'opportunità di sentirlo telefonicamente. Nel frattempo, era arrivato l'invito al matrimonio di Richard e Judythe che entrambi avevano accettato e che non si sarebbero persi per nessuna ragione al mondo.

Le pareva di averlo lasciato solo qualche giorno prima, quando salì sull'aereo per Parigi, dove lo avrebbe sostenuto durante il trattamento di novembre. La coppia ebbe un'intera giornata tutta per sé per godersi la città e poi, come di consueto, Gabrielle lo attese in albergo mentre lui affrontava la cura e una batteria di test. Quando rientrò, sembrava più stanco della volta precedente.

«Quell'uomo è un vampiro», le disse lamentandosi di tutto il sangue che il professore gli aveva prelevato. Come sempre, cadde in un sonno profondo fino a mezzanotte. Il giorno seguente, però, la sua forma decisamente migliore delle occasioni precedenti gli permise di trascorrere un tranquillo fine settimana. A Parigi faceva già freddo e sugli Champs Élysées, lungo l'avenue Montaigne e nei pressi dell'hotel, già si cominciavano a vedere le prime luci di Natale. Sarebbe stato splendido, passarlo lì, pensò Gabrielle. Purtroppo la volta successiva non avrebbe potuto esserci. Alaistair però era perfettamente in grado di cavarsela anche da solo. Il suo era unicamente un appoggio morale. E per lui il viaggio sarebbe stato più breve da Londra in Eurostar che non in aereo da New York. Alaistair non pretendeva la presenza della compagna, l'accettava con gratitudine quando possibile.

Nel locale di Alain Ducasse, una sera a cena, mangiarono dell'ottimo tartufo bianco, ma non disdegnarono di frequentare neanche i loro bistrot preferiti per gustare deliziose parmentier, anatra e purè di patate con tartufi neri. Camminarono per chilometri, guardarono decine di vetrine su rue du Faubourg Saint-Honoré già addobbata per le feste, e non appena Alaistair si sentì meglio, fecero l'amore.

Per Gabrielle, quel Natale sarebbe stato diverso dagli ultimi due, quando ancora soffriva per il matrimonio fallito e non aveva ripreso in mano le redini della sua vita. Adesso si sentiva di nuovo viva. Lei e Alaistair ridevano, parlavano, e addirittura un sabato sera, dopo cena, andarono a fare quattro salti in una piccola discoteca che lui conosceva sin da quando era studente e che esisteva ancora.

Domenica mattina lasciarono l'albergo insieme, su due taxi separati, Alaistair diretto alla stazione ferroviaria per prendere l'Eurostar per Londra e lei all'aeroporto.

Avevano parlato a lungo dell'imminente incontro con le ragazze. Alaistair era terrorizzato all'idea di dire o di fare qualcosa di sbagliato. «Le figlie sono sempre un osso duro. Se mai dovessi stargli antipatico, ti convinceranno a non frequentarmi più.»

«Ho un cervello piuttosto indipendente, sai?» lo aveva rassicurato lei. «Non mi convinceranno a far nulla che io non voglia. E poi, tranquillo, non ti detesteranno, sono già troppo impegnate a odiare la moglie del padre. Sul tuo conto non c'è davvero nulla da obiettare. Vuoi rilassarti, per favore?» Quell'argomento li aveva presi talmente tanto da riuscire a distrarli dalla preoccupazione per i risultati dei test del professor Leblanc, i cui referti non sarebbero stati disponibili prima di una o addirittura due settimane.

Al rientro da Parigi, Gabrielle ebbe una quindicina di giorni a disposizione per recuperare con il lavoro e prepararsi per il Ringraziamento. Il tempo volò, specialmente con tutto quel tourbillon di viaggi. Settembre e ottobre erano già un vago ricordo per lei, a eccezione di Alaistair. Il loro amore non aveva neppure tre mesi, eppure le era difficile adesso immaginarsi senza di lui nella sua vita. Gli raccontava delle proprie esperienze, del lavoro, dei clienti, delle preoccupazioni per le figlie. Il loro era un rapporto di reciprocità più intenso di quanto non fosse stato con Arthur, sempre impegnato a dettare le regole e che per tanto tempo l'aveva trattata come una bambina, non una persona adulta. Forse era proprio quello che lo attraeva di Sasha. Un giorno, però, anche lei sarebbe cresciuta. Arthur voleva che le sue donne restassero bambine per sempre, per controllarle. Lei stessa se ne era resa conto solo dopo essere stata lasciata ed era certa che sarebbe accaduto comunque, prima o poi, indipendentemente dalla presenza della nuova compagna. Gabrielle era cresciuta, era diventata troppo indipendente. Aveva idee e opinioni personali, e non era questo ciò che Arthur desiderava in una donna. Voleva qualcuno da modellare, da controllare. E lei non era più quella persona. Il loro matrimonio era finito. La colpa non era tutta di Sasha.

Quello era anche il motivo per cui Arthur litigava sempre più spesso con le figlie. Anche loro erano cresciute, anche loro avevano le proprie opinioni. Lo giudicavano duramente per aver abbandonato la madre ed erano critiche verso le sue nuove scelte di vita. Lui le aveva già ammonite a comportarsi bene durante le vacanze a Saint Barts. Aveva noleggiato uno yacht e le figlie erano eccitatissime, come la giovane moglie del resto, che per l'occasione si era rifatta il guardaroba. Con loro ci sarebbero stati anche il bambino e le baby-sitter. La barca a motore, di più di una novantina di metri di lunghezza, aveva posto a sufficienza per tutti. Arthur pensava sempre in grande. Era strano, si diceva talvolta Gabrielle, che quel lato dell'ex non le mancasse. Lei voleva una vita più a misura d'uomo, costellata di piaceri ordinari. Le bastavano i pernottamenti al *Louis XVI* per regalarle quel tocco di lusso che le piaceva ma senza eccessi. Uno yacht di più di novanta metri poteva indubbiamente essere divertente, ma se per avere quello svago avesse dovuto rinunciare alla libertà delle proprie opinioni, allora no, non ne valeva la pena.

La settimana prima del Ringraziamento, Gabrielle incontrò un nuovo importante cliente: Dmitri Spiros. Armatore di nazionalità greca, possedeva un'imbarcazione a vela di più di centoventi metri con la quale era arrivato al porto di New York attraccando a uno dei moli della sua compagnia di navi da crociera. Il nominativo di Gabrielle gli era stato passato da alcuni dei clienti londinesi della consulente. Voleva che lo aiutasse nell'acquisto dei quadri per la barca e aveva una spiccata preferenza per Picasso. Ci sarebbero potuti volere mesi per accontentarlo ma il guadagno sarebbe stato all'altezza del compito. Lo yacht era nuovo di zecca. Gabrielle lo visitò da cima a fondo, scattò fotografie, prese appunti su dove il cliente desiderava esporre sculture e dipinti. L'uomo, sulla sessantina, non era bello, ma aveva un volto interessante, dai tratti marcati, ed era accompagnato da una giovanissima francese poco più che ventenne. Perché i tipi come lui cercavano sempre donne più giovani e mai una con cui potessero parlare, che potesse dare un vero contributo alla loro vita? Preferivano prendere la strada più facile, vantarsi di una compagna come ci si poteva vantare di un pezzo d'arredamento, sebbene sapessero perché quelle donne erano al loro fianco e che non ci sarebbero rimaste per sempre. Uomini come quelli preferivano comperare le donne, proprio come Arthur aveva fatto con Sasha. Erano una razza a sé. Quando si era sposata con Arthur, già quarantaseienne, Gabrielle ne aveva soltanto ventuno. Questa volta, la sposa di turno ne aveva ventisei e lui settanta. Patetico! Preferiva di gran lunga la relazione con Alaistair, con meno denaro, sconosciuto al mondo, con una carriera normalissima, che la ascoltava e la trattava da pari.

Entusiasta della giornata trascorsa sullo yacht del nuovo cliente, una volta a casa, Gabrielle si precipitò a telefonare ad Alaistair e ne parlò anche con le figlie, quando la chiamarono, buttando lì, alla fine della conversazione, di aver invitato una persona amica per il Ringraziamento.

«Di che genere di amicizia si tratta?» volle sapere Veronica, sospettosa. Da quando i genitori si erano separati, la vita mondana della madre non era particolarmente vivace. Tutti gli amici in comune con il marito avevano smesso di frequentarla. Da allora, Gabrielle aveva sempre sperato di fare nuove conoscenze, ma si era decisa a uscire dal guscio soltanto negli ultimi mesi. La metamorfosi da bruco a farfalla non era ancora completa, ma ci stava lavorando e avrebbe raggiunto l'obiettivo.

«Un amico incontrato a Parigi, qualche mese fa. Un medico londinese.» Seguì una lunga pausa mentre Veronica digeriva la notizia.

«Vi frequentate?» Anche Gabrielle attese qualche istante prima di decidersi a dire la pura e semplice verità. Se le figlie volevano essere adulte, anche lei aveva il diritto di sentirsi tale.

«Sì.»

«È una cosa seria?»

«Ancora non saprei.» Evitò di raccontarle della malattia di Alaistair, della possibilità che potesse non sopravviverle. «È una persona splendida e stiamo bene insieme. Siamo entrambi invitati a un matrimonio a New York, dopo il Ringraziamento, e ho pensato che vi sarebbe piaciuto conoscerlo.»

«È così che andranno le cose, da questo momento in poi, mamma? Dovremo trascorrere le vacanze con l'arrampicatrice sociale di papà e i tuoi accompagnatori?»

Gabrielle non apprezzò il commento, ma capiva che

la figlia potesse essere irritata. Arthur le aveva costrette ad accettare Sasha, che da allora spadroneggiava e spesso si lamentava di loro col marito che tendeva sempre a darle ragione.

«Lui non è Sasha. È una bravissima persona.»

«Georgie lo sa?»

«Tu sei la prima. Se davvero la sua presenza vi infastidisce, non verrà. Essendo inglese, il Ringraziamento non è nulla di particolare per lui. Voleva soltanto conoscervi visto che gli ho parlato tanto di voi. In ogni modo, sarà a New York per quel matrimonio.»

«Per me va bene.» Avevano spesso festeggiato con molti invitati il giorno del Ringraziamento, ai tempi in cui lei e Arthur erano sposati, ma da quando si erano lasciati erano sempre state soltanto loro tre. Quanto alle feste natalizie, Arthur aveva esteso l'invito ad altri amici, il che avrebbe significato non restare sole con il padre.

Per Arthur la vita era una festa continua, qualcosa che gli dava la possibilità di mettere in mostra la sua sposa bambina. Adorava essere invidiato come la maggior parte delle persone intorno a lui facevano. Negli ultimi tempi Gabrielle si era resa conto che, se lo avesse incontrato adesso, non avrebbe provato alcun interesse per lui, non le sarebbe mai piaciuto. Da giovane però l'aveva conquistata con la sua bellezza fatale, le sue attenzioni e il corteggiamento. Quello le aveva fatto perdere letteralmente la testa. Ora non avevano più nulla in comune a parte le figlie. Il mondo di Gabrielle si era ristretto e lei lo preferiva. Amava di gran lunga di più la dépendance di Alaistair nel Sussex. Voleva una vita vera, non quella superficiale condotta con Arthur.

Terminato di parlare con Veronica, telefonò a Georgie, che si mostrò indifferente alla eventuale presenza di Alaistair, troppo impegnata con la propria vita.

«Quello che dici tu va bene, mamma», le rispose frettolosamente. «È carino?»

«Piuttosto carino, direi», rispose lei con un sorriso. Ai suoi occhi era bellissimo, ma non voleva ammetterlo con la figlia.

«Posso portare anch'io qualcuno?» La domanda la colse alla sprovvista.

«Chi avresti in mente?» Non aveva pensato a porre la questione come una trattativa, ma sarebbe stata un'ottima occasione per allentare la tensione di Alaistair e aiutare tutti a rompere il ghiaccio.

«Sto uscendo con un ragazzo di New York che torna a casa in occasione del Ringraziamento, che però i suoi non festeggiano. Ti piacerà, vedrai.»

«Okay. Ha degli abiti per l'occasione o si presenterà in felpa e scarpe da ginnastica?» Come tutti gli amici di Georgie. Veronica era più attenta all'abbigliamento da quando lavorava al museo di Los Angeles, mentre l'altra si vestiva ancora come un'adolescente e andava a giocare a basket nel parco. «Naturalmente la regola vale anche per te», le ricordò Gabrielle.

«Lo so, lo so. Il padre è un avvocato e la madre è sempre tutta in ghingheri quando viene a trovarlo, il che mi dà la certezza che da qualche parte nel suo armadio debba esserci qualcosa di decente. Deve mettere la cravatta?» chiese Georgie, leggermente inquieta.

«No, ma una giacca sarebbe gradita, se ce l'ha, come anche un paio di scarpe vere.» Gabrielle ci teneva all'abbigliamento per le feste e prestava molta attenzione alla mise en place della tavola.

«Mamma! Che ne dici di sneaker alla caviglia?»

«Come vi pare.» Col passare degli anni, Gabrielle aveva allentato pian piano le regole. Le bastava semplicemente vedere le figlie e averle a casa. «Ti consiglio però di portare un abbigliamento consono per quando sarai con tuo padre. Non ti farebbe neanche sedere a tavola se ti vedesse con le infradito ai piedi e in pantaloncini.»

«Sì, mamma lo so», rispose Georgie esasperata. «La principessa indossa lamé dorato a colazione. Ormai papà sarà diventato cieco, oppure del tutto rincretinito. Lo adora!» Gabrielle non commentò ma rise sotto i baffi. «Okay, allora ci vediamo tra una settimana. Mercoledì non ho lezioni, quindi arriverò martedì sera.»

«Non vedo l'ora.» Anche Veronica sarebbe arrivata lo stesso giorno ed entrambe si sarebbero trattenute fino a domenica. Sarebbe stato splendido!

Ora non restava che sperare che le ragazze collaborassero e non mettessero Alaistair in difficoltà. Erano molto possessive, adesso che era sola, e più volte le avevano fatto capire che per loro andava più che bene in quella maniera. Non vedevano il motivo per il quale dovesse esserci una presenza maschile nella sua vita. In passato era diverso, ma adesso, nelle loro teste, la madre gli apparteneva e anche se non vivevano più sotto lo stesso tetto, volevano che la situazione restasse immutata. Per loro era più semplice.

Alaistair atterrò a New York il lunedì sera. Lui e Gabrielle avrebbero avuto ventiquattr'ore da passare insieme prima dell'arrivo delle ragazze. Essendo stato invitato a raggiungerla direttamente a casa, saltò su un taxi e fece come gli era stato detto. Considerato che a Londra era quasi mezzanotte e prevedendo che il compagno non avrebbe voluto uscire, Gabrielle aveva preparato una cena leggera a base di merluzzo freddo, salmone affumicato e una zuppa. Il giorno seguente, prima dell'arrivo delle figlie, Alaistair si sarebbe trasferito al *The Mark*, un albergo piuttosto noto e con un ottimo ristorante, a pochi isolati di distanza dall'appartamento della compagna sulla Settantaquattresima e all'incrocio con la Quinta. Poi, una volta partite Veronica e Georgie, la coppia sarebbe volata a Miami per l'Art Basel, si sarebbe trattenuta un'intera settimana per poi fare ritorno nella Grande Mela e partecipare al matrimonio di Richard e Judythe. Terminati gli impegni, Alaistair sarebbe andato a Parigi per la cura mensile. Quanto a Gabrielle, lo avrebbe raggiunto a Londra quando le figlie sarebbero andate dal padre. Li attendevano settimane molto impegnative. Al rientro da Miami, Alaistair avrebbe soggiornato a casa della compagna. Le figlie all'epoca sarebbero già ripartite. Per il momento non era necessario che si facessero chissà quali idee sulla loro relazione. Meglio evitare un'atmosfera troppo pesante durante il loro primo incontro. Se avesse alloggiato da lei fin da subito, il messaggio sarebbe stato chiaro: il loro era un rapporto serio. Per adesso sarebbe stato più saggio tenerle all'oscuro.

Nell'istante in cui Alaistair, sfinito ed eccitato, mise piede nell'appartamento su due livelli della compagna, rimase senza parole. La vista sul Central Park era mozzafiato. Sembrava una cartolina di Natale col paesaggio innevato. Fu molto colpito, ma non sorpreso, dalle opere d'arte sparse per la casa, tutte splendide, alcune di artisti sconosciuti o di nomi famosissimi ricevute in eredità dal padre. Altre le aveva portate via Arthur dopo la separazione, senza che Gabrielle ne sentisse la mancanza. Alaistair sembrava adorare quelle rimaste in suo possesso. La seguì in cucina, dopo aver lasciato i bagagli nell'ingresso, sorridendo nel vederla vestita come una ragazzina, in jeans e felpa rosa. Si accomodò alla tavola già apparecchiata e abbellita da un vaso di fiori bianchi e lasciò che Gabrielle lo servisse. Quando anche lei sedette, Alaistair si protese per baciarla.

«Si vede subito che qui abita una donna», commentò.

Gabrielle inarcò un sopracciglio. «Sul serio? Perché?»

«È tutto così pulito e ordinato. Gli uomini sono geneticamente incapaci da questo punto di vista.» Lei scoppiò a ridere.

«Anche da te è pulito e ordinato.»

«Solo perché mi aspettavo una tua visita», le confessò. Gabrielle rise di nuovo.

«Potresti avere ragione, sai? Mi piacciono le case ben rassettate.» Solo mentre gli rispondeva, Gabrielle notò il leggero tremolio alle mani. Accortosi del suo sguardo, Alaistair si servì una fetta di salmone. La compagna non chiese nulla.

«Un effetto collaterale dei farmaci», rispose lui alla domanda inespressa. «Accoppiato a qualche emicrania occasionale e a un sacco di nausea e di spossatezza. La battaglia comincia a infuriare», aggiunse con leggerezza, sebbene gli strascichi di novembre si fossero fatti sentire più di quelli precedenti. «La buona notizia però è che, a quanto pare, si cominciano a vedere i primi risultati. Ho ricevuto una telefonata del professore, questa mattina, prima di partire, per i referti delle ultime analisi del sangue. I valori sono migliorati. Non di molto, ma l'ago della bilancia sembra essersi mosso un po'. Un buon segno, per lui. Al mio ritorno aumenterà le dosi e negli ultimi tre round sarò davvero KO. Anche il cocktail che prendo a Londra sarà più forte. Spero che le tue figlie non si accorgano del tremolio e non mi scambino per un alcolizzato.»

«Si nota appena. E solo perché ho guardato con attenzione.» Per il resto sembrava stare meglio di due settimane prima.

Terminata la cena, Gabrielle gli mostrò l'appartamento, splendido, elegante e molto diverso dal suo loft. Gli ambienti erano ariosi e leggeri, l'illuminazione soft e si godeva una vista spettacolare sul parco da entrambi i livelli. Che dire poi del roof garden? Il verde purtroppo era stato ucciso dal freddo e dalla neve, ma a primavera, come ogni anno, lei lo avrebbe sostituito con piante fiorite e dai colori allegri.

Arrivarono in camera. Gabrielle si era chiesta, combattuta, se dormire con lui in quel letto. Oltre ad Arthur non c'era mai stato nessuno, ma poi aveva deciso di smettere di considerare quel posto una sorta di sacrario. Così, gli aveva fatto spazio nell'armadio e gli aveva indicato la sala da bagno che, di fronte alla sua, un tempo era stata del marito.

Le ragazze, cresciute in quell'appartamento, avevano ancora le loro stanze. Per loro, quello era un punto di riferimento. Era la loro casa.

Sotto lo sguardo della compagna, Alaistair prese dalla valigia il necessario per la notte e andò a fare una doccia. Tornò in camera con un asciugamano avvolto intorno alla vita. Nel vederlo così sexy, giovane e con un corpo splendido per la sua età, Gabrielle gli sorrise, gli tolse il telo e si lasciò baciare. Qualche minuto dopo, finirono sul letto che per tanti anni aveva condiviso con Arthur. I fantasmi del passato erano stati esorcizzati per sempre e i ricordi dell'ex marito relegati nell'oblio.

Il loro futuro era incerto, ma al momento, si beavano nell'amore e nella gioia. E tanto bastava.

12

Il mattino seguente, dopo una lunga passeggiata a Central Park, approfittando del trasferimento di Alaistair in albergo, si fermarono al *The Mark* per mangiare un boccone e poi proseguirono la passeggiata lungo la Quinta Strada ammirandone i negozi fino alla splendida cattedrale di Saint Patrick, di fronte al Rockefeller Center, dove era già stato allestito il gigantesco albero di Natale le cui luci però erano ancora spente. In chiesa Gabrielle accese una candela per ciascuna delle figlie e una più grande per l'amato.

«E quella per chi sarebbe?» le sussurrò Alaistair quando lei, aperti gli occhi, si sedette su una panca.

«Per te», fu la risposta solenne.

Il compagno sorrise. «Potrebbe essere migliore del trattamento di Leblanc e non mi farebbe tremare le mani», bisbigliò lui di rimando. Gabrielle lo baciò su una guancia.

Ripercorsero a ritroso il tragitto verso l'albergo dove

inaugurarono il letto sul quale, dopo, giacquero abbracciati, i lunghi capelli di Gabrielle sparpagliati sul petto del compagno, fino a quando per lei non arrivò il momento di andarsene. Voleva prepararsi per l'arrivo delle figlie con cui avrebbe cenato a casa. Alaistair, invece, si sarebbe fatto portare qualcosa dal room service e avrebbe guardato un film. Era esausto, risentiva del jet lag e dopo tutti i chilometri di quella giornata gli andava proprio di trascorrere una pigra serata in camera. Gabrielle gli aveva chiesto di raggiungerla il giorno dopo per incontrare le figlie, nella speranza che non fossero uscite per far visita agli amici. Tutti quelli di Georgie sarebbero tornati a casa dal college in occasione del lungo fine settimana, mentre parecchi di quelli di Veronica erano sparpagliati in città diverse – Chicago, Boston, Houston, Miami – per lavoro.

«In Inghilterra, i figli sono più vicini a casa», commentò Alaistair. «Molti non si possono permettere il trasferimento in altre città a meno che il lavoro non glielo consenta.»

«Vorrei che fosse lo stesso anche qui. Adoro quando tornano a casa», rispose lei con gli occhi pieni di nostalgia. Sentiva molto la mancanza delle figlie.

Rientrata per gli ultimi preparativi, all'arrivo di Veronica era già tutto pronto. La sua stanza era stata pulita e rinfrescata, il letto rifatto con biancheria di bucato, il frigo rifornito nel caso lei e la sorella avessero voluto mangiare qualcosa, sebbene in genere uscissero subito per vedersi con gli amici. Anche la camera di Georgie era stata sistemata.

Dopo aver salutato la madre con un forte abbraccio, Veronica prese in mano il telefono per controllare eventuali chiamate. Stava giusto mandando qualche messaggio quando, mezz'ora dopo, si presentò anche la sorella e, tutt'a un tratto, la casa riprese vita.

Le sorelle uscirono insieme una ventina di minuti dopo. Gli amici di Georgie erano arrivati e lei aveva in mente di passare a salutarne due o tre. Anche la migliore amica delle superiori di Veronica, Julie, era rientrata per il fine settimana. Così come si era riempita, la casa si era svuotata di nuovo, con la certezza, però, che la sera sarebbe tornata a scoppiare di movimento. Gabrielle adorava vederle muoversi per l'appartamento, trovarle in cucina quando, al mattino, si alzava.

Uscite le figlie, telefonò al compagno per augurargli la buonanotte. Si era mezzo addormentato, le disse, guardando la tv.

«Mi manchi», borbottò Alaistair insonnolito. «Come stanno le ragazze?»

«Sono fuori, com'era prevedibile, e torneranno più tardi. Verrei a farti una visitina, ma rischierei di addormentarmi e di non rientrare.» Non poter godere della reciproca compagnia era tuttavia duro da sopportare.

Gabrielle le sentì le figlie rientrare sul tardi e le rivide il mattino seguente, in cucina, mentre preparava il caffè. Veronica aveva già progetti per la giornata e Georgie stava inviando dei messaggi su WhatsApp agli amici. Certa che si fossero già organizzate per i fatti loro, Gabrielle scrisse ad Alaistair di passare verso mezzogiorno per poterli presentare prima che le figlie si dileguassero di nuovo.

Veronica e Georgie erano pronte a uscire quando lui arrivò. Si stupirono nel sentire suonare alla porta e poi nel vedere la madre entrare in cucina con un uomo, alto, di bell'aspetto, gli occhi azzurri e i capelli grigi. Tutte prese dai loro amici, avevano dimenticato l'invito e parvero stupite quando la madre passò alle presentazioni. Essere state colte alla sprovvista le aveva rese un po' timide e imbarazzate, cosa che Gabrielle interpretò subito come un buon segno. Georgie fu la prima a riprendersi e a osservarlo interessata.

«Dunque lei è il misterioso ospite del Ringraziamento?» chiese con un sorrisetto.

«Credo di sì», rispose lui mentre Veronica si avvicinava per non restare indietro rispetto alla sorella minore. «Sono venuto appositamente da Londra per mangiare il tacchino. Non ho mai festeggiato il Ringraziamento. Ma naturalmente se sono qui è anche per conoscere voi e vi ringrazio di avermelo permesso», aggiunse, garbato.

«Ci sarà anche un mio amico, a pranzo», buttò lì Georgie, che quella mattina indossava un paio di jeans, stivaletti col carro armato, una giacca in stile marinaro e un berretto di lana. Era deliziosa. «In questo momento sta comprando un paio di scarpe, altrimenti la mamma non gli permetterà di oltrepassare la soglia. Quindi la avverto, niente Nike!» disse ad Alaistair, che scoppiò a ridere.

«Ho portato delle Adidas», le rispose lui. Era amichevole e divertente.

«La mamma ha detto che lei è un medico», intervenne Veronica, elegantissima con il cappotto rosso acquistato a Los Angeles e un paio di scarpe nere con tacchi alti. Gabrielle avrebbe potuto giurare che si era preparata per un appuntamento, del quale però con tutta evidenza non intendeva parlare. Non le risultava impegnata, in quel periodo.

«Sì, infatti. Sono un internista.»

«Volete sapere come ci siamo incontrati?» intervenne Gabrielle. «A settembre sono stata a Parigi e alloggiavamo entrambi al *Louis XVI*. L'uomo della stanza accanto alla mia suite aveva appena avuto un arresto cardiaco, ho aperto la porta e ho visto Alaistair che stava cercando di rianimarlo. Lo ha salvato», concluse aggiungendo qualche punto extra alla storia per impressionare le ragazze.

«Io gli ho praticato il massaggio, ma sono stati l'équipe medica del pronto intervento e il chirurgo a salvargli la vita. Personalmente mi sono solo limitato a ridurre i possibili danni in attesa dei soccorsi. È stata sfiorata una vera tragedia, considerato che il tipo aveva solo trentotto anni.»

«Impressionante!» commentò Georgie, colpita, al pari di Veronica che non mancò di notare il calore che brillava negli occhi dell'ospite quando guardò la madre.

«Soffriva di un'anomalia cardiaca non diagnosticata che avrebbe potuto ucciderlo. Per fortuna, quella sera stessa è stato operato e ora sta bene.»

«Un vero gesto da eroe. L'ha ringraziata?» volle sapere Georgie.

«Sì. Lui e la fidanzata mi hanno invitato al matrimonio. Insieme a vostra madre. Ammetto che è stata una serata particolarmente insolita anche perché, poco dopo, in una stanza in fondo al corridoio, si è consumato un omicidio.»

«Un omicidio?» gli fece eco Veronica, inorridita. «Una sparatoria? Un accoltellamento? Ci sono stati altri morti?»

«No. Per il momento parlano di omicidio colposo. Un litigio tra un politico omosessuale e un ricattatore durante il quale quest'ultimo è deceduto.»

«Forse, mamma, sarebbe il caso che tu cambiassi albergo», rincarò la maggiore.

Gabrielle sorrise. «In realtà ci avevo pensato, ma tuo padre e io abbiamo sempre soggiornato lì ed è un posto che mi piace tantissimo. Non si è fatto male nessun altro.» Evitò di ricordare l'attentato dinamitardo, o non l'avrebbero più fatta tornare a Parigi. «Ah, c'era anche Declan Dragon, nel nostro stesso hotel. Ha praticamente demolito l'intero piano dove alloggiavano lui e i suoi. Alla fine sono stati cacciati.» Georgie sembrava divertita dal racconto. Veronica sorrise e prese la borsa per uscire, non prima di aver lanciato un'occhiata all'ospite. Non sembrava una minaccia e si era comportato bene durante le presentazioni. Le sorelle se ne andarono nel giro di pochi minuti, ma non prima che Georgie gli raccomandasse di calzare scarpe decenti per il pranzo dell'indomani. Alaistair la rassicurò e poi, rimasto solo con Gabrielle, si sedette in cucina con un lungo sospiro.

«Be', direi che non è andata così male, non trovi?» chiese lei chinandosi per baciarlo.

«Ho solo fatto finta che fossero due nuove pazienti e ho continuato a parlare.» Le sorrise.

«I tuoi modi sono impeccabili. Le hai affascinate. Conosco le mie figlie, e vedrai che domani non avrai difficoltà. È un bene che tu le abbia conosciute oggi, perché adesso hanno avuto modo di capire che fare la tua conoscenza è un non-evento. Non sei stato eccessivo e le hai trattate come avresti fatto con chiunque altro.»

«Mi piacciono. Ti assomigliano», si complimentò Alaistair.

«Veronica è tutta il padre, mentre Georgie è il mio ritratto alla sua età... con un po' più di fiducia in sé. Non c'è niente che la spaventi.»

«Ero tesissimo al pensiero di conoscerle», ammise lui, sebbene la compagna se ne fosse già accorta. «Non sono abituato a ragazze della loro età, ma devo dire che le tue figlie non mi hanno intimidito. Sono posate e ben educate. Chissà perché, però, non stento a immaginarle dare il tormento alla matrigna russa.» Erano ragazze a modo, intelligenti, allevate come si deve e lo si vedeva.

«Arthur è partito col piede sbagliato, imponendogli la nuova moglie. Una tattica che con le mie figlie non funziona. Ti confesso però che è difficile avere a che fare con quella donna. Con te non ci saranno problemi. Conoscere Sasha e doverne accettare la presenza è stato un vero shock per loro.» Alaistair, al contrario, era un gentiluomo, una persona amichevole e calorosa.

Passarono il pomeriggio a fare shopping e piccole commissioni. Poi Alaistair tornò in albergo per riposare, ma quando le ragazze comunicarono alla madre che sarebbero rimaste fuori con gli amici, Gabrielle lo raggiunse per gustare insieme una buona cena in un ristorante del quartiere. Dopo aver mangiato, lui la riaccompagnò a casa rifiutando l'invito di salire per il bicchiere della staffa. Era troppo stanco e preferiva tornare in albergo. Grazie al cielo il problema delle presentazioni era stato superato. Le ragazze sembravano non avere nulla da obiettare su di lui. Se fosse stato il contrario, infatti, avrebbero preso Gabrielle da parte e glielo avrebbero detto. E Alaistair lo avrebbe capito quando si fosse sentito trattare come un accessorio inutile, se non come un nemico. L'ostacolo maggiore era stato affrontato senza problemi. Quella notte, Gabrielle era pronta a giurarlo: Alaistair avrebbe dormito meglio senza più quella preoccupazione addosso. E domani sarebbe stato il giorno tanto atteso: la festa del Ringraziamento.

L'amico di Georgie si presentò al fatidico pranzo con un paio di rispettabilissime scarpe basse di pelle nera con le stringhe e nuove di zecca. Peccato però che non gli fosse stato raccomandato nulla riguardo ai capelli e che in testa avesse una massa di dreadlock che lo facevano assomigliare a un porcospino. Gabrielle si era quasi lasciata sfuggire un sospiro sorpreso nel vedere l'anello che portava al naso, simile a quello di un toro, e non si meravigliò nel sentire Georgie bisbigliargli: «Ti avevo detto di non metterlo per il pranzo». Per il resto, era un giovane brillante, interessante, studente di scienze politiche alla George Washington University. Indossava un paio di jeans neri strappati sulle ginocchia e una camicia spiegazzata che gli pendeva fuori dai pantaloni, il tutto coronato da una giacca di velluto color senape di tre taglie più piccola della sua. Riusciva appena a muoversi. Era del fratello minore che frequentava la terza media, confessò. Sapeva di possedere un blazer ma non era riuscito a trovarlo. Forse la madre lo aveva dato via.

Joel, così si chiamava, viveva con la famiglia a Tribeca, un quartiere trendy, ma con tutta evidenza non possedeva niente di convenzionale da mettersi, nonostante quanto affermato da Georgie. Simpatico, si diede molto da fare per aiutare a portare le pietanze in tavola. Com'era naturale che fosse – e del resto non aveva senso neanche farlo – Gabrielle si astenne da ogni commento su di lui. La figlia minore indossava una minigonna nera, calze a rete dello stesso colore, un paio di Doc Martens e un pull nero. Veronica aveva optato per un abito grigio perla Chanel preso in prestito alla madre e scarpe nere con il tacco alto, quasi uguali a quelle di Gabrielle. Alaistair aveva scelto un completo grigio fumo abbinato a una camicia bianca e a una cravatta blu oltremare di Hermès che agli occhi della compagna lo rendeva bellissimo.

Sfornato il tacchino, gli chiese di tagliarlo insegnandogli come fare. Le ragazze avevano aiutato a preparare le salse e i contorni e Gabrielle aveva cucinato due ripieni, con e senza castagne. Fu un perfetto pranzo del Ringraziamento, coronato dal tradizionale assortimento di torte: di mele, alla frutta secca, alle noci pecan e alla zucca da servire con panna montata e gelato alla vaniglia. Alla fine erano tutti talmente pieni da potersi muovere a stento, ma soddisfatti. Alaistair si disse colpito dalle abilità culinarie della compagna.

«Non esserlo. È l'unico pranzo che so cucinare decentemente e che propongo anche a Natale. Per il resto, sappi che non vado famosa per le mie doti gastronomiche.»

Joel andò via poco dopo la fine del pranzo e più tardi arrivarono tre amiche di Georgie che sparirono con lei nella sua stanza. Veronica uscì con un accompagnatore passato a prenderla per una cena in casa di qualcun altro, mentre Alaistair e Gabrielle si intrattennero a chiacchierare in soggiorno. Una montagna di stoviglie attendeva la cameriera il giorno seguente. Il pranzo era stato favoloso, tutti erano contenti e Alaistair aveva molto gradito l'opportunità di conoscere le figlie della compagna e di conversare con loro anche di politica e di moda. Erano parse tranquillizzarsi quando avevano saputo che non aveva figli. Veronica aveva raccontato del museo nel quale lavorava, mentre la sorella aveva accennato a qualcosa che stava scrivendo.

«Mi piace il Ringraziamento», disse Alaistair con calore.

«Sì, è un'ottima occasione per riunire la famiglia», rispose Gabrielle, ridendo poi a crepapelle quando commentarono entrambi l'abbigliamento di Joel e l'anello che portava al naso. L'argomento capelli, invece, venne preso più seriamente. «Se con quelle trecce ci ha portato in casa i pidocchi, lo ucciderò con le mie stesse mani», disse Gabrielle.

«Tranquilla, non li prenderai, a meno di non indossare il suo cappello.» Prima di uscire, Joel aveva infilato la massa di dreadlock in un berretto rasta per poi ringraziare educatamente e aggiungere di dover rientrare per una cena con i genitori e il fratello. «Suppongo che gli dovesse restituire la giacca», commentò Alaistair. Gli stava talmente stretta che a pranzo a malapena riusciva a muovere le braccia. «È stato un pranzo divertente.» La guardò ammirato. «Te la sei cavata alla grande con loro.»

«Be', ormai non mi resta più un granché da fare. Le mie figlie sono cresciute, sono quasi adulte. Georgie finirà presto gli studi, entrambe troveranno un lavoro di loro gradimento e spero che non sposino qualcuno che assomiglia a Joel», tirò le somme Gabrielle.

«Il ragazzo era molto educato», ridacchiò Alaistair. «E sveglio. Per quanto mi riguarda, ti sei davvero comportata come meglio non potevi, anche se per un attimo mi sono chiesto cos'avresti detto alla vista di quell'anello al naso.»

«Ho deciso che non era il caso di fare storie. Non credo che Georgie ne sia innamorata o che durerà a lungo. Era più contenta di vedere le amiche. Penso che lo abbia invitato solo perché io l'ho fatto con te, per non essere da meno. Il padre la riprende sempre per come si veste. Anche quella però è una fase destinata a passare.»

«Sarei stato un papà orribile. Mi sarei concentrato su tutte le cose sbagliate.»

«Fintanto che non si drogano, non rimangono incinte o non finiscono in prigione, il resto può essere tranquillamente affrontato.» Gabrielle però non abbassava mai la guardia.

«I miei erano tremendi con i miei voti scolastici», disse Alaistair.

«Le ragazze sono sempre state brave studentesse. Non mi sono mai dovuta preoccupare da quel punto di vista. Quello che mi inquieta, adesso, sono le cose più importanti, come per esempio la possibilità che un giorno sposino la persona sbagliata. Ma per quello mi auguro che ci vorrà ancora del tempo. Ero più giovane di Veronica quando ho scelto Arthur.» Gabrielle sorrise. «Comunque sia, volevo ringraziarti di essere venuto. Almeno così adesso conosci le mie figlie.»

«Che spero di vedere ancora spesso.»

«Lo spero anch'io», rispose lei con un filo di voce.

Più tardi, Gabrielle lo accompagnò in albergo e si sdraiarono sul letto. La giornata era stata lunga, ed era bello essere da soli. Alaistair si addormentò mentre lei lo osservava e sperava che il trattamento del professore stesse compiendo la magia. Gli accarezzò piano i capelli e senza disturbarlo se ne tornò a casa ad attendere il rientro delle figlie. Averlo ospitato in famiglia era stato splendido e in qualche modo aveva reso tutto più reale. Alaistair non era più un segreto.

Veronica tornò mentre la madre stava tentando di dare una parvenza d'ordine in cucina, dopo che si era cambiata indossando dei jeans.

Prese una bottiglia d'acqua da portare in camera. «Mi piace il tuo amico, mamma.»

«Grazie. Piace anche a me. È una persona splendida. L'unica complicazione è che lui vive a Londra e io qui.» Veronica annuì. Lo trovava complicato anche lei, ma pensava che se le cose sono destinate a riuscire, si trovava sempre una soluzione.

«Non ha figli e questo rende tutto più semplice. Non è facile avere a che fare con quelli altrui», le fece notare Veronica, con candore.

Alaistair non aveva figli, certo, ma una malattia mortale che stava combattendo per seguitare a vivere. Non aveva gettato la spugna. Gabrielle ripensò alle pillole scagliate nella Senna.

«Mi spiace che ti lasceremo da sola a Natale e saremo con papà e la brutta strega.»

«Starò bene, vedrai», rispose lei con un sorriso.

Sì, sarebbe stata bene, Veronica se lo sentiva. La madre era così contenta negli ultimi tempi, e non solo perché nella sua vita era entrata un uomo. Si godeva se stessa ed era in pace.

«Trascorrerete il Natale insieme?» volle sapere.

«Credo di sì.» La figlia annuì e si ritirò. La situazione della famiglia era cambiata rispetto a quando i genitori erano sposati, ma almeno adesso la madre si era ripresa. Rimasta da sola, Gabrielle spense le luci della cucina e pregò che quel Natale non fosse l'ultimo per Alaistair. Non sarebbe stato giusto. Se però il destino voleva così, avrebbero reso quella festa la migliore della sua vita e lei se ne sarebbe ricordata per sempre. Per il momento, dovevano giocare con la mano di carte toccate loro in sorte. Non restava che vivere un giorno dopo l'altro.

13

La domenica dopo il Ringraziamento, le ragazze stavano per ripartire rispettivamente per Los Angeles e Washington. Gabrielle aveva organizzato un piccolo brunch al quale si era aggregato anche Alaistair. Prima di andarsene, Veronica e Georgie lo avevano sorpreso e commosso, congedandosi con un abbraccio.

«Abbia cura di mia mamma», gli sussurrò la maggiore in un orecchio, lasciandolo con le lacrime agli occhi. Occuparsi di Gabrielle era ciò che più desiderava al mondo e sperava che il destino glielo avrebbe permesso. Per loro il futuro era un'incognita. D'altronde, però, per chi non lo era? Le teneva un braccio posato sulle spalle quando le figlie se ne andarono e pensò quanto sarebbe stato bello se l'avesse incontrata prima, nonostante il tempo che trascorrevano insieme fosse infinitamente dolce.

Martedì, s'imbarcarono su un volo per Miami, dove Gabrielle aveva prenotato una stanza all'*Edition*, un ottimo posto dove alloggiare per essere vicini alla Art

Basel. Oltre a quella si tenevano altre esposizioni satellite più piccole. Gabrielle si sarebbe incontrata con tre clienti e avrebbe cercato opere da acquistare per altri quattro. La settimana si prevedeva piuttosto impegnativa, ma il luogo sarebbe stato pieno di fascino per Alaistair. Lasciarono i bagagli in albergo e andarono dritti nella hall principale della mostra, dove erano già stati allestiti alcuni stand. Gabrielle preferiva sempre arrivare all'apertura, prima che altri potessero aggiudicarsi i pezzi migliori. Per qualche giorno, disse al compagno, sarebbe stato come muoversi in una gabbia di folli, ma lei aveva accesso ovunque con i pass in suo possesso. Visitare una fiera di quelle proporzioni e importanza sarebbe stata una vera e propria avventura per Alaistair, che, durante gli appuntamenti di lei con i clienti, tornava in albergo per rilassarsi a bordo piscina. Era più stanco di quanto non volesse ammettere. Le cure protratte cominciavano a pesare sul fisico. Sebbene a lei non dicesse nulla, Gabrielle se ne era accorta e lo incoraggiava a dormire fino a tardi e a starsene tranquillo ogni volta che poteva. L'evento era stressante per tutti, ma ancora di più per uno nelle sue condizioni.

Per due giorni Alaistair girò la fiera in lungo e in largo con la compagna prima di dedicarsi all'esplorazione di Miami e di trascorrere molte ore seduto in piscina. Il clima caldo e il sole erano piacevoli e si teneva regolarmente in contatto con Geoff per gli aggiornamenti dall'ambulatorio. Anche a Londra tutto sembrava andare per il meglio.

Il venerdì, Gabrielle aveva esaurito gli appuntamenti

e concluso ogni impegno. Il viaggio era stato fruttuoso: era riuscita a trovare dei pezzi magnifici per lo yacht del cliente greco e addirittura un Picasso favoloso. La trattativa era stata condotta col massimo della confidenzialità e senza rivelare il nome dell'acquirente. Sul volo di ritorno per New York, dopo aver raccontato al compagno gli ultimi dettagli, si addormentò come un sasso sulla sua spalla. Sulla Grande Mela cadeva una nevicata che li accompagnò sino a casa. Il Central Park assomigliava a una cartolina natalizia.

Il mattino seguente, dopo essersi svegliati tardi, si prepararono per il matrimonio di Richard e Judythe, previsto per le sei al *Plaza*. Faceva un freddo cane e le strade erano innevate. Gli invitati erano pochi, all'incirca una trentina, e per questo la partecipazione all'evento fu considerata dalla coppia un vero e proprio privilegio. Judythe era splendida nel suo abito lavanda chiaro. In mano teneva un bouquet di violette e aveva i capelli biondi raccolti morbidamente in cima alla testa. Richard era altrettanto affascinante in abito scuro e con una boutonnière sul bavero degli stessi fiori della sposa.

Tra i presenti, i genitori di Judythe e la nonna di novant'anni. Il rito fu celebrato da un pastore e al termine dello scambio delle promesse nuziali, gli sposi si sciolsero in lacrime. Avevano lottato duramente per arrivare al traguardo, armandosi di santa pazienza. E ora, stava persino per arrivare un bambino! La gravidanza si notava appena, e Richard fissava l'amata come se non riuscisse a credere alla sua fortuna. Nel discorso nuziale, ringraziò ufficialmente Alaistair e Judythe per avergli permesso di godere quel momento grazie ai loro sforzi congiunti fino all'arrivo dei soccorsi. Gabrielle strinse la mano del compagno. Senza quell'incidente, probabilmente non si sarebbero mai incontrati. E adesso Richard era sano e salvo, lui e Judythe si erano appena sposati e stavano per diventare genitori.

Avrebbero trascorso la luna di miele a Roma, come pianificato in precedenza. La loro storia aveva avuto un lieto fine e stava proseguendo ben al di là delle più rosee aspettative. Le nozze erano il coronamento perfetto per celebrare la vita futura.

Alaistair e Gabrielle passarono la domenica insieme e il lunedì lui si imbarcò per Parigi dove lo attendeva l'ennesima terapia mensile. Gabrielle sarebbe rimasta a New York per sbrigare alcune pratiche per i clienti dopo la Art Basel, per concordare le consegne ed eseguire bonifici. Le ragazze sarebbero tornate a New York per festeggiare anticipatamente il Natale, prima di partire per Saint Barts sull'aereo del padre e raggiungerlo a bordo dello yacht noleggiato per l'occasione. L'aspettavano settimane impegnative in attesa del 23 del mese, quando avrebbe raggiunto Alaistair a Londra per poi proseguire nel Sussex per quella che sarebbe stata per lei una vacanza perfetta.

Alaistair la chiamò appena arrivato nella capitale francese. Alloggiava in un piccolo hotel sulla Rive Gauche, più vicino allo studio del professore, e non si sarebbe trattenuto a lungo, una notte soltanto, giusto per smaltire gli effetti dei farmaci e poi via, di ritorno a Londra in Eurostar.

Il professore si dimostrò soddisfatto dei risultati degli ultimi test e non si sorprese della perdita di peso né del senso di spossatezza di Alaistair. Era normale, a quel punto della terapia. Dopo quella sessione sarebbero arrivati a metà del tragitto e fra altre due, una a gennaio e una a febbraio, si sarebbero potuti cominciare a vedere i benefici a lungo termine della cura, se mai ci fossero stati. Nel frattempo, gli aveva fatto notare che era già vissuto un mese in più di quanto previsto dall'inizio del loro percorso, quando si presupponeva che il suo tempo di sopravvivenza non sarebbe andato oltre novembre. Ogni giorno era un dono. Il futuro era ancora un mistero da scoprire.

Rientrato in albergo, Alaistair, che stava peggio delle volte precedenti, si sentì troppo stanco persino per scrivere un messaggio a Gabrielle. Non sentendolo, lei si chiese se non avesse avuto cattive notizie e temesse di riferirgliele. Alle due del mattino, Alaistair si svegliò di scatto e la chiamò. A New York erano le otto di sera. La trovò in preda alla preoccupazione e gli occhi le si riempirono di lacrime quando ne sentì la voce.

«Stai bene? Cosa ti ha detto?»

«Che le cose sembrano filare lisce e che gli effetti collaterali non lo stupiscono. Purtroppo, tornato in albergo ero così stanco che mi sono addormentato con il telefonino in mano mentre ti stavo scrivendo. Mi dispiace. Non volevo farti inquietare.» La sentiva piangere e si detestava per essere lui la causa. E per averla trascinata in quella storia. Il peggio sarebbe potuto ancora venire. Si sarebbe potuta consumare una tragedia. Ormai, però, era troppo tardi per tornare indietro. L'avrebbero vissuta insieme, quell'avventura. Gabrielle lo aveva fatto in piena consapevolezza e adesso avrebbero dovuto cavalcare l'onda sino alla fine, qualunque fosse stata.

«Non sai quanta ansia mi ha presa non avendo tue notizie.»

«Non succederà più, te lo prometto.»

«Ci vedremo presto», rispose lei con un filo di voce. Si asciugò gli occhi. «Non preoccuparti per me. Sto bene», aggiunse per rassicurarlo. «Solo un po' stanca. Miami è un'esperienza stressante. Domani vai a casa e riposa. Perché non chiedi a Geoff di sostituirti ancora per qualche giorno?»

«Sto bene», la tranquillizzò lui. «Quanto a Geoff, non posso sovraccaricarlo, sebbene i miei pazienti sembrino adorarlo. È una persona splendida.»

«Anche tu lo sei, e io ti amo. Ti raccomando di mettere la mascherina in treno per evitare ogni contagio eventuale.» Aveva insistito per fargliela indossare anche sul volo per Miami e lui si era sentito stupido, ma pure Leblanc gli aveva suggerito la stessa cosa. Nello stato di debolezza in cui si trovava, e con il sistema immunitario quasi azzerato, ogni possibile infezione era un nemico temibile.

Terminata la conversazione, Alaistair cadde in un sonno profondo. Il mattino seguente lo attendeva il ritorno a casa. Dormì per tutto il tragitto da Parigi a Londra e dalla stazione andò direttamente in studio per liberare Geoff. Era esausto e lo stesso sostituto gli fece notare che se fosse rimasto lì, avrebbe spaventato i pazienti. Gli occhi erano segnati da profondi cerchi scuri e il pallore malaticcio del viso era ciò che nel mese passato più aveva preoccupato la compagna. Tutto sommato, però, Alaistair sembrava resistere.

Le ragazze arrivarono a New York la settimana prima del Natale per trascorrere la serata con la madre e scambiare i regali. Gabrielle conosceva i loro gusti e aveva preparato il tradizionale menu, sostituendo però il tacchino con un pollo, più adatto a una cena a tre. La partenza per Saint Barts avvenne tra lacrime e profusione di scuse per lasciarla sola. Grazie al cielo però sapevano che sarebbe volata a Londra da Alaistair e questo le tranquillizzava. Gabrielle raccomandò loro di non essere sgradevoli con Sasha per evitare di indisporre il padre. Aveva ragione, ma per loro quella donna era davvero insopportabile ed erano pronte a scommettere che per tutto il tempo non avrebbe fatto che mettersi in mostra e tubare con il genitore. Che dire poi del bambino che non smetteva un istante di piangere? Si erano ripromesse di fare del loro meglio per evitare la matrigna e, grazie al cielo, l'enorme yacht glielo avrebbe permesso senza problemi. Le sorelle se ne andarono sottobraccio, terribilmente in colpa al pensiero di lasciare la madre e promettendo di non farlo mai più.

La sera del 22, Gabrielle s'imbarcò sul volo per Londra dove, come aveva promesso ad Alaistair, atterrò il 23. Lo trovò a letto, più magro del solito. Geoff lo stava sostituendo ormai da giorni.

«Vuoi che chiami il dottor Leblanc?» gli chiese. Alaistair era stato avvisato che quando la fine fosse arrivata, avrebbe potuto essere rapida e lui... era già sopravvissuto più del tempo previsto dalla prima prognosi. Tutto fllava liscio, secondo il professore, eppure l'uomo aveva un aspetto preoccupante.

«Già fatto. Dice che è tutto nella norma. I risultati degli ultimi test sono piuttosto buoni. Verso la fine del trattamento le condizioni possono peggiorare e ha aggiunto che gennaio e febbraio saranno ancora più tosti.» La settimana prima aveva ricevuto il solito «cocktail» di metà mese e gli effetti erano stati devastanti, più del consueto.

Gabrielle gli preparò la valigia per il Sussex e lui insistette per guidare, sebbene la compagna temesse un possibile colpo di sonno mentre era al volante. E così, durante il viaggio lo tenne sveglio chiacchierando, cercando di farlo ridere, raccontandogli dei messaggi delle figlie in crociera con Sasha. Arrivati a destinazione lo costrinse a infilarsi subito sotto le coperte del grande letto a baldacchino. Quando, poco più tardi, lo raggiunse con del brodo caldo, lo trovò profondamente addormentato e si ritirò in buon ordine, pregando in cuor suo che Alaistair non la lasciasse. Geoff, prima della partenza per la campagna, l'aveva avvisata della presenza, poco distante, di un ospedale dove avrebbe potuto portarlo in caso di necessità, sebbene Gabrielle tremasse già all'idea della guida a sinistra e magari di doverlo fare di notte. Non c'erano pericoli, però, che non avrebbe affrontato per lui ed era grata di stargli accanto.

Si sdraiò accanto ad Alaistair senza disturbarlo e rimase lì, a osservarlo respirare, a lungo. La sua tranquillità quasi sconfinante nell'immobilità tuttavia la inquietava. Quando però il mattino seguente si svegliò, disse di sentirsi meglio, al contrario di lei che non aveva chiuso occhio per tenere sempre sotto controllo la situazione. Alaistair fece una discreta colazione e propose addirittura una breve passeggiata. Sembrava aver riguadagnato un po' di colore. Si era accorto dello spavento della compagna che quasi si pentiva di averlo portato in campagna e continuava a chiedersi se non fosse stato più prudente restare in città per essere più vicini ai suoi colleghi.

Alaistair però insisteva a dire di essersi ripreso. Riposò dopo pranzo e la sera accesero il camino, davanti al quale restarono seduti a lungo, mano nella mano, prima di salire in camera verso la mezzanotte.

«Sei la donna più bella che io abbia mai visto», le disse, sorridente.

«È ufficiale: stai diventando cieco!» Alaistair scoppiò a ridere.

«Non sono cieco, e tu sei una pazza a star qui con me. Spero un giorno di poter ricambiare il mio debito. Dovremo andare da qualche parte, quando tutto questo sarà finito.» Era la prima volta che parlava del futuro, che accennava a voler fare dei progetti. Gabrielle si chiese se fosse per una sorta di illusione, perché gli pareva di stare leggermente meglio o forse per risollevarle il morale? «A proposito, buon Natale.»

«Fai il bravo bambino e vai a dormire, altrimenti Babbo Natale ti farà trovare la pupù delle sue renne nella calza!» Alaistair si addormentò quasi subito. Di nuovo, il mattino seguente parve star meglio e addirittura disse di sentirsi più forte dei giorni precedenti. Era un segno della fine che si avvicinava o una vera svolta? Gabrielle aveva sentito dire che, talvolta, la gente in fin di vita manifestava come un'impennata di energia prima di andarsene.

Quella mattina arrivò la telefonata d'auguri delle figlie. Tutto sommato non se la stavano passando male, nonostante la presenza di Sasha che si aggirava sulla barca con un perizoma di strass e in topless, con grande gioia del marito. Stava proprio perdendo la testa, commentò Georgie, oppure l'aveva lasciata chissà dove quando aveva deciso di sposare quella tipa. Come sempre, Gabrielle non commentò per non gettare benzina sul fuoco.

Terminata la chiacchierata con le figlie, Gabrielle e Alaistair passarono allo scambio dei regali. Lei gli aveva preso un paio di gemelli d'oro con incise le iniziali – Alaistair li indossava sempre al lavoro – e lui una vera di brillanti che le fece scivolare all'anulare e che le calzava come un guanto. Gabrielle sorrise alla vista dell'anello che riluceva al posto della fede indossata in passato e non fece alcuna obiezione sul significato del gesto.

«Quando tutto questo sarà finito, se lo vorrai, potremo rendere legale la nostra storia. Nel frattempo, portalo in attesa di tempi migliori.» Gabrielle sorrise di nuovo e lo baciò, già innamorata di quel dono.

* * *

Erano nel Sussex da una settimana, e giorno dopo giorno le condizioni di Alaistair miglioravano leggermente. La coppia però temeva il trattamento seguente che lo avrebbe di nuovo indebolito. Alaistair aveva chiamato il professore, che gli aveva detto di aver deciso di ricoverarlo in ospedale per il giorno della terapia e di trattenerlo per la notte.

A Capodanno rientrarono a Londra, tristi di dover lasciare la pace e il calore della dépendance del Sussex, e il mattino seguente presero il treno per Parigi dove avevano prenotato al *Louis XVI*.

«Se dovesse esserci di nuovo un allarme bomba, questa volta l'attentatore sarò io», commentò Alaistair. Era irritabile e preoccupato per la cura. Gabrielle lo accompagnò in ospedale e rimase con lui sino all'arrivo del professore che, contrariamente alle altre volte, lo sedò e lo trattenne. Al risveglio, Alaistair non sembrava stanco come prima. E gli restava ancora soltanto una sessione, tra un mese. Il trattamento al quale lo avevano appena sottoposto, e che sembrava aver superato piuttosto bene, aveva il dosaggio più alto dei precedenti.

Si trattennero in albergo per due giorni e, al rientro a Londra, Alaistair affermò di sentirsi sufficientemente bene da tornare in studio.

Gabrielle, nel frattempo, viveva in un continuo stato di agitazione, preoccupata per ciò che sarebbe accaduto dopo. L'ultima seduta, però, non pareva aver lasciato in lui segni profondi. Al termine della settimana, Gabrielle rientrò a New York per incontrare il cliente greco e accompagnarlo sullo yacht – nel frattempo rientrato nel porto della Grande Mela – per la sistemazione del Picasso e di altre cinque opere.

Prima di lasciare Alaistair, aveva ribadito al compagno la propria disponibilità a tornare in qualsiasi momento e anche con il più breve dei preavvisi. In caso contrario, sarebbe rimasta parecchie settimane a New York per poi rivederlo a Parigi, per l'ultima parte della cura e i test di fine terapia. Per il momento, avevano superato le festività e lui era ancora vivo. Una grande vittoria per entrambi.

C'erano state notti in cui Gabrielle non aveva quasi osato addormentarsi. Quando era partita, indossava l'anello, che non si era mai tolta, e lui, il primo giorno di ritorno al lavoro, aveva sfoggiato i nuovi gemelli che non avevano mancato di suscitare complimenti nel sostituto, sollevato di vederlo in condizioni migliori. Era come se tra Natale e Capodanno Alaistair fosse arrivato a un punto di svolta e avesse cominciato a camminare in discesa. Stava recuperando le forze e, sebbene potesse lavorare solo mezza giornata, era deciso a riprendere a seguire i suoi pazienti. Armato di determinazione, coraggio e perseveranza, era per Gabrielle un esempio da ammirare.

Le festività erano state difficili, ma era riuscito a superare il periodo, e a dispetto della debolezza e dell'estrema fatica, si era goduto ogni istante trascorso con l'amata. Sebbene ancora non ci fossero prove concrete della guarigione, entrambi stavano pregando per un miracolo.

14

Per Patrick Martin il Natale andò come ci si sarebbe aspettati che fosse. Lui si era trasferito in un piccolo appartamento ammobiliato e la moglie aveva continuato a vivere in quello di famiglia. Rientrata dall'università per le feste, la figlia Marina, pur stando dalla mamma, andava a trovarlo ogni giorno, al contrario di Damien che negli ultimi due mesi si era rifiutato di farlo, orripilato dalle bugie e dall'ipocrisia del padre, adirato con lui per il dolore causato alla madre Alice e a tutti loro. Umiliazione, vergogna, terrore per il futuro, erano questi i frutti del suo comportamento. I soldi del conto comune diminuivano rapidamente anche perché Patrick ne aveva usati buona parte per pagare i legali che si stavano occupando del caso, e in precedenza vi aveva attinto abbondantemente per pagare Sergej.

Parlava solo con i suoi avvocati e nessun altro, preparandosi all'udienza che nel frattempo era stata fissata per febbraio. Ci pensava giorno e notte, era terrorizzato all'idea di andare in prigione, a cosa ne sarebbe stato di lui se ci fosse finito. Nutriva un odio profondo verso Karpov, per quello che gli aveva fatto, da vivo e da morto. In realtà, se fosse stato ancora in vita, Patrick pensava che probabilmente lo avrebbe ucciso, volontariamente stavolta. Non riusciva più a immaginare un futuro per sé, a meno di non essere dichiarato innocente e scagionato da ogni accusa. Ma quand'anche fosse accaduto, l'opinione pubblica non avrebbe mai dimenticato la sua storia sbandierata su tutti i giornali. Quanto ai media, detestava anche quelli. Traboccava di odio e una sorta di veleno ossessivo lo avvolgeva come un gas letale. Già solo stargli accanto era tossico.

Alice non lo aveva più visto da quando aveva lasciato la casa. Solo Marina lo andava a trovare. Il Natale, in casa Martin, fu di una tristezza infinita, con lei in mezzo ai due figli in guerra su fronti opposti per il padre e Patrick da solo nel suo appartamentino in attesa che la figlia, a fine giornata, andasse a salutarlo. Niente feste, quell'anno, niente regali, niente calorosi scambi di auguri, nessuna manifestazione d'affetto. Sembrava una casa di morti, e tutto per colpa di Patrick e della sua sregolatezza. Sergej si era lasciato tutto alle spalle, ma Patrick portava su di sé l'onere degli errori commessi, dei suoi peccati e delle sue menzogne. Chiunque fosse venuto a contatto con lui era rimasto intossicato. Non aveva più alleati o sostenitori, non lo amava più nessuno a eccezione della figlia alla quale seguitava a fare un vergognoso lavaggio del cervello convincendola di essere lui la vittima, di essere stato ingannato e sfruttato da tutti, dal governo, dalla famiglia, dalla stampa e specialmente da Damien che continuava a rinfacciargli la sua omosessualità mentre lui perseverava nell'affermare di non essere gay. Era un uomo malato, che le stava riempiendo la testa di bugie solo per trarne vantaggio, e per questo Damien lo detestava ancora di più. Nel frattempo, Alice assisteva impotente alla disgregazione della famiglia. Si era tolta la fede nuziale e attendeva il momento, una volta concluso il processo, per divorziare. I documenti erano pronti e firmati. Voleva solo liberarsi del marito, tagliare ogni legame per sempre. Dopo, avrebbe ripreso il cognome da ragazza. Per il momento, si stava godendo una breve pausa dalle lezioni alla Sorbona per le festività.

L'intera famiglia era in attesa della scure del destino, ma nel suo stato delirante Patrick aveva cominciato a credere che sarebbe stato giudicato innocente. Insisteva con l'affermare che nessun giudice avrebbe potuto condannarlo per la morte di un essere inutile come Sergej. Al termine delle vacanze, Marina decise di non tornare a Lille. Con la testa piena delle fandonie paterne, non se la sentiva di abbandonarlo a se stesso. Lei era l'unica che andava quotidianamente a trovarlo.

La famiglia viveva nell'inferno del quale Patrick stesso aveva spalancato le porte. Sarebbe stato un sollievo per tutti quando fosse iniziato il processo. Gennaio sarebbe stato un mese interminabile.

L'attesa volò invece per Gabrielle. L'amato pareva stare meglio e ritrovare le forze. Per essere sicura delle informazioni che riceveva, si sentiva spesso con Geoff che, ogni volta, confermava. A dicembre Alaistair aveva toccato il punto più basso, ma a gennaio aveva cominciato a risalire la china. A metà gennaio assunse l'ultimo cocktail londinese di farmaci. Alla vigilia del trattamento finale con il professor Leblanc, Gabrielle lo raggiunse direttamente a Parigi. Non lo vedeva da quattro settimane, e lo trovò migliorato, più colorito, gli occhi non più infossati nelle orbite e più vividi. In ospedale, in concomitanza con la cura, il professore avrebbe eseguito una serie di test. Gabrielle lo accompagnò di persona e attese ore in corridoio fino a quando non le fu permesso di vederlo. Pesantemente sedato, Alaistair non riusciva neanche ad aprire gli occhi o a pronunciare una frase e seguitò a dormire fino al giorno successivo mentre lei sonnecchiava in sala d'attesa, appoggiata a un cuscino che un'infermiera gentile le aveva procurato. Quando lo rivide, il mattino seguente, Alaistair, sorridente, stava facendo colazione. Fu dimesso subito dopo con la promessa di ricevere i risultati degli esami alla fine della settimana.

La coppia rimase a Parigi altri due giorni che Gabrielle sfruttò per recuperare un po' del sonno perduto. Era esausta e lui, che desiderava viziarla, la trattava come una bimbetta bisognosa di cure materne. Voleva prendersene cura, consapevole però che non avrebbe mai fatto abbastanza per ripagarla. Il suo amore era commovente.

Trascorrevano la maggior parte del tempo in hotel, a letto, uscendo soltanto un po' nel pomeriggio per una boccata d'aria o per fare un giro delle vetrine in rue du Faubourg Saint-Honoré, dove si trovavano i negozi più chic. Stavano rientrando in albergo dopo una passeggiata, quando tre uomini con dei grossi borsoni da palestra neri attirarono l'attenzione di Alaistair. Notò anche tre motociclisti in attesa e, subito dopo, i tre di prima correre verso di loro. Indossavano dei passamontagna di lana ed erano sbucati da una gioielleria. Mentre elaborava la scena, sentì un colpo squarciare l'aria. D'istinto, afferrò la compagna, la spinse fra due macchine parcheggiate e le fece scudo col proprio corpo.

«Sta' giù!» le ordinò secco. Dopo altre detonazioni, le tre motociclette sfrecciarono davanti a loro e iniziarono a zigzagare nel traffico. Alaistair vide chiaramente che ora seduti dietro c'erano quelli con i borsoni da palestra. Mentre lui e Gabrielle restavano rannicchiati, un'intera squadra di poliziotti in moto iniziò l'inseguimento. Alaistair alzò la testa per vedere meglio mentre la compagna, aggrappata alla sua giacca, seguitava a strattonarlo per tirarlo giù.

«Che cosa stai facendo?» gli chiese. Gli spari erano cessati. Alaistair guardò di nuovo e scorse una moto della polizia bloccare la strada mentre altri colleghi in divisa costringevano i fuggitivi a scendere dai mezzi, strappavano loro di mano i borsoni e li porgevano ai colleghi. Poi, i criminali ammanettati furono caricati su delle volanti appena sopraggiunte e le moto portate via.

«Che è successo?» domandò Gabrielle, scossa, e certa che quelli che aveva sentito erano dei colpi d'arma da fuoco.

«Una rapina in gioielleria, credo», rispose lui, agitato. La strada era ancora bloccata, i poliziotti chiedevano ai pedoni di lasciare la zona. Alaistair ebbe un rapido scambio di battute con uno degli ufficiali per poi allontanarsi con la compagna e imboccare una via laterale.

«Dove stiamo andando?» volle sapere Gabrielle, seguendolo.

Arrivati in albergo qualche minuto dopo attraverso alcune scorciatoie, notarono una piccola folla in strada e molti poliziotti con le armi spianate. Mostrarono le carte elettroniche e furono lasciati entrare. Nella hall, la gente parlava della rapina appena compiuta.

«Ho riferito al poliziotto dove alloggiamo e gli ho dato i nostri nominativi nel caso servisse una deposizione», le spiegò Alaistair, mentre attraversavano la lobby e salivano in ascensore per tornare in camera.

«Non ho visto nessuno in volto, solo le motociclette che passavano a tutta velocità», rispose Gabrielle.

Quella sera, due poliziotti si presentarono alla suite tenendoli impegnati per una mezz'ora nel salotto. Alaistair faceva da traduttore. I tre rapinatori erano stati catturati con i complici in moto e la refurtiva recuperata. La polizia riteneva che si trattasse di principianti che facevano capo a una banda che negli ultimi due mesi aveva assalito diverse gioiellerie della zona.

«Grazie al cielo non hanno rapinato gli espositori dell'albergo», commentò Gabrielle, ancora sotto shock per ciò che aveva visto.

Dopo aver fatto firmare loro le deposizioni e aver lasciato un numero di telefono da chiamare per qualunque eventualità, gli agenti si congedarono. Alaistair disse loro che era un miracolo che fossero riusciti a evitare una sparatoria tra le macchine parcheggiate.

«Non si può mai sapere quello che può succedere», commentò poi con Gabrielle, quando rimasero da soli. Il pensiero che lei avesse potuto essere ferita o uccisa lo aveva profondamente sconvolto. La strinse a sé. Non avrebbe sopportato di perderla. Come il compagno, anche lei pensava la stessa cosa. Stavano lottando contro la malattia di lui, e senza mai pensare che un qualunque pericolo imprevisto potesse metterli a rischio. Trascorsero la notte stretti l'uno nelle braccia dell'altro. Il mattino seguente tutti i giornali riportavano la notizia. Sei uomini erano stati arrestati e incarcerati. Non si registravano feriti. Un vero colpo di fortuna, che Gabrielle sperò durasse anche per la salute del compagno. Come dimenticare che l'aveva protetta con il suo stesso corpo per prendere al suo posto una possibile pallottola vagante? No, non se lo sarebbe scordata mai.

Alaistair e Gabrielle erano ancora a Parigi quando iniziò il processo a Patrick Martin. Tutti i giornali ne scrivevano a titoli cubitali. Il pubblico ministero aprì l'udienza con un quadro a tinte fosche del caso e definendo vittima e accusato feccia della feccia. Il mondo e la carriera di Patrick erano un castello di bugie. L'ex ministro aveva deluso il Paese, insozzato il buon nome dell'istituzione che rappresentava. Solo a leggere gli articoli – che traduceva per lei – ad Alaistair pareva di percepire quanto tossica fosse l'atmosfera del caso e deteriori le persone coinvolte. Le udienze proseguirono anche dopo la partenza della coppia per Londra. Gabrielle decise di stare con lui ancora un'altra settimana, sino al risultato dei test. Voleva stargli accanto quando il professore lo avrebbe chiamato, supportarlo se le notizie fossero state negative oppure gioire con lui di eventuali miglioramenti, anche minimi.

Leblanc chiamò qualche giorno dopo il previsto, poco prima che Alaistair uscisse per andare allo studio. Gabrielle capì subito che doveva trattarsi di lui dall'espressione di terrore che vide sul viso del compagno. Immobile, ascoltava l'interlocutore, e lei non riusciva a capire quello che gli veniva detto. Era talmente serio e concentrato che Gabrielle smise di respirare nell'attesa. Poi, quando Alaistair cominciò a dialogare, capì che il professore gli aveva consigliato di consultare un altro medico, notizia che la inquietò. Infine, dopo aver ringraziato Leblanc con voce strozzata, Alaistair chiuse la telefonata e la fissò. Muto. Incapace di parlare. Con gli occhi pieni di lacrime. Lo shock gli impediva di spiccicare anche una sola parola. Poi, mentre Gabrielle si avvicinava a lui pronta a consolarlo, ritrovò la voce.

«Sono arrivati i risultati dei test. Remissione. Sono in remissione... Mio Dio, Gabrielle, sono in remissione! Non ho più il cancro, per il momento. Non sa quanto potrà durare, forse per poco o forse per sempre, ma il tumore è sparito. Sopravvivrò!» Scoppiò in singhiozzi e quando l'amata lo strinse tra le braccia, piansero insieme. Avevano vinto... lui aveva vinto... il potenziale suicida aveva deciso di intraprendere una dolorosa battaglia che lo aveva quasi ammazzato... e aveva trionfato! Le gambe le tremavano così tanto che dovette sedersi, imitata da lui che la teneva tanto stretta da toglierle il fiato. Gabrielle non riusciva a pensare. Non riusciva a parlare. Sapeva soltanto che Alaistair non sarebbe morto. Si rammentò di tutte le notti delle festività natalizie quando era stata troppo spaventata per chiudere gli occhi, temendo di perderlo mentre dormiva, terrorizzata al solo pensiero. L'incubo era finito. Si erano finalmente svegliati.

«Oh, mio Dio», seguitava a ripetere lei, ringraziando in silenzio il Signore per aver accolto le loro preghiere e compiuto un miracolo inaspettato.

Alaistair la guardò sorridente tra le lacrime, e la baciò. Ancora non riuscivano a crederci. Quando chiamò Geoffrey, anche lui scoppiò in lacrime. Alaistair avrebbe voluto gridare dai tetti la buona notizia, ma aveva paura di crederci, come se qualcuno gliela potesse portare via. Uscì di casa con la mente ancora annebbiata, ma deciso a tornare al lavoro, alla normalità. Il professore lo aveva avvertito che si sarebbe sentito debole ancora per un po', in conseguenza dei farmaci, ma che avrebbe presto recuperato le forze. Doveva sottoporsi regolarmente a dei test e a un monitoraggio costante per essere sicuri che si mantenesse lo stato di remissione. Prima di uscire, Alaistair aveva detto a Gabrielle che un altro importante ricercatore newyorkese, con il quale il professore era in contatto, voleva vederlo, studiarne il caso non soltanto nel suo stesso interesse ma anche a beneficio dei propri pazienti. Leblanc aveva accolto positivamente la richiesta dichiarando che avrebbe accettato più che volentieri la sua opinione sui risultati. Lui e Gabrielle sarebbero partiti insieme per la Grande Mela. Qualunque cosa fosse successa adesso, però, lui era in remissione. Era libero! Per il momento, per un po' di tempo, per sempre... questo restava un punto interrogativo.

Quella sera, festeggiarono l'evento con una cena nel loro pub preferito nonostante si sentissero come degli zombie, sollevati, stanchi, confusi, timorosi che non fosse vero, storditi, grati, esausti e felici. Fu un sollievo per loro tornare a casa, mettersi a letto e stringersi forte. Avevano riso e pianto tutto il giorno. Poi, dopo aver fatto l'amore, sprofondarono in un sonno ristoratore, abbracciati. Al risveglio, Alaistair pensò di aver soltanto sognato. Era tutto vero, invece. Il miracolo era accaduto. Avevano ricevuto il dono più prezioso del mondo.

A Parigi, il processo andava avanti da due settimane, e ci furono anche le testimonianze degli uomini con i quali Patrick aveva avuto rapporti in situazioni clandestine. Ogni attimo della sua vita segreta era costellato di bugie. Nessuno lo accusò di violenza, solo di disonestà e di aver comprato il silenzio con qualche bustarella. Altri testimoniarono di essere stati ricattati da Sergej, che li aveva spremuti il più possibile. Difficile dire chi fosse il colpevole più abietto, il più repellente, se la vittima o l'accusato. Entrambi, in ogni caso, non meritavano la pietà di nessuno. Alice fu presente in tribunale per tutto il tempo, immobile come una statua, asciugandosi di tanto in tanto una lacrima con un fazzoletto, mentre la figlia singhiozzava apertamente, a due file di distanza, lanciando occhiate cariche d'odio alla madre.

A un tratto, tentò addirittura di avvicinarsi al padre e dovette essere espulsa dall'aula. Damien sembrava un vulcano sul punto di esplodere. Una famiglia era andata distrutta, e tutto per colpa di quell'uomo. Come disse il pubblico ministero, nulla avrebbe più potuto redimere Patrick né nella sua vita pubblica, né in quella privata. Era fallito come padre, come ministro, come marito e come uomo. Si era macchiato di atti deplorevoli. Anche il giudice per le indagini preliminari era arrivato alle stesse conclusioni. L'accusa per Patrick era di omicidio colposo. Non esistevano prove che avesse alzato le mani sulla vittima. E se lo aveva fatto, non c'erano evidenze certe, come non ce n'erano per accusarlo o discolparlo di omicidio premeditato. Il movente esisteva, ma la dinamica dell'accaduto restava poco chiara. Patrick era scattato in piedi con un urlo di dolore quando il procuratore aveva chiesto la pena di trent'anni per omicidio di primo grado, ed era caduto di nuovo a sedere nell'udire che la richiesta era stata rigettata.

Il verdetto finale arrivò tre settimane dopo. L'imputato fu invitato ad alzarsi. Non potendo provare la premeditazione, il tribunale lo condannò a cinque anni per l'omicidio colposo di Segej Karpov, avvenuto in seguito a un alterco. La figlia si lasciò sfuggire un urlo di disperazione e Patrick, nel silenzio che seguì, si sciolse in lacrime. Fu accusato anche di aver abbandonato la scena del crimine fuggendo. Il giudice subito dopo dichiarò che, in considerazione del fatto che era stato al servizio del Paese come ministro dell'Interno, la pena veniva commutata nella libertà vigilata per tutti i cinque anni previsti.

Era libero, ma, come il giudice tenne a sottolineare, su di lui gravava la responsabilità dei crimini commessi e il male fatto a tutti coloro che avevano dovuto subire gli effetti delle sue azioni, inclusi la moglie e i figli. Alice rimase completamente immobile alla pronuncia della sentenza, senza mai guardare il marito, abbracciata da Damien sempre più disgustato dal padre.

Patrick Martin sembrava in stato di shock quando uscì dall'aula con uno dei suoi avvocati per firmare i documenti della sospensione della pena e della libertà vigilata. La corte era stata con lui molto più clemente di quanto non meritasse.

Marina si trascinò dietro la madre, subito circondata dai giornalisti insieme al resto della famiglia. Damien, sollecito, tentò di proteggerle entrambe. Poi, il terzetto salì a bordo della macchina del ragazzo e partì. Alice, in lacrime, non disse una parola. Impossibile capire se fosse sollevata o delusa, se volesse vedere Patrick in prigione o no. Damien l'accompagnò a casa e l'aiutò a stendersi sul letto posandole sul comodino un bicchiere d'acqua. Lei lo ringraziò e chiuse gli occhi, come se non sopportasse più nulla di quello che aveva visto e sentito.

Damien sperò che il padre non avesse la faccia tosta di presentarsi in quella che un tempo era stata la loro casa o di tentare di vedere uno di loro, almeno non ora. Sapeva delle intenzioni della madre di chiedere subito il divorzio e in cuor suo sperava che non avesse cambiato idea. Non era però il momento giusto per domandarle nulla. Piano, chiuse la porta della camera e la lasciò sola a piangere per la sua vita in frantumi.

15

TERMINATO il processo, a Patrick Martin era rimasta una sola cosa: la libertà fisica. Nient'altro. Era stato cancellato dall'albo degli avvocati, la carriera politica era finita, non sarebbe più stato in condizioni di trovare un nuovo lavoro in nessun settore di sua competenza e anche la situazione finanziaria era pessima. Aveva vissuto dei molti benefici che si accompagnavano alla sua posizione, macchine e autisti, vacanze, facilitazioni, regali e servizi che gli venivano offerti gratuitamente. Non era rimasto nulla. Non era in grado di trovarsi una nuova occupazione. Solo un lavoro gli avrebbe consentito di mantenersi. Quale però? A breve la sua situazione sarebbe precipitata. Ancora non lo sapeva, ma a risarcimento della vergogna e dello stress emotivo subiti per colpa sua, Alice Martin stava per chiedere il pieno possesso dell'appartamento di famiglia per uso personale, e da vendere a sua discrezione, se lo avesse ritenuto necessario. Il suo avvocato si era detto quasi certo dell'accoglimento della richiesta. Patrick era un pregiudicato ora, non aveva diritti. Se anche avesse superato di un millimetro il confine della legalità, la sospensione della pena sarebbe stata revocata e avrebbe dovuto scontare cinque anni dietro le sbarre, dov'era quasi impossibile che riuscisse a sopravvivere circondato da criminali incalliti.

Seduto nel suo appartamentino ammobiliato, Patrick era giunto alla stessa conclusione. Tre giorni dopo il processo, Damien ricevette una chiamata nel cuore della notte. A rispondere fu il compagno che gli porse la cornetta con espressione afflitta. Ai suoi occhi, il padre era una maledizione, come gli aveva già detto chiaramente.

A chiamarlo era il pronto soccorso dell'ospedale Pitié Salpêtrière, su indicazione del pronto intervento. Il padre era in overdose da sonniferi, era entrato in coma e con tutta probabilità non sarebbe sopravvissuto. Lo stavano avvisando nel caso avesse desiderato vederlo, ma data la dose di farmaci ingerita, il paziente difficilmente sarebbe uscito dal coma e, quand'anche, avrebbe potuto riportare un serio danno cerebrale. Il giorno prima, Alice aveva firmato i documenti per il divorzio, ma non avendoli Patrick ancora ricevuti, non aveva motivo di sentirsi in colpa. Solo Damien sapeva che erano già stati firmati.

Riagganciata la cornetta, il giovane rimase seduto qualche istante, poi si alzò e infilò un paio di jeans.

«Che stai facendo?» chiese Achille, suo compagno da tre anni. Solo da poco Damien lo aveva presentato alla madre che lo aveva subito preso in simpatia. Da quando

Damien aveva fatto coming out, imparava ogni giorno di più sulla vita del figlio.

«Mio padre ha tentato il suicidio. È in coma, ma temono che non sopravvivrà», gli rispose serio, incerto su ciò che provava.

«Mi spiace dirlo, ma dopo quello che ha fatto a te e a tua madre, dopo il sistematico lavaggio del cervello che ha fatto a tua sorella e tutto il resto, credo che sia il karma. Senti il bisogno di andare?» Damien annuì ma senza lacrime. Non riusciva neanche più a piangere.

«Vengo con te.» Achille lo abbracciò stretto, quando finalmente il compagno si lasciò sfuggire un singhiozzo.

«È una persona orrenda, lo so, ma è mio padre. Non dovrebbe morire da solo.» Era quello che si era meritato, disse Achille tra sé e sé prima di accompagnarlo in ospedale.

Patrick era in una stanzetta, da solo. Vestito con un camice dell'ospedale, era mortalmente pallido, aveva le labbra grigie e contornate da un alone bluastro. Era attaccato a un respiratore. Sembrava già morto. Il figlio lo guardò a lungo, cercando di provare qualcosa per lui, con Achille al suo fianco, poi andò a sedersi in corridoio in attesa della fine.

Fu raggiunto poco dopo da un dottore. Il padre poteva restare in coma a lungo, gli spiegò, fintanto che fosse stato sottoposto alla respirazione assistita.

«Vada a casa. La chiameremo, se dovesse succedere qualcosa. Abbiamo tentato di parlare con sua madre, ma il telefono squillava a vuoto e non partiva neanche la segreteria telefonica, così abbiamo pensato di rivolgerci a lei.»

«Lieto che lo abbiate fatto.» Alice aveva disconnesso il fisso dopo la presentazione dei documenti per il divorzio e non rispondeva al cellulare. Non desiderava parlare col marito una volta che questi avesse ricevuto la sua richiesta. L'avvocato aveva affermato che Martin non avrebbe saputo nulla prima di almeno cinque giorni e comunque non si sarebbe di certo aspettato un passo simile dalla moglie. Damien però era fiero del coraggio dimostrato dalla madre.

Achille e il compagno tornarono a casa e, la mattina seguente, Damien andò dalla madre per informarla del tentato suicidio. Lei rimase immobile a fissarlo. Non pianse, non disse una parola. Si limitò a guardarlo e ad annuire.

«Vuoi vederlo, mamma?»

Alice scrollò la testa. «Non ho nulla da dirgli.»

«In tutti i casi, non potrebbe sentirti. Te lo chiedevo solo nel caso in cui volessi fargli visita.»

«Non voglio ricordarlo in quel modo.» Desiderava cancellarlo dalla memoria. Voleva iniziare daccapo e aveva addirittura considerato di chiedere il trasferimento in un ateneo lontano da Parigi, dove nessuno la conosceva, dove avrebbe usato il suo nome da nubile rispolverato già prima del processo. Col divorzio tutto sarebbe tornato come prima.

La parte più difficile fu dirlo a Marina che chiese di vederlo. Damien la accompagnò. Alla vista del padre in quelle condizioni, gli si accasciò sul petto, singhiozzando fino a quando le infermiere non la staccarono per evitare che il paziente soffocasse. Damien non tentò neanche di parlarle, di chiederle come si sentiva. Era distrutta e aveva il diritto di amare il genitore, indipendentemente da ciò che aveva fatto.

A casa, Alice la fece stendere sul letto e le portò una tazza di tè.

«Perché siete tutti così cattivi con lui?» singhiozzò Marina. «Non vuoi neanche vederlo!» La madre non replicò. Avrebbe dovuto spiegarle troppe cose che lei non avrebbe ascoltato comunque. Tornò in camera ma lasciò aperta la porta di quella della figlia nel caso avesse avuto bisogno. Era arrivato il momento di accettare la situazione e farsi una ragione per ciò che suo padre era stato.

Gabrielle lesse del tentato suicidio di Patrick Martin a Londra. Alaistair cominciava a sentirsi meglio ogni giorno di più e lei con lui. Rimase sconvolta dall'apprendere che solo pochi giorni dopo la condanna e la sospensione della sentenza, era in coma attaccato a un respiratore.

Mostrò l'articolo al compagno che scrollò la testa.

«Che uomo pessimo.»

«Per colpa sua la famiglia ha vissuto l'inferno», concordò Gabrielle. «La vita è strana, non trovi? Credi che ce la farà?»

«Potrebbe, ma non è detto. Ci sono persone che vivono in stato vegetativo a lungo e comunque non sarebbe più lo stesso, se si svegliasse. Più si rimane in quelle condizioni, maggiori sono le possibilità di riportare seri danni cerebrali. Dopo quello che gli ha fatto passare, la famiglia non avrebbe neanche il sollievo di saperlo morto.»

Tre settimane dopo, Patrick Martin si risvegliò dal coma, in stato confusionale. Soffriva di una grave amnesia per via della ingente quantità di farmaci ingeriti ed era stato a un passo dalla morte quando un vicino lo aveva trovato grazie alla porta di casa lasciata socchiusa. Forse non voleva che il suo cadavere restasse abbandonato lì dentro per chissà quanto prima che qualcuno lo scoprisse.

Quando riprese coscienza, non ricordava nulla né del processo né della sentenza né di come era finito in tribunale. Rammentava il suo nome, se sollecitato, qualche dettaglio dell'infanzia e poco altro ancora. I medici avevano riferito al figlio che difficilmente avrebbe ripreso conoscenza, e così fu una sorpresa per tutti quando riaprì gli occhi. Il danno al cervello però era troppo esteso, il coma era durato molto. Inoltre, non sarebbe potuto restare a tempo indefinito in ospedale. Non era malato e c'era bisogno di letti liberi. Era necessario trovare una soluzione a lungo termine, ma le liste d'attesa nei ricoveri statali erano lunghe. Era indispensabile pensare a una soluzione momentanea.

Quando quella sera Damien ne parlò con il compagno, Achille non fece salti di gioia.

«Non sarà per sempre, anzi, spero proprio che i tempi siano rapidi. È mio padre, e sento il dovere di aiutarlo. È ritornato bambino, non può prendersi cura di sé e non c'è nessun altro disposto a farlo.»

«Non potrebbe pensarci tua madre?»

Damien scrollò la testa. «Non vuole neanche vederlo e io non me la sento di scaricarle questo peso. Sarebbe troppo per lei. Ne ha passate abbastanza. Rischierebbe di crollare.» Era un miracolo che non lo avesse ancora fatto. «Sono l'unico», concluse, pacato. Quello sarebbe stato il suo ultimo regalo al padre, il suo perdono.

«Va bene, ma per non più di due settimane e io ti aiuterò a trovare un posto dove trasferirlo. Lo sto facendo soltanto per te.» Achille sapeva quanto il compagno avesse sofferto.

«Grazie.» Damien lo baciò sulla guancia.

Andarono a prelevare Patrick due giorni dopo, forti della promessa che nel giro di un paio settimane una delle strutture pubbliche sarebbe stata in grado di ospitarlo.

Sembrava quasi un bambino, quando arrivò nell'appartamento del figlio dove ad attenderlo c'era una camera libera e un letto. Ogni notte bagnava il materasso. Averlo lì era un tormento ed entrambi non vedevano l'ora che se ne andasse. Achille però era determinato a mantenere la promessa e per Damien quello era l'ultimo gesto di pietà per un padre che non lo riconosceva neanche più. Ne ricordava il nome, ma non sapeva chi fosse e sembrava confuso ogni volta che lo vedeva.

Era passata una settimana quando, una mattina, qualcuno suonò alla porta. Damien rimase di stucco nel vedere la madre. Alice sapeva cosa stava facendo per Patrick e gliene era grata. Lei non ce l'avrebbe fatta. Non più.

«Sono venuta per vedere tuo padre», disse in tono tranquillo. «Posso?»

Il figlio l'accompagnò nella stanza. Patrick era sveglio, disteso sul letto, gli occhi fissi nel vuoto. Non li distolse neanche quando Alice, che con tutta evidenza aveva qualcosa da dirgli, iniziò a parlare. Rispettoso, Damien li lasciò da soli.

«Patrick», disse lei con voce tersa. «Sono venuta a dirti che ti perdono per tutte le cose orrende che mi hai fatto, per essere il pessimo padre che sei stato per i tuoi figli. Ti perdono le bugie, le crudeltà, le schifezze che hai fatto con altri uomini. Ti perdono la tua codardia e la tua disonestà. I tuoi peccati, li perdono tutti. Non sei più mio marito, rinuncio a te. Non voglio vederti mai più, ma nel nome di Dio, sappi che ti perdono.» Uscì dalla stanza sotto lo sguardo vacuo di Patrick che non aveva capito nulla. Poi, dopo aver ringraziato il figlio, se ne andò. Damien uscì di casa poco dopo l'arrivo di una badante ingaggiata per il padre. Non poteva permettersi altre assenze sul lavoro.

Aveva ascoltato le parole della madre e l'ammirava ancora di più. Era una donna onesta, profondamente religiosa. Non riusciva a credere come fosse stata capace di perdonarlo. Sapeva però anche che ormai per lei, Patrick era morto. L'uomo che un tempo era stato suo marito non esisteva più e non sarebbe mancato a nessuno.

Marina alla fine era ritornata all'università. Lo aveva visto solo una volta, attaccato al respiratore, e le era bastato. Il genitore non c'era più. Forse sarebbe tornata a fargli visita al ricovero, ma Patrick non l'avrebbe riconosciuta.

Era uno zombie ormai, il guscio vuoto di un essere umano. Niente più bugie, niente di niente. Il suo cervello era quasi completamente morto.

Era stato punito per i suoi crimini e i suoi peccati. Il destino aveva cancellato ogni cosa con un colpo di spugna, così come aveva fatto con la sua mente e la capacità di usarla. Aveva emesso la sua sentenza.

16

DURANTE la permanenza a Londra, Gabrielle ebbe l'opportunità di visitare un'altra fiera d'arte nella speranza di trovare qualcosa che potesse servirle per accontentare un cliente. L'esposizione era piccola ma ben organizzata e fu una gioia parteciparvi con Alaistair. Fu a cena al ristorante che il compagno le domandò se non volesse prendere in considerazione la possibilità di lavorare lì, in modo da non dover passare metà della vita sugli aerei per stare con lui.

«L'idea mi ha sfiorato», gli rispose sorridendo. «Tuttavia, per svolgere bene la mia attività è necessario che stia anche a New York. Potrei però trattenermi qui la maggior parte del tempo, approfittando del fatto che i miei impegni sono un poco come una festa itinerante.» Era un modo grazioso di considerare la situazione e ad Alaistair non sarebbe dispiaciuto lasciarla viaggiare da una parte all'altra dell'oceano, se era di questo che aveva bisogno. Per Gabrielle il lavoro era importante e lui lo rispettava. «Quanto a te, dovrai venire a New York, uno di questi giorni, per vedere il dottor Thatcher, come ci ha suggerito il professor Leblanc. Si può sapere quando hai intenzione di farlo?»

«Presto. Prima voglio dare la possibilità a Geoff di tirare un po' il fiato. Ha sgobbato tantissimo per il sottoscritto negli ultimi cinque mesi e si merita una pausa. Chiamerò il dottore questa settimana per mettermi d'accordo con lui. Leblanc mi ha riferito che è interessato al mio caso e vuole una sua opinione su quanto potrebbe protrarsi la remissione della malattia. Il professore pensa che potrebbe essere per sempre. Mi piacerebbe però sentire anche l'altra campana.»

«Piacerebbe anche a me.» Più il tempo passava, più Alaistair ritrovava le forze.

«Pensavo che potremmo ufficializzare l'anello che porti al dito, uno di questi giorni, se dovrò continuare a starti fra i piedi... come tutto fa pensare.» Avrebbero sempre vissuto col sottile terrore che l'incubo potesse ritornare, ma sarebbe potuto accadere a chiunque, proprio com'era successo a lui. Non c'erano garanzie sul futuro di nessuno. La vulnerabilità e la fragilità sono insite nella natura umana e in qualunque istante la vita può imboccare un percorso terribile o meraviglioso. Nessuno ne è esente.

Il mattino dopo, Alaistair telefonò al dottor Thatcher, il ricercatore newyorkese, che gli fissò un appuntamento due settimane dopo. Gabrielle sarebbe dovuta partire prima, e lui l'avrebbe raggiunta per un lungo fine settimana.

* * *

Gabrielle se ne andò quello stesso weekend e Alaistair la seguì sette giorni dopo. Nell'attesa, lei gli aveva fatto spazio nell'armadio e reso l'appartamento più consono alle sue esigenze. Nello studio aveva una scrivania doppia che avrebbero potuto usare entrambi.

Arrivò il giorno dell'appuntamento con il dottor Thatcher, alla vigilia del quale Alaistair ebbe un sonno poco tranquillo. Lei aveva un impegno importante con il cliente greco che non aveva potuto posticipare e il medico aveva solo quella finestra di tempo da dedicargli, così la coppia aveva deciso che sarebbe andato senza di lei.

«E se si dovesse accorgere di qualcosa che al professore è sfuggito? O se pensasse che si sbaglia?» chiese Alaistair a colazione.

«Se così fosse, ricominceremo tutto da capo, come abbiamo già fatto. Forse però dirà che va tutto bene, esattamente come Leblanc. Perché non focalizzarsi su questo fino a quando non lo avrai sentito?» Gabrielle era divorata dai rimorsi di non poterlo accompagnare, ma lui aveva insistito a dire che se la sarebbe cavata anche da solo.

Alaistair era troppo terrorizzato per parlare, mentre aspettava in una saletta di essere ricevuto. Il professor Leblanc aveva trasmesso per posta elettronica il suo fascicolo sanitario al dottor Thatcher per dargli la possibilità di studiarlo prima dell'appuntamento. E così il collega aveva fatto, esaminandolo con diligenza per poi condividerlo col collega.

Alaistair, con le gambe tremanti, entrò nello studio del dottore che lo accolse con espressione impassibile.

«Suppongo che tutto questo debba essere molto stressante per lei», gli disse, guardandolo. «Avere un referto positivo da un medico e poi chiedere a un altro un secondo parere. E i ricercatori, si sa, non si trovano mai d'accordo.» Era chiaro che lo stava preparando a ricevere cattive notizie. D'un tratto, Alaistair ebbe la sensazione di svenire. Il dottor Thatcher continuò: «In questo caso, però, concordo pienamente. La conclusione del dottor Leblanc è giusta. Lei è in remissione. È libero dal cancro. Personalmente, non giudico la sua né una remissione né una *intermissione*, ma una guarigione, considerando che lei continua a non avere più il cancro, che per noi è un dato di importanza cruciale. Le sue cellule, il suo DNA e la terapia del professore si sono combinati alla perfezione. Leblanc ha fatto centro. Non potrei immaginare risultato migliore. Deve essere stata dura, ne sono sicuro, ma nonostante i momenti bui ne è valsa certamente la pena. Congratulazioni». Diede la mano ad Alaistair che gliela strinse con le lacrime agli occhi, incapace, per qualche istante, di parlare per la commozione.

«La mia futura moglie sarà felicissima di sentirlo. Il professor Leblanc ci ha restituito le nostre vite. Ero un uomo morto quando l'ho incontrata. Sarei dovuto essere sotto terra nel giro di due mesi.»

«Talvolta accade. A volte succede che abbiamo ragione, ma altre ci sbagliamo oppure troviamo una risposta ad hoc per il paziente. Personalmente, credo molto nella forza dello spirito umano. Ci sono dei momenti in cui dobbiamo guarire il cuore, la mente e lo spirito prima che il nostro corpo ci segua, anche se naturalmente questo è un genere di discorso che ai ricercatori non fa piacere sentire.» Il dottor Thatcher sorrise. «Forse la sua futura moglie ha avuto un peso importante in tutto questo, se vi siete incontrati nel momento peggiore. La verità è che non sappiamo perché ci sono casi in cui la terapia funziona e altri in cui fallisce. Possiamo soltanto afferrare la vita con entrambe le mani, nuotare il più lontano possibile, lottare con tutti i mezzi che abbiamo. E se siamo fortunati, raggiungiamo la vittoria.» Quando Alaistair lasciò lo studio per tornare a casa e aspettare Gabrielle, ebbe quasi la sensazione di volare. Nel frattempo l'aveva chiamata per rassicurarla. Tutto era andato benissimo. I dettagli glieli avrebbe raccontati di persona. Per un istante lei aveva temuto che ci fossero cattive notizie che desiderava darle guardandola negli occhi.

«Il dottor Thatcher afferma che Leblanc ha fatto un lavoro eccellente e ne conferma i risultati. Dissente soltanto su una cosa, una questione di semantica forse. Non considera la mia malattia in remissione, come il professore, ma definitivamente guarita. È del parere che non si ripresenterà. Lo vedremo col tempo, ma è convinto che ci siamo liberati di quel ragazzaccio per sempre.»

«Mio Dio, Alaistair...» Gabrielle sentì le ginocchia cederle, ma lui la afferrò in tempo, la mise a sedere sul pavimento e fece lo stesso.

«Significa che ne sei fuori», sussurrò Gabrielle, come se fossero in chiesa.

«Ce l'abbiamo fatta. Non è stato divertente, ma ha funzionato.»

«E tu sei stato coraggiosissimo.»

«Come te. E sai cos'altro mi ha detto il dottore? Che pur non sapendo con precisione tutto quello che serve per guarire, sono certi che ci voglia la collaborazione di cuore, mente e corpo. Insomma, ha affermato che l'amore di una splendida donna fa la differenza. Quindi, tesoro mio, sei stata tu ad avermi salvato la vita. Me ne restavano due mesi quando ti ho incontrato. Hai cambiato ogni cosa. Se non ti avessi conosciuta, mi sarei suicidato qualche settimana dopo, convinto com'ero di non avere possibilità.»

«E invece l'hai avuta, quella possibilità. E hai vinto», rispose lei abbandonandosi al bacio dell'amato.

17

PASSARONO tre settimane prima che i servizi sociali riuscissero a trovare una struttura pubblica in grado di accogliere Patrick Martin, una casa di cura piccola ma ben tenuta dove gli era stata messa a disposizione una stanza singola. A quell'età, le aspettative di vita erano lunghe. Una struttura privata sarebbe stata più adeguata, ma la famiglia non aveva più i mezzi economici per pagarla. Relativamente poco distante da Parigi, amici e famigliari sarebbero potuti andare a fargli visita senza troppi problemi. Peccato però che non avesse più nessuno che tenesse a lui, a parte Marina. Patrick non riconosceva più nessuno, il che scoraggiava ulteriormente chi avesse avuto desiderio di andarlo a trovare. Per la famiglia, era importante solo che fosse ben curato, per scaricarsi dalla responsabilità e dall'eventuale senso di colpa.

Il giudice aveva accordato la piena proprietà dell'appartamento di famiglia ad Alice Chalon, ex signora Martin, che lo mise in vendita per comprarne uno più piccolo con una stanza per la figlia. Aveva inoltre fatto domanda per insegnare a Reims, Bordeaux e Grenoble, senza però aver ancora ricevuto risposta, e qualche investimento per garantirsi un futuro. Marina, nel frattempo, si era già trasferita a Madrid per terminare gli studi, desiderosa di trovare un posto dove nessuno sapesse nulla del padre.

Il bambino di Richard e Judythe nacque a giugno e fu battezzato col nome di Alaistair Sam, in onore tanto del loro nuovo amico che della SAMU, il servizio di pronto soccorso medico francese.

«Avreste potuto chiamarlo anche Louis XVI, come l'albergo. Sarebbe stato sicuramente molto regale», scherzò Alaistair al battesimo e commosso da quel gesto di stima e gratitudine.

In agosto, a New York, Alaistair e Gabrielle convolarono a nozze. Alla piccola cerimonia, Veronica e Georgie erano le testimoni della sposa e Richard Sheffield quello dello sposo. La luna di miele fu posticipata al mese successivo.

A settembre, la coppia volò a Parigi per festeggiare l'anniversario del loro primo incontro e, come sempre, alloggiò nella suite del *Louis XVI* preferita da Gabrielle.

Visitarono tutti i luoghi dove erano già stati in precedenza e quelli nuovi scoperti durante i tanti spostamenti per le cure di Alaistair, infine andarono a far visita al professor Leblanc per ringraziarlo personalmente di avergli salvato la vita. Di nuovo, lui sottolineò che Gabrielle era stata una parte importante dell'equazione, l'ingrediente magico che con molta probabilità aveva fatto la differenza. Non avrebbero mai saputo cosa avesse pesato di più sulla bilancia, ma i risultati raggiunti erano stati straordinari. Il professore aveva scritto diversi articoli scientifici sulle sue ultime ricerche e continuava a collaborare con il dottor Thatcher.

Rientrati in albergo, le prime persone che Gabrielle e Alaistair incontrarono furono Olivier Bateau e Yvonne Philippe, come sempre ai loro posti, al banco della reception. Olivier li accolse con uno splendido sorriso, ma senza andar loro incontro.

«Louis Lavalle», sussurrò Gabrielle con disappunto nell'orecchio del marito, «non se ne sarebbe stato lì fermo come una statuina, ma avrebbe attraversato la hall, a te avrebbe stretto la mano e a me l'avrebbe baciata chiedendomi notizie delle ragazze.»

«E probabilmente guadagnandosi una mancia stratosferica, da quanto mi è stato detto», sussurrò lui di rimando.

«Sì, ma lo faceva con tanto stile e tanta grazia che nessuno pensava ad altro. Bateau invece si limita semplicemente a salutare, irremovibile.»

«Guardandolo con occhio clinico, posso dirti che è un fascio di nervi, sull'orlo di una crisi, e che ne è consapevole. Aggiungo però che questa è la prima volta in un anno che lo vedo sorridere.» Nel frattempo erano arrivati davanti al banco della reception. Bateau rimase immobile, mentre Yvonne li salutò calorosamente.

«Che cosa posso fare per voi?» chiese.

«Abbiamo dimenticato la chiave magnetica nella suite», rispose Gabrielle, salutando il direttore solo con un cenno del capo. Quell'uomo la innervosiva. La disturbava il modo in cui se ne stava lì, come un cane in cerca di un angolo dietro il quale ripararsi, con le zampe sulla testa. Questa volta, però, Bateau le sorrise.

«Vi presento la persona che mi succederà», disse loro l'uomo. Gabrielle e Alaistair si guardarono intorno per vedere a chi si riferisse, ma Olivier indicò la collega che gli era stata accanto sin dalla riapertura dell'hotel. Era lei che gestiva praticamente tutto, mentre Bateau si nascondeva nel suo ufficio. «È la signorina Yvonne Philippe. Da domani prenderà il mio posto.»

«Se ne va?» Gabrielle parve sorpresa, nonostante lo ritenesse tanto pomposo quanto inefficiente.

«Mi trasferisco», rispose lui con orgoglio. «Non sono fatto per le grandi città. Vengo da un paesetto nelle montagne del Giura. Vado in pascoli più verdi e tranquilli. Sarò il direttore generale del nostro chalet a Megève, aperto in inverno per la stagione sciistica. Per l'estate invece mi aspetta un'altra piccola struttura in via di costruzione a Saint-Jean-Cap-Ferrat. Non vedo l'ora. Alla signorina Philippe spetterà prendere il timone della nave madre, qui a Parigi. Mi è stata di immenso aiuto dal giorno della riapertura fino a oggi.»

A Gabrielle non era sfuggita la sua costante presenza. La notte dell'allarme bomba, si era data da fare per distribuire coperte e bottiglie d'acqua, mentre Bateau sembrava sempre sul punto di svenire e di non veder l'ora di sparire dalla vista della clientela. Chiunque avesse deciso di trasferirlo, aveva fatto la scelta giusta. In strutture più piccole, l'impegno sarebbe stato meno stressante. Sembrava un uomo felice mentre lei e il marito stringevano la mano a Yvonne per congratularsi per l'importante promozione.

In ascensore, qualche minuto più tardi, Alaistair e Gabrielle non poterono fare a meno di ripensare all'anno precedente. Tutto era cominciato con l'attacco di cuore di Richard, poi c'era stato quell'incidente mortale con il ricattatore russo, lo scandalo di uno dei più importanti uomini politici francesi che conduceva una doppia vita e che infine aveva subito una condanna per omicidio colposo. E poi ancora il fatidico weekend durante il quale Alaistair aveva pensato di suicidarsi. A quell'ora sarebbe stato morto se Gabrielle non avesse deciso di riprendere in mano la sua vita dopo il tradimento del marito che l'aveva lasciata per quella che le figlie chiamavano la matrigna arrampicatrice.

Il viaggio a Parigi di Gabrielle per partecipare alla Biennale aveva salvato Alaistair che, a sua volta, aveva salvato Richard. Sì, la vita era complicata. Non c'erano dubbi. Le complicazioni, però, erano fatte di domande e risposte, di soluzioni nascoste, di fortune inaspettate. Bisognava solo avere il coraggio di affrontarle. Alla fine, tutto si era risolto per il meglio, per loro due. E indipendentemente dalle domande e dalle soluzioni, indipendentemente da quanto arduo fosse il cammino da percorrere, ogni giorno era un dono.

Arrivati al terzo piano, appena scesi dall'ascensore, scattò l'allarme antincendio. E loro scoppiarono a ridere.

«Felice anniversario!» le augurò lui sovrastando il chiasso prima di baciarla e dirigersi verso le scale per abbandonare l'edificio.

Nella hall, mentre gli ospiti seguitavano a sciamare dalle stanze e per le scale, trovarono Yvonne e due assistenti che, scusandosi, li informarono che si era trattato di un falso allarme. Di Olivier Bateau neanche l'ombra.

«Qui non ci si annoia mai», commentò Alaistair, in attesa dell'ascensore.

Gabrielle rise. «Niente è noioso con te!» L'ultimo anno era stato una straordinaria avventura e ogni prezioso momento, anche il più duro, era un dono.

Della stessa autrice

Fine dell'estate
Palomino
Una perfetta sconosciuta
Stagione di passione
Una volta nella vita
Un amore così raro
Due mondi due amori
Incontri
La tenuta
Ritratto di famiglia
Svolte
Promessa d'amore
Menzogne
Ora e per sempre
L'anello
Giramondo
Amarsi
Amare ancora
Cose belle
Il cerchio della vita
Il caleidoscopio
Zoya
Star
Daddy-Babbo
Messaggio dal Vietnam
Batte il cuore
Nessun amore più grande
Gioielli
Le sorprese del destino
Scomparso
Il regalo
Scontro fatale
Cielo aperto
Fulmini
La promessa
Cinque giorni a Parigi
Brilla una stella
Perfidia
Silenzio e onore
Il ranch
Un dono speciale
Il fantasma

La lunga strada verso casa

Immagine allo specchio

Dolceamaro

Forze irresistibili

Le nozze

La casa di Hope Street

Il viaggio

Granny Dan-La ballerina dello zar

Aquila solitaria

Atto di fede

Un uomo quasi perfetto

Il bacio

Il Cottage

Tramonto a Saint-Tropez

Una preghiera esaudita

Un angelo che torna

Appuntamento al buio

Un porto sicuro

La casa

Il miracolo

La stagione delle emozioni (Scomparso, Forze irresistibili, Il bacio)

Sua Altezza Reale

Sorelle

Ricominciare

Una grazia infinita

Una volta ancora

Irresistibile

Gli inganni del cuore

Una donna libera

Le luci del Sud

Una ragazza grande

Happy Birthday

44 Charles Street

Legami di famiglia

Una notte da ricordare

Hotel Vendôme

I peccati di una madre

Un giorno per volta

Al primo sguardo

Piccola Minnie a Parigi

Fino alla fine dei giorni

Tradita

Pegaso-Le ali del destino

Gioco di potere

Ogni istante di felicità

Una vita perfetta
L'appartamento
L'eredità segreta
L'amante
Doni preziosi
Una magia a Parigi
La duchessa
Il momento giusto
Come una favola
Oltre ogni ostacolo
Più forte di prima
Beauchamp Hall
Lo spettacolo
Sulle orme di un padre
A ogni svolta
La spia
Una notte silenziosa
Il gioco della vita
Tesori di papà
La principessa perduta
L'abito da sposa
Tutto ciò che brilla
Vicini di casa
In cerca di Ashley
Una fortuna inattesa
Un passato perfetto
La relazione
Nove vite
Vite complicate

Certificato PEFC
Questo prodotto è realizzato con materia prima da foreste gestite in maniera sostenibile e da fonti controllate
PEFC
PEFC/18-31-226
www.pefc.it

Sperling & Kupfer usa carta certificata PEFC
che garantisce la gestione sostenibile delle risorse forestali

GRAFICA VENETA
GV CARBON NEUTRAL

Questo libro è fabbricato da Grafica Veneta S.p.A.
con un processo di stampa e rilegatura certificato 100% carbon neutral
in accordo con PAS 2060 BSI

Finito di stampare presso Grafica Veneta
Via Malcanton, 2 – Trebaseleghe (PD)